二嫁榮門 2

竹聲 著

文創風 837

目錄

第二十八章

簡淡摔了好一會兒瓷泥，有婆子來請簡思越和簡淡去梨香院。

兄妹倆走到梨香院的假山後，遇到黃嬤嬤和一個小丫鬟，兩人走在前面，正說得熱鬧。

「……宋嬤嬤說，今年夏天冰貴，庫裡存的不多，如今已經分家，冰的分量也該分開，各房取用可以，但得派管事嬤嬤去取，不能誰要都給。奴婢好說歹說，才拿了這麼兩塊。」

「什麼不多，分明是那老貨不高興，故意拿喬呢。昨晚她來請咱們老爺，老爺沒去。」

「為什麼呀？」

「嘖，妳乾娘要能知道那等要緊的事情，現在就不會還在打雜了。」

簡思越腳下一頓，不由看簡淡一眼。「三妹知道這件事嗎？」他聽簡思敏說過，分家後，簡淡和父親一起去了祖父的外書房。

「大概能猜到一些。不過，大哥最好去問祖父。」

簡思越若有所思，點點頭，沒再多說，兄妹倆跟在黃嬤嬤身後進了梨香院。

看門的婆子上前向兄妹倆行禮，黃嬤嬤這才發現兩人就在身後，登時嚇了一大跳。

「大少爺，三姑娘。」她討好地迎過來。

簡思越一看到她，便想起簡淡的被搜之辱，勉強回個眼神，擦肩而過。簡淡則目不斜視地走過去。

黃嬤嬤熱臉貼了冷屁股，輕輕跺了跺腳，轉身去門口。

梁嬤嬤從跨院兒出來，一眼瞧見黃嬤嬤，小跑著追上去。

「黃妹妹這是去哪兒呀？」

「去廚房看看菜色，梁姊姊呢？」

「天氣熱，我們姑娘想吃口涼快的，我去廚房看看有些什麼。」

中午是大廚房最忙的時候，路上到處都是提著食盒的丫鬟跟婆子。

兩人一邊說著無關痛癢的閒話、一邊沿著樹蔭，往廚房走。

等前後都沒人影時，梁嬤嬤方道：「聽說外院的管事嬤嬤病了，太太想安排黃妹妹去客院照顧兩位表少爺。」

黃嬤嬤有些意外，笑道：「哎喲，那敢情好。這事定下了嗎？」崔家是大族，出手闊綽，只要伺候得好，少不了賞賜。

梁嬤嬤點頭。「二姑娘幫忙說話，已經定了。」

黃嬤嬤心中一動。「二姑娘可有吩咐？」

梁嬤嬤笑了笑。「現在沒有，若將來有了，還請黃妹妹幫忙一二。」

兩人相處多年，梁嬤嬤的意思，黃嬤嬤立刻心領神會。

「聽主子的吩咐，是咱們這些人的本分，二姑娘儘管開口就是。」

簡雅能有什麼事？姊妹倆勢同水火，無非想整治簡淡罷了。

聽說，簡雅對隔壁那位病秧子世子青眼有加，但他的心思好像都在簡淡身上。如今來了兩個表哥，弄出一些事來打消他的想頭，還是相當容易的。

瞌睡送來枕頭，剛好她看簡淡不順眼呢，只要能全身而退，搭個順風車也挺好。

簡思越和簡淡進屋時，簡雲豐已經回來了。

他端坐主位，親暱地朝簡淡招招手。「小淡過來，妳表哥帶禮物給妳了。」

靠牆的條案上擺著兩個包袱，大小不同，顏色也不同。

簡淡知道，湖色大包袱是簡雅的，裡面有布料、名貴文房四寶，以及一張前朝畫師的畫。醬紅色包袱是她的，裝著布料和一套精緻頭面。

論價值，兩者相差無幾；若論用心，簡雅的禮物遠勝簡淡的。

簡雅沒去過清州，但崔氏在往來的書信中只提簡雅，不提簡淡，崔家不知簡淡喜好，禮物便有些敷衍。

崔逸站起身，把醬紅色包袱抱過來，抱歉地說：「三表妹，清州沒什麼好玩的，我們也不知妳的喜好，就帶了尋常禮物來，還請三表妹勿怪。」

他個頭不高，身材圓潤，娃娃臉，笑咪咪的樣子很討喜。

簡淡行了半禮，一本正經地開個玩笑。「七表哥客氣了，我貪財愛小，只要是禮物都喜歡，來者不拒。」她自黑，也黑簡雅。

崔氏正在喝茶，登時嗆了一口，差點噴出去。

簡思敏沒心沒肺地笑道：「三姊說得很有道理，白來的還要挑三揀四，豈不是傻子？」

簡淡笑著頷首，讓藍釉把包袱接過去。

簡雅就是傻子，她不喜歡那幅畫，文房四寶雖名貴，可她從來不缺，所以上輩子跟她換了禮物。

簡淡向白瓷使個眼色，白瓷把懷裡捧著的兩個木盒放在條案上打開，露出兩只筆洗。一只是竹節型，墨綠色，古樸大氣沈穩；另一只則是圓形，缽口若野菊，通體黃黑相間，碗裡畫了花心，談不上高雅，但鮮活有趣。

簡淡道：「我也給兩位表哥帶了禮物。這是我做的筆洗中最好的兩只，表哥們留著，當個不時之需吧。」

「缽口圓滑，看起來端莊大器，很不錯。三表妹還會製瓷？」崔曄起身，拿了那只竹節型的，頗有興味地把玩著。

崔逸便只能選野菊的了，道：「知我者大哥也，我就喜歡這般妍麗的。有這麼好看的筆洗，得多寫幾個字才行，謝謝三表妹了。」

簡淡謙遜幾句，在簡思敏下首坐下，目光投向崔氏。

崔氏打量完崔曄，轉過來看簡淡，母女倆的目光撞個正著。

簡淡不躲不閃，微微一笑。
「噗！」崔氏又被茶水嗆了下，一時沒忍住，竟然噴出來，咳得驚天動地。
她是淑女，更是貴婦，接連兩次丟醜，羞得她面紅耳赤，丟下一句「去跨院兒看看簡雅」，便帶著簡雅的禮物，腳下生風地出去了。
崔氏進院子時，簡雅還在發脾氣。
「娘，表哥們來了，我卻被禁足，這成什麼樣子，崔家的人會怎麼看我？
「小淡去賽馬會，我也想去，就算不能騎馬，泡泡溫泉也好嘛。娘，您能不能讓爹去求求祖父，我不要悶在家裡，想出去散心。」
崔氏攬著她，在貴妃榻上坐下，用眼神示意緋色打開包袱。「妳表哥帶了禮物來，看看喜不喜歡？」
「娘……」簡雅把這一聲拖得長長的，腦袋又往崔氏懷裡鑽了鑽。
崔氏無奈。「妳見過妳祖父改變主意嗎？」
簡雅沒吭聲，崔氏也不生氣，就這麼抱著她，母女倆親暱好一會兒，簡雅才慢慢消氣。
緋色打開包袱，把禮品擺在小几上。
崔氏一一看過，發現禮物完全符合簡雅的喜好，覺得很有面子。她誇完料子，又誇文房四寶，最後目光落到那幅畫上，說了一大堆好話。

簡雅不太喜歡那幅畫，看完以後，隨意地往白芷手裡一扔。「這人的畫技很一般，意境也差了些，沒意思。娘，給小淡的禮物是什麼？」

崔氏見狀，表情變得很難看，沈下臉。「小雅，妳的教養去哪了？這可是妳外祖母和妳舅母特地為妳挑選的禮物！

「妳說小淡貪財愛小，可她看都沒看妳的禮物，直接讓藍釉把她那份拿回去，還回了禮。妳怎麼可以這樣？」

簡雅知道自己過分了，抱住崔氏的胳膊，又哭起來。「娘，我錯了，女兒這不是心情不好嗎？」

崔氏破天荒地沒安慰她，但也不再嚴詞斥責。黑著臉，任簡雅抱著，默默地想心事。她始終記得黃老大夫的囑咐，不願簡雅多思多慮，多傷心。那些教訓的話被簡雅的眼淚堵在心裡，有些悶悶的，說不出的悵然。

簡淡回家前，簡雅待人大方，進退有度。簡淡回來後，簡雅接連生病，變得尖刻自私。

那麼……能不能把簡淡送走呢？

這個念頭一起，崔氏便在心裡搖了搖頭。簡淡剛回來，且未及笄，送回林家或早早嫁出去，都不是好辦法。

而且，簡廉已經答應簡淡，親事由他負責，她這個親生母親能做的有限，除非鬧出讓簡淡不嫁也得嫁的事。

她想過了，這個人選，崔曄最合適。一來，崔家是大族，更是簡淡的外家，簡淡嫁過去不會吃苦；二來，崔曄是崔家嫡長孫，人品好，才學好，簡淡進了門，就是宗婦。

雖是繼室，且有繼子，簡淡好像吃了虧，但以她如今的名聲，在京城未必找得到比崔曄更好的夫婿。兩相遷就一下，還是挺般配的。

想到這裡，崔氏在心裡點點頭，就這麼辦吧。

簡淡臉蛋好看，頭腦不錯，性格堅毅，對崔家有益無害，父親那邊只會誇她做得好。

至於簡廉，就算他知道真相，也不敢把她怎麼樣——她是崔家女，生了簡家的嫡長孫，難道還能休了她？

「太太，飯菜擺好了。」王嬤嬤稟道。

崔氏聽見，把胳膊從簡雅手中抽出來，站起身，扶正簡雅頭上歪了的釵環。

「小雅，女孩子家最忌恃寵而驕，不明事理，娘希望妳真的知道錯了。」

簡雅垂下眼眸，點了點頭。

午飯後，崔曄兄弟被黃嬤嬤送回外院客房。

崔逸屏退僕從，從盒子裡取出野菊筆洗，放到書案上。「咱們這兩個表妹長得確實像，如果她們不說話、不走動，完全分不出哪個是哪個。」

崔曄脫掉鞋子，躺上屏風後的小床。「二表妹柔婉秀氣，三表妹開朗大方，仔細看，依然有差別的。」

「還是大哥細心。那大哥覺不覺得，小姑姑對三表妹有些冷淡？」

「大概吧。」崔曄閉上眼睛。

來之前，他聽祖母說過，簡雅自打在娘胎裡，身子便不好，因此崔氏對簡淡多有不滿。如今，簡淡剛從林家回來，崔氏對她冷淡，是情理之中的事。而且，簡淡對崔氏，只怕也沒有多少感情，母女之間暗潮洶湧。

另外，簡家突然分家，只怕其中還存在著更大、更隱秘的爭執，他和崔逸周旋其中時，得多加小心才是。

他告誡崔逸兩句，便悠悠睡了過去。一覺醒來，已是申時過半。

崔逸和簡思越正坐在書案旁小聲討論一篇時文。簡思敏也在，手裡甩著一根雙節棍，心不在焉地翻著閒書。

簡思敏聽到走路聲，趕緊站起來，叫道：「大表哥醒了。走吧走吧，咱們先去園子裡逛逛，然後就可以用晚膳了。」

崔曄笑道：「敏表弟餓了嗎？」

簡思敏一抖雙節棍，俐落地做了個起手式。「最近在練棍法，餓得快。等會兒我打幾招給你們看如何？」

崔曄笑容不改。「表哥拭目以待。」

花園裡，簡淡正帶著紅釉摘荷葉。之前請管家買了兩隻雞，一隻燉湯，一隻做荷葉雞。

她站在池塘邊，伸長手臂，撅起屁股，努力去摘三尺開外的一朵盛開荷花。

簡思敏走近時，看到的就是簡淡傾斜著身子、馬上要掉下去的模樣，不由冒冒失失地大喊一聲。「三姊小心！」

花園很靜，簡淡又專心，被嚇了一大跳，身體失衡，直直下墜，撲通一聲落到深水裡。紅釉在另一邊摘荷葉，看見簡淡落水，當下嚇得魂飛魄散，像隻受驚的老母雞般，赤著足、甩著兩條胳膊飛奔過來。

「姑娘，姑娘！」

簡思敏被嚇傻了，簡思越反應最快，跑得也最快，三步併兩步到了池塘邊，正要下水，就見簡淡從水裡鑽了出來。

簡淡順手折下一枝大荷葉擋住胸口，笑著說：「大哥莫慌，三妹會游水。」

她站在水裡，淺色短襦緊緊貼在身上，頭髮上滴答滴答落著水珠，形容狼狽，明明出了大醜，卻絲毫不見局促，笑容恬淡自然，舉止落落大方。

簡思越鬆了口氣，伸出手。「大哥拉妳上來。」

「好。」簡淡把散落的荷花撈起來，扔給紅釉，這才上岸。

等簡淡站穩了，簡思越從袖裡扯出帕子，親自替她擦臉。「沒事就好，快回去換衣裳，省得著涼。」

簡思敏湊上來，耷拉著腦袋賠罪。

簡淡當然不會怪他，他便又生龍活虎起來，問道：「三姊，妳摘這麼多荷花幹什麼？」

「留兩枝插瓶，剩下的裹上麵粉炸著吃。」

「好吃嗎？我也要吃。」

如今簡思敏沒了偏見，與簡淡的關係越來越融洽，越來越覺得，有個敢打架、不嬌氣的姊姊，比總守著一個動不動就生病哭泣，還跟他搶東西的姊姊好太多了。

「好啊，做好了，三姊派人送去給你。兩位表哥要嚐嚐嗎？」簡淡用荷葉遮住自己，從從容容地邀請。

崔曄眼裡閃過一絲激賞，剛要開口，卻被崔逸搶先，說崔氏已經安排好晚飯，不叨擾了。

這拒絕並非不近人情，可簡淡很明白，兩位表哥都是人精，應該看出她與崔氏的關係不好，此番拒絕只是不想左右為難，得罪崔氏罷了。

如此正好，大家都省心。

第二十九章

第二天下了一場大雨，第三天早上才停。

路上泥濘，不好行車，按理說賽馬會應該不辦為好，但蕭仕明卻派人送來口信，說賽馬會照舊，請崔曄等人如期趕往月牙山。

大概是預見會出事，簡靜和簡悠姊妹不約而同地說不去，簡淡獨自乘車，跟隨簡思越等人出了城。

天氣熱，路面乾得快，城外的官道並不難走。

雨後的世界格外清新，天空明淨，山野青碧。路旁伴著淺溪，溪裡有自在游水的小魚。簡思敏玩心重，抓抓魚，看看鳥，一行人邊看景邊趕路，走走停停，太陽快下山時才趕到英國公的溫泉莊子。

莊子名馨園，有著朱紅色大門，門口還有兩隻大石獅子。

幾人剛下馬，管家便帶著幾個小廝從門裡迎出來，讓他們把馬匹牽過去，才帶著眾人往莊子裡走。

剛走兩步，跟在後面的白瓷見對面林裡追出一個人來，趕上簡淡，拉拉她的袖子，小聲道：「煩人來了。」

簡淡聽她這麼一說，先是想笑，隨即又皺起眉頭。

煩人快步走到眾人前面，朝簡思越抱拳，逐個招呼一聲，道：「我家世子有請，廣平公主有請。」

到人家的大門口搶客人，真的很煩人好嗎！

簡淡很不想去，但又拒絕不了。僅僅是沈餘之也罷了，可廣平公主也在，不好推拒。

簡思越跟簡淡想的一樣，抱歉地看崔曄一眼——他是蕭仕明的主客。

崔曄善解人意地笑笑。「沒關係，我們先去跟蕭世子打個招呼。」

「聽大表哥的。」簡思越點頭，對煩人說：「小哥先回去稟報，我們兄妹稍後就到。」

煩人道：「小的就在這裡等，主子已經著人準備晚膳，煩請簡大公子快些。另外，聽說白瓷灶上的手藝不錯，還請先行一步，去廚房幫幫忙。」

簡淡一聽，頓時想起前些日子小廚房莫名丟失的餃子和半隻荷葉雞，緊接著又想起沈餘之夜闖香草園時的信誓旦旦，不由一陣頭大。

「姑娘。」白瓷不知該不該答應，求救地看向簡淡。

簡淡想拒絕，但若當眾下了沈餘之的面子，只會顯得她太魯莽，或在沈餘之面前與眾不同，兩種結果都不是她想要的。

「去吧，好好做事。」簡淡咬牙道。說完，沈著臉往莊子裡走，腳下像灌了鉛一樣。

崔曄走在她身邊，小聲問道：「三表妹生氣了？」

簡淡明白，自己失態了，趕忙擠出笑臉。「沒有，沒有。」她笑得不自然，嘴角翹得有些誇張，大大杏眼也彎起來，煞是可愛。

崔曄頷首，溫煦地說：「沒生氣就好。」

簡淡狐疑地看他一眼，心道這位表哥可不是會問表妹心情如何的人，怎麼不一樣了呢？

蕭仕明在月牙山下的花廳裡候著，幾人還沒走到門口，便笑著拱手迎出來。「十幾個客人，屬你們來得最晚，等會兒可要自罰三杯。」

崔曄還禮。「那是自然。曄未曾來過京城，路上多瞧幾眼，耽擱了，還請蕭世子勿怪。」

蕭仕明道：「崔大哥言重了。京城郊外，西城門到月牙山這一段路風景最美，雨後更是清新宜人，我畫了好幾張畫，等空閒了，請崔大哥指點一二。」

崔曄謙虛地說：「指點不敢當，欣賞尚可。」看看簡思越，又道：「蕭世子，剛剛睿王世子派人來，說廣平公主也在，要請我們去一趟，只怕晚膳不能在這兒用了。」

莊子的管家湊過去，在蕭仕明耳邊小聲嘀咕兩句。

蕭仕明點點頭。「難怪廣平公主說明兒早上會到，原來如此。」

「正好，我們也去瞧瞧，許久沒見著廣平姑姑和十三弟了，怪想他們的。」齊王世子沈餘安從花廳裡走出來，方乃杰跟在後面。

方乃杰梗著脖子，瞪著牛一樣的大眼睛，目光在簡家三兄妹臉上來回逡巡。

一炷香工夫後，簡淡跟著沈餘安等人，進了沈餘之的花廳。

沈餘之面沈似水，勉強跟沈餘安等人客套兩句，便擺弄著小刀，默不作聲了。

場面一度冷得嚇人，崔曄和崔逸不明所以，面面相覷，出了一頭冷汗。

但沈餘安等人安之若素，和廣平公主聊著泰寧帝之前生的病，以及現在的身體如何。

沈餘之不愛搭理他們，廣平公主更是如此，無奈沈餘安問的都是正經事，不好不答。

簡淡坐在崔曄下首，對面是蕭仕明和方乃杰。

方乃杰瞪著簡淡，嘴裡還不時咕噥兩句。

蕭仕明小聲勸著，抱歉地看向簡淡，用嘴型說：「甭搭理他。」

簡淡尷尬地笑了笑。

崔曄注意到他們這邊的動靜，往簡淡這邊歪了歪身子，耳語道：「怎麼，那位方二少爺對妳有意見？」

簡淡側過頭，正要回答，討厭忽然提著茶壺走上來，站在兩人中間，替滿著的茶杯添了兩滴水。

「簡三姑娘，這是我家主子從皇上那兒得的新茶，您嚐嚐。」

簡淡只好把要說的話嚥回去，道了聲謝。

方乃杰見狀，翻個白眼，又小聲說了句「她也配」。這次的聲音有些大，簡淡聽得清清楚楚。

蕭仕明臉上閃過一絲慍怒，朝簡淡欠了欠身。

崔曄看看方乃杰，又看看蕭仕明，再把目光落到簡淡身上。「三表妹，他跟妳有仇？」

簡淡正要回答，沈餘之忽然開了口。「十哥嚐嚐這白毫銀針，茶湯清淡回甘，很不錯。」宗族裡，沈餘安行十。

他端起茶杯，用杯蓋刮了刮杯緣，聲音很響。這就是端茶送客的意思了。

沈餘安暗暗咬牙，再不拿沈餘之的冷臉當回事，此刻也不得不敷衍地喝上兩口茶，起身告辭。

簡淡等人被留下來，大家重新落坐。

崔曄被沈餘之拉到他的下首，簡淡則坐在末尾，挨著簡思敏。

沈餘之似乎有了聊天的興致，對崔曄說：「睿王府跟簡家是鄰居，大家從小就認識，兩位雖是初次見面，但也不要拘束。」

崔曄道：「多謝世子盛情，在下受寵若驚。」

沈餘之掃了簡淡一下。「應該的。」

「老十三說出這話，可是難得。」廣平公主不客氣地笑了聲。

沈餘之淡淡地看她一眼。

廣平公主吐吐舌頭，問道：「崔七公子，清州離京城不近吧，一路上可有什麼趣聞？」

崔逸雖不愛說話，但真說起來，比一般的書生風趣多了，從沿途的風景，到各地的美食，還有一些少見的風土人情，講得生動熱鬧，簡淡聽得甚是神往。

晚膳擺在花廳裡，設了大圓桌。落坐時，簡淡和沈餘之中間隔著廣平公主。

沈餘之和廣平公主喜歡食素，素菜多擺在他們那邊。簡淡和簡思敏面前是肉菜，有粉蒸排骨、白切雞、瑤柱、紅燒豬蹄，還有冒著油光的金黃烤鴨，全是簡淡愛吃的。

人多，彼此又陌生，眾人便遵循了食不言的規矩。

簡淡莫名鬆了口氣，只管挑喜歡的吃，一口豬蹄、一口烤鴨，再不然就是粉蒸排骨、瑤柱，碗裡的飯少了大半，卻一筷子蔬菜都沒挾過。

「光吃肉怎麼行呢？」沈餘之突然開了口，吩咐伺候用膳的丫鬟。「幫簡三姑娘舀些芙蓉豆腐。」

啊？簡淡嚇了一跳，眼角餘光不由往簡思越那邊掃去。

簡思越的筷子停在半空，狐疑地瞥向沈餘之。

沈餘之安之若素，又道：「還有煨鮮菱，這個也不錯。」

崔曄和崔逸也看過來。

簡淡的臉登時氣得紅了，吶吶道：「世子太客氣了，簡淡喜吃肉，不喜吃菜。」

簡思敏道：「對對對，我跟三姊一樣，就喜歡吃肉，還有海鮮。這個瑤柱太好吃啦，三姊，妳再幫我舀一點。」

小少年雖貪吃，卻也瞧出氣氛不對了，立刻出言解圍。

沈餘之笑咪咪地看過來。「御醫常說，食肉太多，容易脾陰不足，濕邪內鬱，對身體沒有好處。」

「父皇常說，要陰陽調和，葷素搭配。來來來，你說簡淡缺菜，我看你缺肉，不如一起補補？」廣平公主挾一塊紅燒豬蹄放到沈餘之的碟子裡。

「多謝廣平姑姑。」沈餘之從善如流，在眾僕從驚詫的目光中，把紅燒豬蹄放到嘴裡，細細咀嚼。

「本世子聽說簡三姑娘最喜歡這道菜，滋味果然不錯，汁香濃，肉軟彈，好吃。」

簡思越蹙起眉頭，目光在簡淡和沈餘之臉上來回，幾次張口，還是默默把話嚥了下去。

簡淡難堪極了，卻不好解釋什麼，只好裝傻充愣，筷子不停，埋頭苦吃。

好在，沈餘之沒有太過分，讓丫鬟布兩回菜，便作罷了。

用完飯，再喝些茶水聊天，眾人離開花廳時，天已經黑了。

沈餘之安排簡淡與廣平公主再住半彎閣，簡家四位公子住曦和院。

從花廳到沈餘之的望月苑，需要經過曦和院，才到半彎閣。

一行人慢慢踱躂，沈餘之說要陪廣平公主走走，卻牢牢占據了簡淡右邊的位置，稍稍抬抬胳膊，或者晃晃身子，就可以碰到她的肩膀。

清淡的松香飄到鼻尖，讓目不斜視的簡淡更加緊張，往廣平公主那側靠了兩步。

沈餘之也移過來兩步。

簡淡挨上廣平公主，避無可避，不由急出一身大汗，後背濕了一大片。

廣平公主在想別的事情，絲毫沒察覺他們之間的不對勁，問道：「老十三，晚上這裡安全嗎？你要不要下來住，大家好互相照應。」

沈餘之道：「自從上次遇刺後，父王便加派了人手巡視，不會出事的。」

說到這裡，他歪著頭，看向簡淡。「上次的事，還得謝謝簡三姑娘。大恩不言謝，妳會看到我的誠意的。」

簡淡取出手帕，擦擦流到脖頸上的汗珠，按捺著性子說：「世子客氣了，不過湊巧搭了把手，不算什麼，千萬不要放在心上。」

沈餘之立刻道：「這怎麼成呢，我已經放在心上了。」

這句話可謂曖昧無比，簡思越似被口水嗆到，咳得驚天動地。

簡淡連忙就此脫身。「大哥，你沒事吧？」

簡思越彎著腰，簡淡在他背上輕輕拍兩下。

沈餘之的目光落到那隻纖細瑩白的小手上，吩咐討厭。「還不快幫簡大公子拍一拍？」

「世子客氣了，在下沒事。」簡思越的本意是要替簡淡解圍，聞言趕緊直起腰。「三妹不用拍，大哥沒事。」

崔逸頗有興致地看著熱鬧，湊到崔曄耳邊道：「睿王世子看上三表妹了吧。」

崔曄若有所思，不置可否。

到了曦和院，崔家兄弟帶著簡思敏，向沈餘之和廣平公主告了罪，進去休息。

簡思越執意送簡淡去半彎閣，並把她牢牢護在自己身側。

不過，沈餘之沒再搞那些多餘的動作，似乎很滿意簡思越的做法，還特地避嫌，繞到廣平公主右側，沈默走著。

廣平公主的話倒多了起來，問簡思越。「簡大公子，你表字秀才嗎？」

簡思越道：「回公主，在下尚未取表字，只因為中了秀才，大家才這樣喊。」

他十五歲時中秀才，在京城的權貴圈裡出類拔萃，簡秀才是嫉妒他的權貴子弟取的諢號，喊來取笑的。

「哦，不錯嘛。」廣平公主老氣橫秋地點評一句，又細細打量了簡思越一眼。

身形頎長的少年沈默地走在黯淡的燈籠光裡，眼神凝重，薄唇亦微微抿著，頗有威嚴。

簡思越生得雖不如沈餘之好看，但稱得上清秀俊雅，人品學識尤其出眾，做女婿好像挺合適的呢。

到了半彎閣，沈餘之才坐上肩輿，去了位在半山腰的望月苑。

簡思越把簡淡送進房間，門一關，便急急問道：「小淡，他到底怎麼回事？」

簡淡苦笑。「睿親王向祖父提過親，說世子想娶我，被祖父拒絕了。」

「還有這種事？」簡思越吃了一驚。

簡淡點點頭。「不單如此，二姊對他情有獨鍾，被我說破，才氣得吐血。回去後，大哥千萬不要對母親提起此事。」

她不怕自己的名聲受損，只是不希望簡思越摻和進來，在崔氏和她之間左右為難。

「只怕他不會輕易放手。這件事複雜了，唉……」簡思越長嘆一聲。「祖父不該讓我帶妳來的，這都是些什麼事啊！」

「祖父不知道他會來，誰能想到他會在別人家的門前劫人呢？大哥，睿王世子行事，不能用常理推測。」

「也是。太晚了，這件事以後再說，晚上妳警醒著些。」簡思越又囑咐白瓷。「好好顧著三姑娘。」

白瓷重重點頭。

簡淡道：「沒關係，他不敢。」

簡思越想了想，也覺得自己過分擔憂了。他跟簡廉談過，知道兩家的一些事情，便不再多說什麼，下樓去了曦和院。

簡思越前腳走，廣平公主後腳就來了。

「簡淡，陪我泡泡溫泉吧。」

「簡淡聽公主的。」簡淡身心俱疲，正想放鬆一下。

兩人帶著換洗衣物，去了樓下的溫泉房。

簡淡和廣平公主先在各自的淨房裡搓洗一遍，換上紗衣，一起去了大溫泉池。

夏天泡溫泉，如果水過熱，身子容易不適。丫鬟們加入冷水，等水溫適宜，再讓兩個主子進去泡。

兩人在擺著瓜果和茶的小桌子兩側躺下，又有四個丫鬟提著幾只花籃走進來，其中一個道：「我家主子讓奴婢們準備了玫瑰花瓣，要不要撒一些？」

廣平公主笑道：「居然還有花瓣！當然要撒，撒高一點，本公主要看花瓣雨。」

丫鬟們動作起來，花瓣凌空而下，在氤氳水氣中飄飄灑灑地落到溫泉池裡，散發出濃濃的玫瑰香。

廣平伸手接了幾瓣，又扔起來，開心地說：「老十三看著凶，可對我這個小姑姑還是很用心的嘛。」

簡淡也覺得美，軟綿綿地躺在玉枕上，感覺自己正在作一個華麗無比的夢。

前世種種，今生種種，一切都不同了，世事朝好的方向發生逆轉。

她不再一味討好別人，做回真正的自己，不但有祖父和大哥，還有了父親和小弟。

連那個不可一世、對她討厭至極的沈餘之，也不依不饒地纏了上來……

想起回來的路上，他故意製造的碰觸，簡淡覺得水溫似乎又高了幾分，臉頰躁熱不堪。

廣平公主撥弄著花瓣，把它們攢成圓形。

「簡淡，妳大哥幾歲了？」

簡淡用雙手捂著臉。「十六歲。」

廣平公主又道：「他跟妳長得不太像，但你們兄妹的個頭都挺高的。」

「我們像祖母，林家人都很高。」

「他……」廣平公主遲疑片刻，咬了咬唇角。「他訂親了嗎？」

簡淡吃了一驚，廣平公主如此，難道是春心萌動了不成？側頭看看，果然看到一張紅通通的蘋果臉。

若廣平公主真有那個心思，這個問題就不好回答了——尚公主是大事，首先要簡思越願意，其次是簡廉答應，二者缺一不可。

簡淡斟酌著說：「聽我表大伯父說，大哥訂過親。不過……我回來的時日尚淺，不知道具體如何。」

其實，簡思越的未婚妻在半年前去世了。簡思越醉心學業，雖然這件事對他的影響不大，但簡家人不會輕易提起，她亦不清楚內情。

廣平公主聽了，有些喪氣地哦了聲，一掌拍飛堆好的花瓣。「我覺得妳大哥不錯，個子高，才學也好，為人彬彬有禮，比蕭仕明那群人好多了。

「妳想辦法幫我問問，那門親事到底怎麼回事，好不好？」她像隻濕了毛的小狗似的，趴在小几上，可憐兮兮地看著簡淡。

簡淡尷尬不已。公主就可以這麼膽大嗎，皇家就是這麼教孩子的？只得吶吶道：「好，我幫公主打聽打聽吧。」

白瓷候在簡淡身後不遠的地方，聞言也傻了，大眼圓睜，一眨不眨地盯著廣平公主的後腦勺。

在眾人陷入各自的思緒時，一個小丫鬟偷偷順著牆根溜出去，跑到院門前，輕輕叩門，小聲道：「護衛大哥，公主好像相中簡大公子了。」

「好，我這就去向世子稟報。」

外面的黑衣人應了句，立刻拔腿上山。

第三十章

翌日清晨，簡淡醒來梳洗完，拿上雙節棍和白瓷下樓，悄悄出了院門。

「早。」

沈餘之穿著月白色暗紋胡服，站在晨曦中，挺拔得像棵小白楊。

「怎麼這麼巧？」簡淡吃了一驚，不由轉身往回走。「有個東西沒拿，世子先忙著，我回去一趟。」

「一點都不巧，我特地在這裡等妳。」沈餘之笑咪咪地說。

簡淡頭皮一麻，知道逃不掉了，停下腳步，重新面對沈餘之。「世子有何吩咐？」

沈餘之道：「妳跟我來。」

簡淡不想去。「世子，在這裡說吧。」

沈餘之不理她，逕自走向一條林蔭小道。

白瓷抓住簡淡的袖子，小聲道：「姑娘，不能去啊。」

討厭咳嗽一聲，右手一擺，做了個請的手勢。「簡三姑娘請。」

簡淡狠狠瞪了討厭一眼，跺跺腳，咬牙跟上。

兩人一前一後向東走。前面的男子高高瘦瘦，走得瀟瀟灑灑；後面的姑娘瘦瘦小小，邁著小碎步，鼓著腮幫子，瞪著大眼睛，像個敢怒不敢言的小媳婦。

一盞茶工夫後，道路盡頭出現一座圓形練武場，旁邊是濃密的松樹林。林中鮮花盛開，綠草茂盛，偶爾還能聽見啾啾的鳥鳴。抬頭望去，淺色天空像玉石做的大蓋子。

簡淡點點頭，真是個練武的好去處。

「開始吧，我陪妳一起。」沈餘之滿意地看著簡淡眼裡流露出來的滿意。

「好。」簡淡乖巧答應。

沈餘之笑了，識時務的小笨蛋，他喜歡！

簡淡學會了基礎棍法，現在要做的是反覆練習，爛熟於心後，再學組合棍法。

沈餘之也是在這個階段，朝簡淡做了個起手式，行雲流水地練起來。

身材高的人架勢拉得足，且沈餘之的力道不錯，打得比簡淡好看。動作之間的連接，因他記性好，也比她純熟一些。

前世，簡淡當寡婦時聽說過，沈餘之頭腦極好，幾乎過目不忘。

她有些羨慕，卻沒有妄自菲薄，收回目光，自己練自己的。

雙手擎天，烏龍翻騰，蘇秦背劍……

「哎喲！」

她的右腳不知踩到什麼，直往前滑，雙節棍來不及收勢，導致整個身子站不穩，往旁邊摔下去。

白瓷離簡淡僅有丈餘，見狀立即衝過去，袖子卻被守在一邊的討厭拉住。

「我家主子已經去了，妳歇著就好。」

「放開！」白瓷抬腳一跺。

「不放！」討厭忍了這一腳，怒道：「妳怎麼不識好歹呢？」

「狗屁好歹……」白瓷把袖子扯出來，正要跑過去，卻被趕來的小城擋住去路。

小城斥責討厭。「你這小子，怎能跟人家姑娘拉拉扯扯呢？」

討厭撇撇嘴，看向練武場。

另一邊，就在討厭拖住白瓷那一刻，沈餘之及時趕到，拉住簡淡，猛地往上提。

簡淡為了不摔倒，雙腳也在用力。

如此一來，兩道力量疊加，動作就大了。

簡淡毫無防備地撲進沈餘之懷裡，結結實實，嚴絲合縫，撞得她的鼻尖都痛了。

沈餘之合攏雙臂，懷抱著思慕已久的軟玉溫香，不禁閉上雙眼，笑得志得意滿。

「妳怎麼樣，有沒有摔到？」他附在她耳邊輕聲問道。

簡淡被清新的松香味包裹著，耳朵上傳來一縷縷溫熱氣息，感覺酥酥麻麻的，心臟狂跳起來，腦子裡一片空白。

須臾，她終於反應過來，正要發怒，卻被沈餘之掐著細腰推開。

與此同時，他還後退一步，關切地問：「傷到了嗎？腳有沒有扭到？」

簡淡被氣了個倒仰，小臉憋得通紅。

「你肯定是故意的！」她懷疑自己中計了，但又沒有確實的證據，只好虛張聲勢，大吵大鬧。

沈餘之冷下臉。「喂，妳這笨蛋怎麼不講道理，本世子好心救妳，竟然倒打一耙。」撫著胸口，輕輕咳嗽兩聲。「妳撞疼本世子的胸口，本世子還沒追究呢。」

「你……」簡淡想罵街，但又覺得自己好像有些理虧。

「白瓷！」她轉頭找白瓷，那丫頭就在一旁，就算來不及救她，也應該看見全部經過。

白瓷含著兩泡淚跑來，左看看、右看看，撣撣簡淡衣裳上的土。「姑娘沒事吧？」

簡淡搖頭。「我沒事。世子說，是我撞了他，是嗎？」

白瓷瞟小城一眼，垂下頭，悶聲悶氣地說：「當時奴婢被討厭抓住了，沒看見，請姑娘責罰。」說完，撲通一聲跪下。

簡淡氣急，轉頭去看沈餘之。「你……你早有預謀，所以故意讓人扣住白瓷，混蛋！」

沈餘之眉頭緊蹙，桃花眼裡卻悄悄閃過一絲狡黠。

「妳這人怎麼不講道理，我又不是神仙，還能算到妳會摔倒？什麼叫扣住白瓷，妳的丫鬟站在那裡，我的小廝就不能站了嗎？再說了，是妳的丫鬟離妳近，還是本世子離妳近？分明是妳狗咬呂洞賓！」

這時，蔣毅從林子裡走出來，道：「簡三姑娘，剛才在下看得很清楚。事情是這樣的，剛才世子拉妳用了大力，妳為了不摔倒，全身緊繃，兩腳施的力也不小。兩邊同時出力，撞在一起，在所難免。」

他是護衛，自有成熟穩重的氣質，說話篤定自然，很能說服人。

簡淡冷靜下來，發現自己確實反駁不了。四下看看，發現地上有一道深刻的長長劃痕，痕跡的最遠端，靜靜躺著一顆比豆子大不了多少的小石子。

這是從哪裡跑出來的臭石子？她就是踩到這顆石子上，才摔倒的！

簡淡憤憤，抬腳將石子踢出去。石子砸在樹上，發出啪的一聲。

接著，她轉頭瞪沈餘之，把石子想像成他，鬱氣稍減，拱了拱手。「多謝世子救了簡淡一命，我們誰也不欠誰了。」

說完，她轉身朝來路跑去。

沈餘之在後頭揚聲道：「誰說不欠，我欠妳一條命，妳還欠我一園子的玫瑰花呢！」

「世子就會欺負人！」白瓷壯著膽子嚷一句，起身去追簡淡了。

沈餘之目送那抹紅色身影消失在濃綠之中，淡淡一笑。「小笨蛋，妳想得美！男女授受不親，妳抱了本世子，本世子這輩子賴定妳了。」

蔣毅被沈餘之的厚顏無恥驚呆了，劇烈地咳嗽起來。

沈餘之道：「暗器使得不錯，賞銀五百兩。」

一粒小石子，賺了五百兩。

蔣毅心虛，咳得更厲害了。簡三姑娘，在下對不起妳啊……

一會兒後，簡淡和廣平公主用過早膳，與簡思越等人會合，一同去了圍場。

簡思越有些心神不寧，把簡淡拉到身邊，再次囑咐。「蕭世子請的都是紈袴子弟，不到萬不得已，絕對不要下場賽馬，知道嗎？」

簡思敏點點頭。「三姊，衛文成和方乃杰可不是好人，祖父囑咐過，不讓我們下場。」

「放心吧，我知道。」簡淡勉強笑了笑，現在滿腦子裡都是沈餘之的懷抱，以及他說的那句話——誰說不欠，我欠妳一條命，妳還欠我一園子的玫瑰花呢！

蕭家圍場在月牙山前面，幾人在睿王府的圍場裡騎上各自的馬，往西走，穿過齊王府的草場就到了。

客人不少，廣平公主一到，他們便從涼亭裡湧出來，紛紛上前見禮。

靜安郡主和靜怡縣主也在，有禮貌地請了安，態度恭謹，但不熱情。

廣平公主不耐煩應酬，打完招呼，讓大家各自散了，拉著簡淡進了最近的一座涼亭。

蕭仕明帶著丫鬟們進來，親自看著她們擺上新鮮的瓜果點心，才道：「公主，我跟齊王世子就在隔壁，有事您就喊一聲。」

廣平公主點點頭。「我們自己玩，你去忙你的。」

蕭仕明卻沒有立刻就走，又側頭對簡淡說：「簡三姑娘騎馬嗎？我那兒有匹上好的黃驃馬，溫順得很。」

簡淡行了個禮。「多謝蕭世子，我有馬，就不煩勞了。」

蕭仕明笑起來，眼裡星光璀璨。「不煩勞，簡三姑娘不用客氣，妳大哥和表哥也在那邊，有事可以找我們。」

「好。」簡淡勉強笑了笑。

蕭仕明離開後，靜安郡主等人進了涼亭。

簡淡與廣平公主坐在背北朝南的位置上，靜安姊妹在東邊，沈餘安的妹妹靜柔郡主與蕭仕明的五妹蕭月嬌則坐西側。

靜怡縣主用餘光瞥了簡淡一眼，道：「六姊，等他們比完，咱們也比一比，怎麼樣？」

「就憑妳嗎？」靜安郡主輕蔑地看著她。

靜怡縣主搖搖兩隻小手。「我哪是六姊的對手啊，是大家一起玩。廣平姑姑，您來不來？」

靜安郡主道：「別胡鬧，廣平姑姑很少騎馬的。」

廣平公主的目光一直流連在亭子外面的簡思越身上，漫不經心地說：「比就比，就算本公主很少騎馬，也比妳們強。」

「簡淡，妳來不來？」靜怡縣主問簡淡。

簡淡哂笑。「我不玩。」簡思越再三警告過她，不許她在這裡負氣鬥狠。

廣平公主也道：「她哪敢跟妳們玩啊，一個莫須有的罪名便弄壞人家的名聲，這麼危險的賽馬，豈不要人家半條命。」轉頭看簡淡。「小淡，妳安安靜靜坐著，哪裡都不要去。」

靜安郡主黑了臉。「廣平姑姑，她的名聲壞了，跟我有什麼關係？當初都是誤會，姪女絕不是故意的。」

靜怡縣主也道：「是啊，廣平姑姑，那時簡三姑娘得罪了衛家大公子和方二少爺，跟我們姊妹沒什麼關係。」

「算啦，人家是書香門第，家裡子弟不善騎馬乃是正常，妳們沒看見簡大公子和他小弟都坐在別座涼亭裡嗎？百無一用是書生！」說話的是沈餘安的嫡親妹妹靜柔郡主，行七，比靜安郡主小一歲。

簡淡有些看不明白了，靜柔郡主跟靜安郡主不睦，今日為何穿了同一條褲子呢？自己什麼時候得罪她了？

蕭月嬌和兩人交好，難道是她在其中穿針引線？

簡淡看向蕭月嬌，後者與她對視一眼，目光中似乎有說不出的厭惡。

廣平公主聞言，冷冷瞥了靜柔郡主。「簡大公子不到十六歲就考中秀才，他百無一用，那妳呢？除了吃喝拉撒之外，又有什麼用了？」

這話讓靜柔郡主炸了毛，一下子站起身，俏臉脹成粉紅色。「廣平姑姑，他是男人，我是女人，能一樣嗎？」

簡淡也站了起來。「我祖父是書生，朝中文官也多是書生，他們輔佐皇上，治出朗朗乾坤、清平盛世，誰敢說他們百無一用？」

隔壁的亭子離得不遠，蕭仕明及簡思越等人把這番爭執聽得清清楚楚。

簡思敏拍手叫好。「三姊說得對！」

簡思越拍拍弟弟的頭，示意他不要說話，卻沒有喝斥簡淡。

簡家人多是書生不假，卻不是麵捏的，有人打臉，自然要強而有力地打回去才是。

靜柔郡主聽到動靜，發現自己冒失了，再說下去，可能要與天下的書生為敵。回頭看了一眼，見蕭仕明激賞地望著簡淡，心頭怒火又燃起來。

「簡淡，妳敢跟我賽馬嗎？」

簡淡道：「不想。」不是不敢，是不想。

靜柔郡主的聲音又大了幾分。「簡淡，我正式向妳下戰書，妳敢接受嗎？」

簡淡依然平靜。「不是不敢接，是不想接。」

靜安郡主哂笑。「簡三姑娘讀多了書，膽子小些實屬正常，靜柔何必咄咄逼人呢？」

靜怡縣主點點頭。「是啊，七姊，算了吧。」

靜柔郡主冷哼。「姊姊誣衊妹妹貪財愛小，妹妹膽小如鼠，簡家姑娘不過如此。」

廣平公主喝道：「閉嘴！妳下戰書，人家就得應嗎？以為妳是誰啊？」

靜柔郡主道：「廣平姑姑，我是皇祖父的親孫女，妳的親姪女。我以郡主之尊，向她一個小小的民女下戰書，已經給足她面子。」

廣平公主啞然。

簡淡知道，今天若不跟靜柔郡主賽上一場，只怕又有人說她壞了簡家名聲。她可以不在乎別人，卻不能不在乎祖父和大哥。

於是，她笑著開口。「靜柔郡主早用郡主的身分壓人多好，便沒有這麼多誤會了。」說到這裡，恭敬地行禮。「郡主所命，民女不敢不從。不過賽馬之前，民女有三個要求，請廣平公主與靜柔郡主成全。」

靜柔郡主的臉色更黑了。齊王的女兒以勢壓人，逼迫首輔大人的孫女賽馬，好像也不怎麼好聽。

廣平公主知道，這場賽馬勢在必行了。跑馬她幫不了忙，但答應幾個要求是可以的。

「妳說吧，有什麼要求？」

簡淡道：「賽馬危險，稍不注意便危及性命。民女的要求很簡單，第一，要有彩頭，不得少於五百兩銀子；第二，任何人都不能做出危害他人的舉措，一旦出手，當按謀害人命論處；第三，賽馬中若因自己失誤受傷或死亡，皆由自己負責，禍不及他人。」

廣平公主眼睛一亮，提得好呀，她擔心的正是後兩點。

「好，本公主答應。靜柔，妳有什麼不同意見嗎？」

靜柔郡主搖頭。「沒有。」她與蕭月嬌的騎術是同一個師父教的，光明正大便能贏了這個賤丫頭，不需要那些見不得人的小動作。

「我們也沒有。」靜安郡主道。

廣平公主問：「妳們也要參加？」

靜安郡主說：「誰想去就去，靜柔妳說是不是？」

「來啊，怕妳們不成？」靜柔郡主抬了抬下巴。

蕭月嬌道：「那也算我一個。」

靜怡縣主道：「六姊下場，靜怡就比。」

簡淡知道，有靜安姊妹在，這場賽馬必定難以善了。但事已至此，只能往前衝。

「寫張文書吧，省得事後有人不認帳。不管是誰，都要簽字畫押。」簡淡不是不信任廣平公主，而是怕她年紀小，真的出了大事，難以服眾。

另一邊，因為擔心，便想聽得更清楚些，簡家和崔家兄弟站到了兩座亭子中間。

「三表妹進退有度，果決聰慧。」崔曄說道。

「大哥所言極是。」崔逸點頭同意。

簡思越默不作聲，握緊了拳頭。

「靜柔真是胡鬧。」待在亭子裡的沈餘安皺眉。

「大表哥，咱們要不要制止？」蕭仕明有些擔憂。

沈餘安搖頭。「已經到這個地步，叫停豈不是墮了皇家威名？走吧，我們過去看看。」

兩人快步過去，進了涼亭。

沈餘安道：「廣平姑姑，您就不要參加了，幫她們做個見證就是。」

「嗯。」廣平公主從鼻孔哼出一聲。若隨便玩玩也罷了，鬧成這個樣子，她才沒有興趣下場呢。

「靜柔，點到為止，知道嗎？」沈餘安說著，望向靜安姊妹。「不管誰有小動作，我都會告到皇祖父那裡，讓妳們吃不了兜著走。」

「十哥放心，我有分寸。」靜柔郡主道。

蕭仕明則拍拍蕭月嬌的腦袋，小聲叮囑。「只管往前跑，咱們什麼都不摻和。」

蕭月嬌點點頭。

因為蕭仕明喜歡畫畫，僕從們早已備好了筆墨紙硯。

沈餘安親手寫了書契，並在簡淡的要求上又加了一條：若發生危險，旁觀者可以喊停。他寫完後，讓蕭仕明和簡思越看過，都沒有意見，遂命人抄寫四份，給簡淡等人一份。

大家畫完押，才去了賽馬場。

第三十一章

林家有錢，養的馬都是名貴品種，簡淡騎的是她從小養大、有汗血寶馬血統，名叫追風的馬，跑得快，耐力好。

靜安郡主等人的馬也不差，就看騎術如何了。

按照慣常的規矩，先沿著圍場跑三圈，每圈都有四個關卡擋著，不僅要快，馬匹還得跳過關卡，不能踢倒任何東西，否則就算輸了，對馬和騎士都是相當難的要求。

等場上目前的比試一結束，衛文成和方乃杰便叫停，要排好的下一組人馬離開。

蕭仕明無奈，只好把簡淡等人的比賽往前挪。

「姑娘，那些人都不是善類，您可要小心呀。」白瓷細細整理好馬鞍，按照簡淡的身形，調好腳蹬。

簡思越也道：「三妹，妳可以不贏，但一定不能受傷，知道嗎？」

簡思敏抓住簡淡的袖子。「是啊，三姊，聽說靜柔郡主和蕭月嬙的騎術是經過名師調教的，妳要小心。」

「你們放心吧，我都省得。」簡淡道。她的騎術不差，就算最近練習得不多，但對付兩朵嬌花，是絕對沒有問題的。

崔曄走近兩步。「三表妹，那幾個姑娘未必有膽量動手，妳小心場外。」

簡淡順著他的眼神看去，正好對上衛文成的狠戾目光。

衛文成挑眉，做出一副妳奈我何的模樣。

簡思越也瞧見了，心裡一緊。「三妹，不然還是別比了，那小子毫無人性，說不定會下狠手。」

簡淡笑笑。箭在弦上，不得不發，後悔已經晚了。

靜柔郡主等人上了馬，都在等簡淡。

靜安郡主譏諷道：「怎麼，不敢比了嗎？」

靜柔郡主瞧瞧蕭仕明，再次口出惡言。「簡三姑娘謹慎著呢，少安勿躁，怎麼也得讓人把遺言交代完啊。」

簡淡冷冷一笑。「諸位，別忘了下注。」從手腕上取下羊脂玉鐲，放到準備好的托盤上。這只玉鐲溫潤油滑，成色出眾，最少值一千兩銀子。

靜安郡主也想摘鐲子，遲疑片刻，換成了鑲嵌貓眼石的金項圈。

靜怡縣主沒想到簡淡如此大手筆，但她沒有靜安郡主那麼強的攀比心，只脫了金鑲玉的鐲子放上去。靜柔郡主和蕭月嬌也是如此。

男人們也識貨，七嘴八舌道：「不是說簡淡貪財愛小嗎，出手這般大方，不像呢。」

「是啊，從始至終，簡淡都顯得不急不躁，有理有據，是誰說她粗魯野蠻的？」

「長得也漂亮，瞧這精神，比病懨懨的簡雅有意思多了。」

簡思越搖頭苦笑，為了這些虛名，簡淡要冒生命危險賽馬，不知道值不值得。

簡淡與其他人一起到了起跑的地方，準備開始。

廣平公主大喊。「簡淡衝啊！」

簡思敏不甘示弱，也叫道：「三姊必勝！」

簡淡對他們揮揮手。小臉瑩白，大大的杏眼黑白分明，身上穿著繡滿大紅色牡丹的玄色胡服，腰上繫寬寬的鹿皮腰帶，加上鹿皮短靴，顯得乾淨俐落，又極有精神。

有簡淡在，幾位宗室女黯然失色，成了陪襯。

「準備了！」沈餘安喊了聲，停頓一下，道：「開始！」

「駕！」簡淡習武，反應最快，雙腿一夾，追風帶著她，一舉衝在前面。

蕭月嬌緊隨其後，再次是靜柔郡主，靜安姊妹墊底。

簡思越見簡淡衝在前面，心裡稍稍鬆了口氣，對看熱鬧的眾人說：「你們猜誰會贏，賭一賭如何？」

「好啊，我賭簡三姑娘贏，賭注一萬兩。」一道清冷聲音從男客們身後傳來。

眾人心頭登時一凜。

沈餘之！

衛文成眨眨小眼睛。「姑娘家的比賽有什麼好賭的，你們說是不是？」

簡思越目光凌厲地看著他。「只要是比賽，就會有輸贏，你管男人、女人做什麼？」

他想賭，不為贏錢，而是想讓大家擦亮眼睛盯著比賽，以防有人暗中搗鬼，陷害簡淡。

衛文成不想開賭局，只是因為他心虛。

誰都不是傻子，衛文成心裡的小算盤不難猜。但這是英國公府的莊子，如果首輔大人的親孫女當真出事，沈餘安和蕭家都沒有好果子吃。

沈餘安與衛文成的交情好，但他並不樂於被衛文成算計。

「十三弟來啦。」沈餘安笑著和沈餘之打招呼。「十哥比不上你有錢，出一千兩湊個熱鬧吧，賭靜柔贏。」

蕭仕明道：「我出八百兩，賭我家五妹贏。」

幾位世子帶頭，其他人也沒什麼好猶豫的，你一百，我兩百的出了賭資。

簡思越與簡思敏共出五百兩，崔曄和崔逸則各出三百兩，都押簡淡贏。

大家站在外圍，一邊看美人賽馬、一邊聊著天，倒也快意。

廣平公主怕曬太陽，獨自在涼亭裡觀看，把沈餘之叫到身邊來。

「簡淡的騎術真不錯，跳躍時輕鬆自如，顯然比靜柔高上一籌，肯定是練過的吧。」

沈餘之的目光緊緊追隨著簡淡，笑道：「她在林家練過。」

廣平公主坐直了身子。「這個你也知道？」

沈餘之不置可否。

廣平公主想了想，小心翼翼地問：「老十三，你想怎麼報答簡淡？」

沈餘之道：「這還用問嗎，當然是以身相許。」

「噗！」廣平公主嘴裡的茶全噴到旁邊的嬷嬷身上了，用袖子抹了把嘴。「你是親王世子，怎麼可以以身相許？」

沈餘之一抖扇子，蹺起二郎腿。「怎麼不可以？我父王已經提過親了。」

「啊?!」廣平公主面色發白，不由望向簡思越那邊，叫道：「絕對不行！」

沈餘之冷哼一聲，沒理她，繼續盯著正迎面疾馳過來的簡淡。

第二圈了，簡淡仍居第一，跑得非常輕鬆。

靜柔郡主和蕭月嬌左右夾著她，靜安姊妹落後。只要簡淡沒出差錯，她們絕對贏不了。

衛文成眉頭緊蹙，在草地上來回踱步。

方乃杰小聲道：「要不算了吧，只要她不死，日後總會出門。君子報仇，十年不晚。」

衛文成搖搖頭。「我跟靜安郡主說好了，這時候罷手，豈不是太沒面子？」

「那你有辦法動手嗎？我提醒你，沈餘之可不是好惹的，我那些表兄弟，沒一個敢得罪他。」一方乃杰觀察周圍。「你瞧見那幾個人沒有，都是他的護衛。」

衛文成擦了把汗。「行了，我還不了解他嗎，別廢話了。」

方乃杰瞪著牛眼睛。「你還敢嫌我廢話？我告訴你，今兒這事要是搞砸，那幾位剝了你的皮都可能。」

「好了、好了，別說了，我不弄她了不行嗎？」衛文成想到自家老爺子，乾脆地放棄了掙扎。老爺子曾說過，仇肯定要報，但前提是不能把自己搭進去。

兩人商議完，回到場邊時，簡淡已經在跑最後一段路了。

一會兒後，靜安郡主駕馬過來，與衛文成交換一個眼色，但衛文成避開了，立時明白，他臨陣退縮，不幹了。

大熱天的，她跟個傻子似的策馬狂奔，滿身臭汗，卻被撂了挑子，暴戾之氣陡然升起。

你不幹，我幹，膽小鬼！

一根長長的縫衣針從她左邊袖子裡露出來，略一用力，便扎到馬脖子裡。

馬匹吃痛，嘶鳴一聲，猛地朝靜柔郡主撞過去。

靜安郡主一拉韁繩，強行帶馬超過靜柔郡主，隨即拔出長針，扔到草叢裡。

簡淡聽見後面的動靜，心知不好，想回頭看看，但距離最後一個關卡已經不到二十丈，稍有差池，追風跳起時就會撞倒東西，輸是必然，傷也是必然。

略一思考，她雙腿一夾馬肚，隨後脫下左腳馬鐙，蓄勢待發，做好側踹的準備，同時又注意和關卡的距離，一心二用，精神緊繃。

「駕！」驚馬被靜安郡主奮力驅使，逐漸往簡淡靠近……

見勢頭不對，圍觀的人全站了起來。

簡思敏焦急地往前跑幾步，喊道：「三姊，小心啊！」

沈餘安也喊。「靜安冷靜，帶緊韁繩，控制住馬！」

沈餘之已到場邊，朝等在終點的蔣毅和小城擺手，示意兩人再靠近些，隨時準備接應簡淡，又吩咐討厭和煩人。

「討厭速速回去，取些吸鐵石來。煩人召集人手，封住靜安郡主馬匹失控的那段路，本世子要徹查。」

「是。」討厭及煩人立刻分頭行動。

圍場上爆出一陣喧鬧聲。

「天啊，要撞上了，簡三姑娘要摔個大跟頭了！」

靜安郡主的駿馬嘶鳴，衝向簡淡。

簡淡單手在馬鞍上一撐，身子前傾，脫鐙的左腳飛起，狠狠踹在靜安郡主的馬肚子上。緊接著，她猛地一抖韁繩，追風聽令，騰空而起，輕鬆越過兩重關卡，率先抵達終點。

靜安郡主的馬挨了一腳，變得更加狂躁，不管不顧地朝關卡衝過去。

靜安郡主這才知道自己犯了大錯，小臉慘白，喉嚨裡發出驚叫。「救命啊！」

駿馬撞上關卡，前蹄跪地撲倒，將她高高拋了出去。

「啊──」一聲刺耳的尖叫聲後，靜安郡主落到護衛懷裡，像隻受驚的小母貓般，死死抱住了那人的脖子。

「呵呵。」簡淡哂笑，鎮定自若地下馬，把韁繩甩給驚魂未定的白瓷。

白瓷接住韁繩，哭道：「姑娘贏了，太好了！奴婢嚇死了，嗚嗚……」

簡淡嗔道：「看這哭哭啼啼的樣子，還說自己是習武之人呢。」

簡思敏歡呼著跑過來，抱住簡淡的胳膊，又跳又叫。「我三姊贏啦！哈哈哈哈……」

另一邊，簡思越抹了把冷汗，一屁股坐在椅子上。

「太凶險了。」崔曄道：「幸好有人早早做了安排。」

崔逸點點頭。「看來靜安郡主的馬出了問題。」

「我看是人品出了問題才對。」崔曄道：「走吧，咱們也去看看三表妹。」

蕭月嬌第二個到的，對簡淡說：「騎術不錯。」

簡淡道：「承讓。」

蕭仕明見靜安郡主沒有受傷，長長出了口氣，笑著誇簡淡。「簡三姑娘大發神威，果真厲害。趕明兒替妳畫幅賽馬圖如何？」

沈餘之涼涼地說：「不必了吧，什麼大發神威，分明是有人算計謀害。」話落，對簡淡伸出手。「聽說簽了書契？拿來給我看看。」

簡淡道：「在我大哥那兒。」不由回頭，見煩人帶著護衛包圍出事的地方，心裡不由一鬆，對沈餘之擠出感激的微笑。第一次覺得，沈餘之真是個不錯的人。

靜安郡主被人從護衛身上扯下來，大哭告狀。「廣平姑姑，十哥，十三哥，你們要給靜安做主，簡淡謀害我，嗚嗚……」

廣平公主怒道：「妳當我們都傻，就妳一個奸巧嗎？」

她已經梳理好自己的心情。皇家的事，沒那麼多講究，沈餘之娶他的簡淡，她嫁她的簡思越便是，有什麼大不了的？

「廣平姑姑，我才是您的親姪女，簡淡只是個外人。」靜安郡主怒道。

靜怡縣主也道：「大家都看見了，我六姊什麼都沒做，是簡淡踢了六姊的馬，所以六姊才被馬甩出去，要不是有那個護衛，只怕……」也抹起了眼淚。

眾人面面相覷，因為沒有證據，不敢多說什麼。

沈餘之道：「想讓馬瘋，無非那麼幾招。我已經派人去取吸鐵石，很快就能查出來。」

靜安郡主抬起頭，臉都嚇白了。「十三哥，你這是什麼意思？」

沈餘之一哼。「人蠢，就不要出來了，會丟老祖宗的臉。」

沈餘安為難地扶額，把沈餘之叫到人少的地方，小聲道：「十三弟，不過些許小事，算了吧。」

沈餘之冷冷地說：「如果簡淡與靜柔易地而處，你會勸我算了嗎？」

這話沈餘安不愛聽了。「十三弟，她可是你妹妹。」

「我沒有這麼蠢、這麼惡毒的妹妹。」

沈餘之硬，沈餘安只得軟下來。「不然這樣，你查你的，如果發現靜安確有不妥，我們先不要把事情鬧大，交給慶王叔處置，如何？」

「這麼多雙眼睛看著，還有白紙黑字的書契，你覺得我們瞞得住嗎？」

沈餘安人不壞，但愛面子、愛玩，結交的人多是衛文成之流，被沈餘之接連頂撞兩次，臉上有些掛不住，發怒了。

「十三弟，不管怎樣，簡三姑娘都在眾目睽睽下踹了靜安，若非有人接住她，只怕靜安凶多吉少。這不是偏袒不偏袒的事，大家都有錯，半斤對八兩，各退一步有何不可？」

沈餘之失笑。「十哥，話不是這樣說的。」在肩輿上坐下，手指微動，小刀在指尖上轉了幾圈。「應該這樣說，要不是我安排的人接住靜安，她此刻已經自食惡果。事情已經安排妥當，我就不多說了。」

他一抬手，護衛們便抬起肩輿，往東邊去了。

這小子六親不認，簡直毫無人性！

目送肩輿漸漸走遠，沈餘安登時覺得後背涼颼颼起來……

第三十二章

靜安郡主被護衛當眾抱個滿懷，丟了大臉。如果是別的貴女，只怕早已羞憤難當，立刻返京。

但她性子魯直，向來不走尋常路，非但沒有要走的意思，還留下來反咬簡淡一口。

蕭仕明喚管家把盛放珠寶的托盤端過來。「簡三姑娘贏了，這些該是簡三姑娘的，妳們有意見嗎？」

面對蕭仕明，靜柔郡主的嬌氣一掃而空，柔聲道：「願賭服輸，大表哥讓她拿走吧。」

靜怡縣主瞥瞥靜安郡主，不敢吭聲。

靜安郡主心疼地看了自己的貓眼石金項圈一眼，嘲諷道：「簡三姑娘運氣不錯，這回不用再跟簡雅姑娘借首飾了。等日後缺了，再找我們比上一場就是。」

簡思敏反駁道：「這話什麼意思，是我三姊逼妳們賽馬的嗎？」

「她是沒逼我們賽馬，但她逼我們賭了！」

「妳可以不賭啊，明明是靜柔郡主向我三姊下戰書，誰逼妳參加了。」

靜安郡主回嘴。「簡淡苦練騎術，扮豬吃老虎，就是為了這時候謀算東西吧。」

「妳……」簡思敏氣得直跳腳。

簡淡並不理會蕭仕明的假客套，她贏的就是她贏的，白紙黑字寫著呢，問她們做什麼？笑咪咪地戴上自己的羊脂玉鐲，又把其他四件首飾放進荷包裡，這才按住簡思敏。

「好啦。靜安郡主輸得這麼慘，不但丟了東西，還丟了人，不讓人家哭一哭、罵一罵，豈不是憋屈死了？我貪財愛小，現在得了好處，賣個乖也沒什麼。走吧，咱們回家去。」

「妳混蛋！」靜安郡主氣瘋了，跳起來就往簡淡身上撲。

兩名護衛倏然而至，擋在簡淡身前，攔住她。

小城道：「靜安郡主，簡三姑娘是睿王世子請來的貴客。」

「是你！」靜安認出小城正是剛剛接住她的護衛，當即紅了臉，轉身便跑。

小城也有些不好意思，撓撓頭，結結巴巴地說：「簡三姑娘，世子請您和幾位公子先回莊子，等這裡的事情了了，再回京城。殿下在莊子等著您呢。」

簡思越朝簡淡點點頭。「走吧，我們過去。」

簡家人跟崔家人走了，其他客人也紛紛告辭，一場因為崔曄發起的賽馬會，不歡而散。

蕭仕明送完客，正要回花廳，就見蕭月嬌遠遠地迎了上來。

「妳來得正好，大哥有些事情要問妳。」

蕭月嬌道：「哥，你和簡淡是怎麼回事？」

蕭仕明吃了一驚，自己表現得有那麼明顯嗎？

原本他看上的是簡雅，但簡雅身體太弱，難當世子妃大任。現在簡淡回來了，她有簡雅的臉，也有簡雅沒有的健康身體，顯然更適合他。

將來成了親，他不但美人在懷，還替齊王姨父拉攏簡廉，順帶有個可以切磋畫技的岳父，是真真正正的一箭三雕呢。

「難道……靜柔是因為我，才要跟簡三姑娘賽馬？」

「大哥，你既然明白，為何要傷表姊的心？」蕭月嬌十分不解。

蕭仕明笑了笑，如果他明白一個姑娘的心意，就要娶她，那豈不是要娶二、三十個？再說了，像他這樣的身分，怎麼可以娶自家表妹，那是多大的浪費呀。

看來，他必須好好教教蕭月嬌，省得她日後跟著靜柔郡主瞎起鬨。

兄妹倆邊走邊聊，回到花廳時，蕭月嬌已經對他的謀劃無話可說了。

與此同時，靜安郡主還在哭，要求沈餘安做主，處死接住她的護衛小城，以維護她皇家郡主的尊嚴。

沈餘安說，他做不了沈餘之的主，無法答應。

靜安郡主無奈，便說要找慶王撐腰，就算殺不了沈餘之的護衛，也得讓簡淡向她三拜九叩賠罪。

沈餘安被她鬧得心煩，道：「六妹，我勸妳還是想想怎麼平息此事得好。那護衛是妳十三哥安排的人，本是為了援助簡淡，若不是他，只怕這會兒妳已經重傷昏迷了。」

「十哥說得對。」靜柔郡主眼睛一亮。「你們不覺得奇怪嗎？」

蕭月嬌乖巧地搭橋接話。「奇怪什麼？」

靜柔郡主滿意地笑了笑。「第一，十三哥向來不往我們這邊湊，今兒卻突然來了；第二，十三哥從不管別人的閒事，今兒卻如此熱心周到。你們說，這表示什麼呢？」她是女孩子家，有些話不好說出口，意思到了即可。

蕭家兄妹齊齊變了臉色。

蕭月嬌驚呼。「不可能！睿王世子身體一向不好，而且不是有高僧說，他十七歲之前不能議婚嗎？」

方乃杰道：「他明年就十七了吧。」

靜怡縣主小聲地說：「那可是十三哥，她也配？」

靜安郡主沈默好一會兒，忽然發現事情有多嚴重。

她不怕簡家，慶王府與簡家是親家，簡廉不敢拿她怎麼樣。可她真怕沈餘之，父王說過，那就是個我行我素的傢伙。

「走，我們回城。」她抹了把眼淚，起身朝外面走去。

靜安姊妹走後，蕭仕明與沈餘安去露天池子泡溫泉。

表兄弟脫掉衣裳，袒胸相見，各自叫了兩個美婢服侍。

丫鬟的柔荑在肩膀和腿上推拿著，蕭仕明舒服地閉上雙眼，問道：「大表哥覺得，睿王世子會娶簡淡嗎？」

沈餘安也瞇著眼。「簡家與慶王叔是姻親，只要他沒老糊塗，就不會答應這門親事。」

蕭仕明點點頭，那他還有希望。「看來提親之事，應該先準備起來了。」

沈餘安坐起身，喝了口涼茶。「我跟姨母一樣，還是覺得簡雅更好些，聽說她現在身體調養得不錯。女人嘛，要有女人味才行，簡淡太過悍勇，比有些男人還強，你收不服的。」

蕭仕明哈哈一笑。「女人味，是女人對著心悅的男人時才該有的東西。對誰都有女人味，豈不是放浪？」

沈餘安大笑。「表弟高論，受教受教。」

砰砰！門被敲響了，蕭仕明道：「進來。」

管家推門。「兩位世子，我們找到馬脖子上的針孔和落在道上的長針了。」

沈餘安把杯子裡的茶水一飲而盡。「老十三贏定了。看來慶王叔要發脾氣了，縱女行兇，可不是什麼好名聲。」

蕭仕明點點頭。沈餘之思維縝密，剛才不但叫了他們的人，還讓廣平公主派了個嬤嬤一起盯著，這下靜安郡主想狡辯，也狡辯不了了。

簡淡一行回到沈餘之的莊子時，沈餘之已經上山，讓他們按照昨日的安排各自休息。

兩個姑娘又去了溫泉池，廣平公主問簡淡。「妳喜歡首飾？」

簡淡笑了笑。「公主不喜歡嗎？」

「還好，戴著怪累贅的。」

「我也那麼覺得。」

「那妳為什麼要賭？」

「賽馬那麼危險，當然不能白陪著她們玩嘛。」

「哈哈哈，有道理。簡淡，本公主真是越來越喜歡妳啦。」

簡淡眨了眨眼，心道，難道不是越來越喜歡她大哥嗎？

這個念頭一起，她便想起靜柔郡主對蕭仕明說話的情景，繼而想到，蕭仕明是特地邀請她來此，心裡不由暗驚。

難道蕭仕明對她有什麼想法不成？忍不住頭大起來……

小半個時辰後，簡淡剛穿好衣裳，丫鬟過來稟報，說沈餘之來了。

兩人進正堂時，討厭正在幫沈餘之摘斗笠。

他換了衣裳，頭髮微濕，臉色比平常蒼白些，窩在肩輿裡，有些萎靡不振。

簡淡暗忖，這廝定是起得太早，又為了她的事不曾補眠，這才失了精神。

廣平公主在沈餘之對面坐下。「老十三，你不舒服嗎？」

沈餘之勉力坐起來些，桃花眼一掃簡淡。「還好，早上醒得太早，有些犯睏。」

簡淡想起兩人緊緊相擁的那一瞬，臉又紅了，趕緊低頭喝茶。

「那你怎麼不睡一會兒再來？」

沈餘之道：「餓了，且天氣炎熱，就不讓小姑姑來回跑了，午膳擺在半彎閣。」

「算你小子有良心。」廣平公主笑嘻嘻地點頭。

「我一直都很有良心，是不是，簡三姑娘？」沈餘之很喜歡看簡淡窘迫害羞的樣子，忍不住想逗逗她。

「啊？」簡淡一呆，腦子裡靈光一閃，立刻轉了話頭。「世子，那邊有什麼發現嗎？」

沈餘之靠上椅背，閉起眼，幽幽道：「找到針孔和針了。放心，我不會讓妳有事的。」

「嘖嘖。」廣平公主起鬨似地咂嘴。「我看你也不是話少，是看說話的對象是誰吧。」

簡淡雙目圓睜，威脅地看沈餘之一眼。

沈餘之似有所感，睜開眼，向簡淡拋個眼神，笑道：「小姑姑，您說得太對了。」

找到針和針孔，雖不能直接證明靜安郡主謀害簡淡，但足以證明，她意圖用不良手段贏得比賽。

當天下午，簡家人與崔家人啟程回京，沈餘之、廣平公主同行。

到家時已是黃昏，簡淡先去外書房，得知簡廉未歸，便跟簡思越等人去松香院請安。

簡家幾位老爺都在，氣氛比往常凝重。

崔曄兄弟請完安，便告辭回客院。王氏跟陳氏也帶孩子們走了。

簡雲澤猶豫一下，把不想動彈的小馬氏拖回去。

簡淡明白，留下的人是有資格聽她這場三堂會審的。

馬氏板著臉開口，問簡思越。「慶王府來人，說三丫頭賽馬時踹了靜安郡主一腳，差點鬧出人命。你說說看，到底怎麼回事？」

簡思越道：「祖母，事情不是那樣的……」從簡廉同意簡淡出門開始講，有理有據，一直講到整件事情結束。

「所以，三妹妹完全是無妄之災，還請祖母明鑑。」

馬氏眼界小，平時只重保養和養生，不懂朝廷之事。對她而言，誰對誰錯並不重要，重要的是如何平息慶王妃的怒火，如何找回她丟掉的顏面——慶王妃派了個嬤嬤來，話裡話外說她是庶女，教出來的孫女果然沒規沒矩，不知尊卑。

所以，簡思越的話並不能讓她消氣。

馬氏猛地一拍桌子。「無妄之災？那她怎麼不去撞靜柔郡主，怎麼不去撞蕭月嬌，怎麼偏偏來撞三丫頭？」

「母親。」簡雲愷有些無奈。「不管靜安郡主想撞誰，都不是三丫頭的錯。

「依兒子看來，越哥兒和三丫頭處理得很好，完全站得住腳。既然睿王世子已經掌握證據，慶王知道實情後，定會秉公處理，屆時慶王妃的怒火便會消散，母親完全不必憂慮。」

馬氏被親兒子的話堵得胸疼，卻一個字都不能反駁。

簡雲豐也點點頭。「三弟所言有理。」他本也覺得簡淡惹是生非，但聽完簡思越的話，又覺得自家孩子做得對，就該那麼做。

於是，他溫言問道：「小淡，妳可有受傷？」

簡淡聽了，眼眶一酸。兩輩子了，這是簡雲豐第一次當著她的面，主動問及她的安危。

「父親放心，女兒不曾受傷。」

說到這裡，她又向馬氏行了萬福禮。「祖母，靜安郡主告刁狀，讓您為難了。」這件事的起因在簡雅，她必須巧妙地提醒馬氏。

馬氏自是明白。「我為難不要緊，要緊的是妳們這些姑娘家的名聲。」又去看崔氏。「靜安郡主跟三丫頭的爭執，是二丫頭挑起來的吧？女孩子家，德言容功最是要緊，琴棋書畫不過雕蟲小技罷了。再有一年，兩個丫頭便及笄了，教導一事刻不容緩，妳說是不是？」

崔氏氣得手都抖了。

馬氏說得沒錯，沒有簡雅那封似是而非的信，就沒有靜安郡主的突然發難。但靜安郡主本就心術不端，器量狹小，賽馬的事跟簡雅有什麼關係，跟她們母女喜愛琴棋書畫，又有什麼關係？女子有才是罪過嗎？

她掐著手心，忍住怒火，顫聲道：「兒媳記下了，多謝母親教誨。」

簡雲帆目光沈沈地看了簡淡一眼，起身對馬氏拱手。「母親，既然三丫頭無大礙，兒等先告退了。」

馬氏冷著臉。「都回去吧。老身乏累，也要歇下了。」

簡雲帆離開前，向簡雲豐使了個眼色。

簡雲豐眼裡閃過一絲無奈，腳下稍頓，跟了上去。

竹苑內書房裡，簡雲帆屏退下人，親自給簡雲豐倒了杯茶。

「二弟，兄長待你如何？」

簡雲豐聽了，頓時感覺有些頭大。有親爹在，就算是兄長又如何？頂多在對上馬氏時同仇敵愾罷了，還能怎樣？總不能跟他一起，幫著慶王謀害自家親爹吧？

簡雲帆傍上慶王，升官發財不說，將來還是他兒子的老岳父。他呢？一介白身，沒有了親爹，在京城什麼都不是。

就算哥哥有出息，也沒有弟弟指望哥哥養他一輩子的吧。

簡雲豐心裡這樣想，嘴上卻不能這麼說。讀過聖賢書之人，自當兄友弟恭。

「大哥待我很好。」

簡雲帆欣慰地點點頭。「親兄弟，相助是應該的。」

「對對。」簡雲豐吶吶應聲。

簡雲帆以為自己點得很明白了，按照他的想法，簡雲豐此刻就該開誠布公，主動講出簡廉跟他說的話。

然而，簡雲豐只給了他兩個字，還是重複的。

簡雲帆有些惱怒，站起身，踱了一會兒步，決定再說得透澈一點。「二弟，我跟父親在朝政上看法不同……唉，父親年紀大了，次輔又蠢蠢欲動，他的位置並不穩固。大哥周旋於慶王和父親之間，一直很難做，你懂嗎？」

簡雲豐不作聲。他明白簡雲帆的意思，這句話無非是想告訴他，簡廉百年之後，要依靠的是簡雲帆，所以，應該體諒他的難處。

但是，因為簡廉的位置不穩，他就得幫著慶王對付父親嗎？這是什麼道理？

簡雲豐笑了笑。「慶王是姻親，父親是父親，孰近孰遠，大哥應該比我清楚。」

簡雲帆搖搖頭，現在不是談孝道的時候。

「二弟，父親不讓你出仕，你可有不甘？」他乾脆地轉了話頭。

簡雲豐有些尷尬。年輕時，確實心有不甘，但這十幾年來，他已經習慣。且年將不惑，他對自己的了解越加深刻，很多事情也就看開了。

父親說得對，他為人刻板，不適合官場上的爾虞我詐。

「沒什麼不甘心的，比起當官，閒雲野鶴的日子更適合我。」

簡雲帆搖了搖頭，拿剪刀剪燈花。「既是如此，大哥就不多說了。二弟，你只要記住一句，大哥不會害父親，更不會害你們。」

簡雲豐笑笑，這句話空洞泛泛，只能信一半。

他是不會害父親，但慶王會。他幫慶王，雖然不等同於他害父親，但總是有因果的，這也是當初父親執意不讓簡潔嫁到慶王府的原因。

但他跟王氏硬是用了見不得光的手段促成這件事，父子間的隔閡這才越加深了。

「我相信大哥，父親也相信大哥。分家一事，大哥不要想太多，樹大當分枝，父親如此安排，也是為咱們簡家好。」

簡雲帆笑道：「二弟成熟多了。」在書案後坐下，端起了茶杯。

「那是自然，再過兩年，都能當祖父了呢。」簡雲豐識趣起身。「要是沒別的事，我先告辭了。」

簡雲帆點點頭。

第三十三章

與此同時，簡淡和簡思越、簡思敏一道去了梨香院。

崔氏對兩個兒子噓寒問暖，聽說他們還沒吃飯，立刻安排人去廚房準備晚膳，連崔曄兄弟的也沒有忽略。唯獨不問簡淡，甚至看都不看她一眼。

簡淡無所謂，站在一旁，笑咪咪地看著她表演。

簡思越和簡思敏尷尬得手足無措。

崔氏更氣了，只好逼著自己說了句人話。「妳也累了，早些回去歇著吧。」

「是，母親。」簡淡從善如流，退出梨香院，帶著白瓷回香草園。

主僕倆推開大門，正堂裡燈火通明，但幾道長長的人影說明，屋裡除紅釉、藍釉之外，還有別人。

簡淡知道，敢在這個時候不請自來的，只有沈餘之。

白瓷說：「姑娘等著，奴婢先進去看看。」

「不必了。」蔣毅不知從哪裡冒出來，拱手道：「三姑娘，我家主子帶了飯菜過來，正等著您一起用呢。」

又是吃飯？簡淡怒道：「你……」

蔣毅攔住她的話：「三姑娘少安勿躁，妳們小廚房沒有吃的了，我家主子是好意。」

「這是我家！我家！」簡淡忍無可忍。

蔣毅噗哧一笑，不再多言。

「姑娘，算了吧。」白瓷勸道：「正主兒在屋裡呢，跟他生氣有什麼用？」

「胳膊肘往外撇！找到正主兒又如何，我敢打人家嗎？」簡淡戳白瓷的額頭，垂頭喪氣地進了屋。

「姑娘回來啦！」藍釉與紅釉驚喜交加。

「嗯。」簡淡關上門，看向坐在肩輿裡的沈餘之，責問道：「世子怎麼又來了？」

「一個人用飯沒意思，一起吧。」沈餘之指指八仙桌上的菜。

六道菜，三葷三素，還有兩份熬成奶白色的魚湯。廚子手藝不錯，色香味俱全。

簡淡嘴硬道：「世子用吧，我不餓。」

咕嚕嚕……她的話音將落，肚子便唱起了反調。

沈餘之指指她的肚子。「妳是不餓，可它說它餓了。」

簡淡氣結。

「好啦，淨手吃飯。」沈餘之瞅了紅釉一眼。

紅釉麻利地把準備好的水盆端過來。

簡淡不洗，氣呼呼地瞪著沈餘之。

沈餘之不躲不閃，定定與她對視，桃花眼中情深似海，生生把簡淡看了個面紅耳赤。

「小笨蛋，想要我走還不容易？過來用膳。」

簡淡洩了氣。沈餘之說得對，除了乖乖吃飯之外，確實沒什麼更好的法子趕走他。她淨了手，在他對面坐下。

沈餘之挾了一筷子青菜給她。「聽說慶王妃派人來過了？」

「嗯。」簡淡吞口飯，把菜吃了。

「慶王叔不護短，但慶王妃格外護短。不要緊，這件事明日準能解決，妳不必擔心。」

簡淡心裡又是一暖。「謝謝你。」

沈餘之又幫她挾了一筷子魚。「跟我還客氣什麼？吃魚，這是我家廚子的拿手菜。」

簡淡習慣自己動手，不喜歡沈餘之挾來挾去的，太彆扭，又不敢違逆他的好意，只好另找話說，分散他的心思。

「抓刺客的事，有眉目了嗎？」

沈餘之道：「簡老大人的案子，進展不大。月牙山的事倒是有些眉目，但很難定罪。」

「不說這些了。」他指指簡淡前面的雞肉。「禮尚往來，妳也幫我挾。」

簡淡有些難為情，打算不動，但沈餘之眼巴巴地看著她，頓覺不忍，只好挾一塊過去。

沈餘之吃得興高采烈。

用完飯，他終於肯打道回府了，臨出門前告訴簡淡。「瓷器鋪子已經騰出來了，在西城的梧桐大街上。這幾日妳不要亂跑，多做些瓷器，知道嗎？」
少年眼裡有掩飾不住的疲憊，臉色也越發難看了。
簡淡點頭，知道他真的累了。儘管累，卻依然惦記著她有沒有吃飯。
「你身體虛弱，應該多休息，不要太操勞了。」
她無法不感動，又無法不自問一句：為什麼？
為什麼前世今生，沈餘之的變化如此之大，大到她幾乎無從想像，更不敢接受呢？

第二天下午，簡淡剛下課，就接到沈餘之派人送來的一大塊瓷泥。
與此同來的還有一張字條，說利坯、上釉等事，有匠人來做，不用她親自動手。
如此一來，簡淡要做的變得相對簡單了些，只剩設計器型、圖案跟拉胚的活兒。
拉胚需要手穩，方能定住泥胎。簡淡經常鍛鍊自己，手一直很穩。
她準備好量尺寸的竹片，又吃了些點心和水果墊肚子，申時末開始拉胚，打算從最擅長的斗笠杯開始做起。
這種杯子形如斗笠，口部大，底足小，成形後簡潔優雅，有種古樸之美。
簡淡喜歡這種器型的茶杯，做得多了，自然頗為順手。踏動輪車，瓷泥在輕微的嗒嗒聲中旋轉起來。
她安靜下來，將全部心神傾注在這方寸之間。此時，她不是貴女，也不是才女，只是一個禪定的匠人。

纖長手指按上瓷泥，隨著指尖力量的加減，半圓形瓷泥漸漸變成了想要的模樣。

杯子成型後，還需要微調。杯口大小、杯身高低、杯形弧度，每個細節都需要耐心，仔細地做到極致。

最後，簡淡用竹片把尺寸記錄下來，好做出相同大小的茶杯。

除必要的吃喝拉撒外，簡淡始終守在輪車旁，直到亥時，用光所有瓷泥，才站了起來，把累成死狗般的自己扔到貴妃榻上。

巴掌大的斗笠杯，在書案上直直排成一溜，極可愛。

白瓷打著哈欠，目光在茶杯上來回逡巡。「姑娘的手藝退步了呀，以前可沒這麼慢。不過，杯子看著好像更順眼了。」

紅釉趴在書案上，驚訝道：「這還慢？瓷器多難做啊！」

白瓷翻了白眼。「妳懂個屁。」

簡淡笑而不語。三年沒做斗笠杯，當然有些不熟練。而且，她年紀大了，見得多，要求也高了。

藍釉把漱洗用具端過來。「姑娘，明兒還要早起呢，洗洗睡了吧。」

簡淡點點頭，接過蘸了青鹽的牙刷。「妳們記得，不要靠近書案。這種瓷泥比我往常用的好多了，做出來的東西也不一樣。」

「奴婢發誓，明兒什麼都不幹，只顧著書案，誰都不許動。」藍釉舉起手指，一本正經地調皮了一下。

簡淡不覺得自己說得多了，又鄭重地加上一句。「從明天開始，只要我不在家，院門就鎖起來，任何人都不許進來。」

前世崔氏砸她泥胎跟輪車的教訓太過深刻，這一次，必須嚴防死守。

「是。」三個丫鬟斂容回答。

第二天，簡淡拿銀子去前院找管家，請他做一套晾曬泥胎的架子。回內院時，在門口碰到崔曄兄弟。

兩人只向她點點頭，便匆匆走了。

簡淡也不在意，回到香草園，繼續做斗笠杯。

斗笠杯做起來不難，但燒製容易出現問題，她要多做幾份，以防萬一。

隔天，嫁到慶王府的簡潔突然回了娘家。

按說大姑奶奶回娘家只是尋常小事，但若代郡主道歉，就不是小事情了。

馬氏派人過來，讓正在學女紅的姑娘們立刻告假，趕往松香院。

陰天，花園裡的林蔭道沒有一絲風，又悶又熱。

簡靜一言不發地走在前面。簡悠和簡然一起，簡淡則慢悠悠地走在最後面。

快出花園時，簡悠招呼簡淡。「三姊走快些。」

簡淡笑了笑，步伐依舊不緊不慢。

簡悠停下來等她。「三姊，大姊是不是……妳明白我的意思吧？」

簡淡知道她想問什麼，還是搖搖頭。「我不明白。」

「哎呀，三姊。」簡悠幽怨地叫了聲，抱住她的胳膊，小聲道：「我猜肯定是的，大伯母的臉色大概又要難看好一陣子了。」

簡淡點點頭，王氏一向以簡潔為傲，如今她代靜安郡主回來道歉，王氏自然不會高興。

簡靜聽到後面小聲嘀咕的聲音，停住腳，回頭瞥一眼，然後走得更快了。

簡然的大眼睛撲閃兩下。「四姊也生氣了。」

簡悠毫不在意。「氣吧氣吧，反正這件事總歸是三姊的不是，跟我們有什麼關係？嘿嘿……」乜著簡淡，促狹地笑了起來。

簡淡伸手，在她嫩得出水的小臉蛋上掐了一把。

姊妹三人說笑著，進了松香院。

一進屋，簡潔就從馬氏身邊站起來，朝簡淡招招手。「三妹快來，上次見面都沒怎麼好好說話，今兒可得好好親近親近。」

她比簡靜長得好看，集合了簡雲帆和王氏的優點，鵝蛋臉、丹鳳眼，眼神靈活。雖說現在比生產前胖些，雙下巴也出來了，但淺紫色的雞心領繡梅花褙子很適合她，不僅襯得她氣度雍容，貴氣十足，還把她的肥肉藏起來。

「大姊真偏心，看見三姊，就看不見我們了。」簡悠開了個玩笑，和簡淡、簡靜一起向幾位長輩行禮。

「這皮猴兒，就妳話多。」馬氏用食指虛點簡悠的額頭。

「大姊。」簡淡禮貌地叫了一聲，走到簡潔身邊，卻沒有坐下。加上上輩子，她跟簡潔打交道的次數，總共不會超出兩手之數，沒什麼感情，做不出故作親暱的姿態來。

「三妹跟二妹可真像，起碼我到現在都沒發現差別。」簡潔細細端詳簡淡的臉。

簡然快言快語地說：「大姊，如果三姊和二姊都坐著，我和五姊也常常認錯的。」

「為何只是坐著才會認錯？」簡潔不太明白。

簡然有些得意。「二姊和三姊的走路姿態不一樣，三姊更有精神。」

簡潔聽了，目光在簡淡和崔氏臉上一掃而過。崔氏的表情不太好看，簡淡則無動於衷。她湊過去，捏捏簡然的鼻尖。「六妹真是個小機靈鬼。」隨後又問崔氏。「二嬸，二妹的身體怎樣了？」

崔氏道：「已經好了。」

「咳咳。」王氏故意清了清嗓子。

簡潔眸光一閃，不再往下問，抓過簡淡的手。「三妹過來坐。」

簡淡不好掙脫，只能在她身旁坐下。

簡潔道：「三妹，大姊這次回來，主要是為了靜安的事。王爺說，那件事是靜安不對，來日會親自向祖父賠罪。王爺一向賞罰分明，要不是大姊求情，靜安定會挨上二十板子的家法。現在她還在靜室裡跪著呢，都兩天了，也怪可憐的。

「三妹，大姊置身王府，沒顧得上妳的感受，妳不會埋怨大姊吧？」話裡的意思是，人在王府身不由己，想要簡淡的體諒。

簡淡手握空拳，放到唇上，咳嗽一聲，擋住了呼之欲出的冷笑。

「當然不會，大姊與我相處的時日甚少，偏著靜安郡主乃是人之常情，何怪之有呢？」

這話乍聽起來是體諒簡潔，但實際上是指責她不顧娘家親情，偏袒靜安郡主。

簡潔有些窘迫，小馬氏和簡悠臉上皆明晃晃地露出了笑意。

王氏瞥簡淡一眼。「妳做得對，若王爺打了靜安郡主，於咱們也沒什麼好處，只會讓她更恨小淡。冤家宜解不宜結，二弟妹說是不是？」

崔氏迴避她的目光，低下頭，喝了口茶水。

簡淡差點吃大虧，始作俑者卻只跪了兩天。

簡潔不經簡淡同意，替她做主原諒靜安郡主，一心討好婆家人，也夠讓人寒心的。她是討厭簡淡，但不至於拿親骨肉的榮辱替大房母女做臉。

小馬氏與馬氏對視一眼，小馬氏讀懂她的意思，勸道：「大嫂此言有理，不管怎麼說，吃了大虧的畢竟是靜安郡主，咱們小淡有驚無險，心胸當寬廣些，得饒人處且饒人才好。」

「四嬸說得是。」簡潔收起思緒，唇邊堆起三分笑意。「三妹妹，王妃親自挑選了不少賠禮呢，妳看看喜不喜歡？」一邊說邊朝靠牆站著的幾個丫鬟招手。

丫鬟們把放在櫃子上的十塊綢緞料子、四只木頭匣子拿過來，林林總總擺了一桌。

簡潔親手打開匣子，一只裡面裝的是內造宮花，共八朵，造型逼真，手工和用料都很考究。另外三只匣子裡分別裝著三套頭面，一套銀嵌南珠、一套金嵌紅寶石，還有一套是翡翠的。且不說宮花和絲綢，光這三套頭面，就值三、四千兩。

本該是登門道歉的事情，卻赤裸裸地變成砸錢了事，其中的涵義不言而喻——不是貪財嗎，不是喜歡珠寶首飾嗎，那就給嘛！

這是變相地打簡家的臉！

馬氏和崔氏的臉沈了下來。

小馬氏卻不那麼認為，親親熱熱地湊上來，挨個兒欣賞一遍，沒心眼地誇讚，眼裡的豔羨藏都藏不住。

簡淡無所謂，誰不喜歡錢呢？即便慶王押著靜安郡主道歉，又有幾分真心？他可是謀殺祖父的罪魁禍首啊。

還是這樣好，如果有可能，她希望金銀珠寶來得更多些。

簡潔笑咪咪地把一支南珠髮簪插在簡淡的髮髻裡。「好看！這簪子是整套頭面最貴重的，光這顆珠子，就價值不菲了。」

南珠大而飽滿，圓潤璀璨，包裹在鏤雕的銀托裡，看起來素雅端莊，的確很美。

簡淡笑嘻嘻地取下簪子，隨意地扔回匣子裡。「確實好看。大姊，都說三妹貪財愛小，其實不然，三妹對金銀不感興趣，但對頭面情有獨鍾。這份賠禮算是送到三妹心裡了，還請大姊代三妹多多謝謝王妃。」

簡潔目瞪口呆。貪財愛小，且對頭面情有獨鍾的人，就這麼隨意地把東西丟回去了？簡淡是不是對貪財愛小有什麼誤解？或者是話裡有話，在變相地指責簡雅和靜安郡主？

一個是討人厭的小姑子，另一個是不喜歡的娘家妹妹，簡淡指責誰都沒關係，只要她順利完成慶王妃的交代就好。

「三妹妹，那……」

簡淡接話。「大姊，請慶王妃放心，那件事已經過去了。」

她很清楚，即便祖父遇到慶王，頂多刺上兩句就罷了。此刻不依不饒，只會讓馬氏一干人等以孝道押著她道歉，看笑話的人就是簡雅和靜安郡主。

簡家與慶王府的較量，還得看祖父和睿王的能耐，看三年後那把椅子到底歸誰。

她不急。

第三十四章

簡淡收下禮物，簡潔就算完成了差事，從松香院告退，隨王氏回了竹苑。

母女三人坐定，王氏便道：「世子妃與靜安郡主一向交好，她怎麼不來？妳是麵捏的嗎？萬一三丫頭不給妳面子，豈不是兩頭不落好？」

王氏神情不豫。慶王世子妃慣會端架子，因為沒生兒子，常跟靜安郡主一起排擠簡潔。

簡潔雍容地笑了笑。「娘，二嬸膽子小得很，不會讓三妹難為我的。再說了，如果不讓女兒來，您會不會覺得王妃不重視女兒？

「您放心吧，女兒回來之前，王妃特地解釋過，讓女兒來，是因為女兒跟三妹妹是親姊妹，即便吵鬧，也是家裡的事，王府在臉面上好看些。」

王氏歪頭想了片刻，噗哧一聲笑了。「嫁出去的女兒，果然是潑出去的水。」

「女兒這也是沒辦法嘛。」簡潔攬住王氏的肩頭。「娘，既然事情順利解決，就不說這個了。這次女兒回來，還想向娘打聽一件事。」

王氏問：「妳是想知道，老太爺為何要分家吧？」

簡靜放下摺扇，插了句話。「對啊，娘，祖父為什麼突然分家？總不可能只因為小廚房的事吧？」

王氏搖搖頭，簡雲帆沒說，她也不知原因。

「小潔，自從妳三妹妹回來後，二房便沒太平過。也不知她使了什麼手段，妳祖父待她始終關愛有加，甚至連她的親事都親自插手。

「我總覺得，分家的事，或許有她的推波助瀾，但又想不通，她哪來那麼大的能耐。」

簡靜道：「對啊，我也覺得奇怪，三姊居然救了祖父兩次，這也太巧了，跟話本裡寫的故事似的。」

簡潔若有所思。「四妹，妳跟她一樣大，多親近親近，探探她的底。」

簡靜有些畏縮。「大姊，我跟她處得不怎麼好。而且，她可不是好欺負的。」

簡潔戳戳她的腦門。「又沒要妳欺負她，怕什麼？」

王氏覺得此計可行。簡潔嫁進慶王府，想探聽簡家分家的事，多半是慶王交代下來的。

按理說，這樣的事跟簡靜沒關係，但簡靜沒有親兄長，婚事上又借不到簡廉的光，要想嫁得好，得跟慶王府打好關係，將來好有個靠山。

簡潔走後的第二天下午，簡淡正指揮小廝們安裝架子，李誠敲門，說簡廉回來了，請她去外書房。

簡廉對簡淡在賽馬會上的所作所為大加褒獎，還給她一個市面上少有的郎紅觀音尊。

此物器型端莊優美，通體遍布牛毛紋，色彩豔麗，釉面明如鏡、潤如玉、赤如血，是不可多得的好東西。

簡淡明白，這是獎勵，也是道歉。

簡廉與慶王在表面上和解，並沒有為他的孫女討回公道。

再過幾日，冀東省沿海將有一場豪雨，澇災會極為嚴重，簡廉忙於防範和準備賑災之物，又得警惕慶王因此大做文章，根本無法分出心思理會孫輩們的小打小鬧。

豪雨的事，是簡淡透露的，對此早有成算，不但不在意，反而寬慰簡廉幾句。

從外書房出來後，簡淡遇到前來拜見簡廉的崔曄兄弟。

「大表哥，七表哥。」她腳下不停，打過招呼就準備離開。

崔逸拱手。「三表妹請留步。」

簡淡有些詫異。「七表哥有事？」

崔曄回答。「聽說三表妹對古董瓷器頗為在行，我和妳七表哥想買瓷瓶。若妳有工夫，帶我們去古玩鋪子轉轉可好？」

簡淡不語，垂下眼眸，濃密的長睫毛輕輕顫動，像隻長著黑色羽翼的蝴蝶。

他們的老師是禮部尚書，此人喜愛古董，尤愛瓷器。

前世，兄弟倆買了一只前朝官窯的青花龍紋玉壺春瓶，興匆匆地送去尚書府，卻被一位行家當場鑑定為贗品，顏面大失，還牽連簡家，被人笑話了許久。

因此，兄弟倆接連數日在花園飲酒澆愁，此事被簡雅巧妙利用，想設計她嫁給崔曄，但她並沒有上鈎。

簡淡心想，如果不幫這個忙，簡雅的設計便會完全在她的掌控之中。可這樣一來，大家會認為她對親戚太過冷漠。她可以不在乎別人，卻必須顧及祖父和大哥的感受。

「是母親告訴兩位表哥的吧？」她拿定了主意。

「的確是小姑姑的意思。這件事，讓妳很為難嗎？」崔曄問道。

簡淡譏諷地笑了笑。崔氏不出面，讓兩位表哥來找她，到底想做什麼？燦爛的笑容因此生出邪魅的味道，顯得格外鬼靈精怪。

「沒什麼為難的，只是小淡才疏學淺，怕耽擱了表哥們的大事。」

崔曄一聽，眼睛亮了幾分。「三表妹多慮了，我與妳七表哥於此道一竅不通，有三表妹幫忙，總好過我們瞎打瞎撞。」

簡淡點頭。「那好吧，明日休沐，兩位表哥若有空，就隨我們姊妹上街走走。」崔氏的小陰謀沒什麼威脅，帶上幾個妹妹防著便是。

而且，沈餘之已經把他的想法表示得非常明顯了。崔曄為人精明，不會看不出來。

崔曄笑道：「那好，明日辰正，我們在側門等妳們。記得告訴幾位表妹，午膳不回來用，表哥帶妳們吃烤鴨去。」

「那太好啦，多謝大表哥。」簡淡再行半禮，告辭離開。

回香草園的路上，白瓷道：「大表少爺真是個有心人，居然還記得姑娘愛吃烤鴨。」

簡淡撇了撇嘴，都是沈餘之那廝幹的好事。

主僕倆進門時，架子已經裝完了。

簡淡仔細看了，管家李誠保留北牆上的書架，撤走東西兩側的櫃子，換上兩排高約一丈的木架。工夫雖趕，但架子做得不糙，每根木板都上了桐油，光滑細膩，沒有一根毛刺。

不過，架子大，泥胚小，數量也少，往上一擺就找不著了，看著有些可笑。

簡淡豪情滿懷，發誓要在三個月內填滿所有架子。

送走李誠後，簡淡讓藍釉把櫃子裡慶王府送的十幾疋料子搬出來，選出一疋藕荷色、一疋粉色，還有一疋櫻桃紅的，配上宮花，分別送去給簡靜、簡悠和簡然，順便問問她們，明日要不要出門逛逛。

「姑娘，沒四房的嗎？」白瓷提醒道。

寧落一群，不落一人，大房跟三房都有，卻沒四房的，豈不沒意思。而且，小馬氏年紀尚輕，就算不給綢緞，也該送兩朵宮花。

「不送。」簡淡還記著小馬氏向著靜安郡主說的那些話，不拿她當親人的人，不配得到她的慷慨。

「紅釉，妳把藏青色和寶藍色的布料送到針線房，替老太爺、二老爺和兩位少爺各做一套衣裳。那疋秋香色的府綢，妳們三個分了吧。」

「真的？」紅釉樂得跳起來。

「咱們姑娘從不說假話。」白瓷樂顛顛地抱起料子，嘖嘖親了兩口。

藍釉回來後稟報，簡悠來小日子去不了，簡靜和簡然都答應了。

大約申正，討厭悄悄把瓷泥送了過來。瓷泥品質跟往日一樣，但明顯變小了。籃子裡還有一匣子麻團和兩攢盒的乾果。

討厭道：「我家主子說了，不趕時間，三姑娘不用做得太辛苦。這些東西方便餵食，最適合幹活的時候吃。」

簡淡無語，那廝說的是人話嗎？什麼叫方便餵食，當她是小貓、小狗啊！

晚上，簡淡做了六只撇口杯。這是造型最為基礎的茶具，特色全在雕刻和繪畫上，取名魚戲蓮葉杯。

杯型不複雜，簡淡做得非常順手，趕在亥時前收了工，一夜好眠。

第二天一早，簡淡趕到花園時，沈餘之已在高臺上，穿了套火紅色綢緞短褐，專心致志地打著一套基礎拳法。

晨曦從他身後照過來，衣裳邊緣透著微光，微亮的淡紅色勾勒出他的輪廓，如同傳說中的天神一般。

「真好看。」白瓷張著嘴巴，看得有些出神。

簡淡也那麼覺得。最近這廝一直在鍛鍊身體，甚少有癱在肩輿裡的時候，整個人精神許多，蒼白的臉頰上生出紅暈，中氣也足了。

沈餘之打完一套拳，收勢時出了不少汗，前胸後背濕了好大一片。

蔣毅悠悠閒閒地坐在牆頭上。「世子還是虛，多練練就好了。」

「蔣護衛，這可是夏天！」沈餘之心虛地窺視簡淡一眼，暗道這小子就是個二愣子，小笨蛋在對面看著呢，他怕出錯，都快緊張死了，能不出汗嗎？

簡淡不喜歡等人，也不喜歡被等，練完棍法便回去漱洗更衣，提前到了側門。

崔曄跟崔逸來得更早，候在側門的陰涼地裡。

「大表哥，七表哥。」簡淡打了個招呼。

「三表妹也是個動作爽利的。」崔逸大概對等待妻子出門頗有心得，所以這句話誇得格外真情實感。

崔曄的眼神黯淡了一下，心不在焉地朝簡淡點點頭。

簡淡知道，是崔逸的話觸動了他內心的隱痛，想起同樣以爽利著稱的妻子。不禁暗道，同是早亡，大表嫂可比她幸運多了。

簡家姑娘守規矩，簡靜與簡然來得也不晚。

一盞茶工夫後，表兄妹五人帶著小廝和丫鬟，分別坐上三輛馬車，浩浩蕩蕩出門了。

古玩鋪子在梧桐大街上。街道寬闊，樹蔭濃密，馬車駛進來後，帶起來的風都涼爽了。

馬車在第一家鋪子前停住。

一行人下車，簡然是頭一回來這兒，左右看看，指著路對面問簡淡。「三姊，對面賣什麼？人好多。」

「名窯燒製的瓷器。」林家的鋪子不在這裡，但簡淡是這條街的常客。

「我的茶具碎了一只杯子，正想買套新的，等兩位表哥買完，三姊也幫我瞧瞧吧。」簡靜期盼地看著簡淡。

「好啊。」簡淡剛要回答，簡然便樂顛顛地應下了。

簡淡笑著在她的丫髻上彈了下。「淘氣，妳是妳四姊的三姊嗎？」

簡然吐了吐舌頭。

簡淡這才點點頭，道：「走吧，先逛這邊，再逛那邊。咱們姊妹好不容易出來一趟，不能白來。」

簡靜鬆了口氣，跟大家進了鋪子。

這家鋪子賣的古董有些雜，瓷器、玉器、銅器、古畫等都有。

崔家兄弟目標明確，只看瓷器。見瓷器不多，又不出色，問過簡淡的看法後，迅速撤了出來，再逛下一家。

第二家與第一家正好相反，主賣瓷器，名曰古瓷閣。

夥計大約二十多歲，大眼睛、粗眉毛，看起來頗為忠厚。問明客人的來意後，把簡淡一行人帶到陳列古董瓷瓶的貨架前，讓他們自己看，接著便杵在一旁，跟算盤珠子似的，問什麼、答什麼，撥一下、動一下。看起來不熱情，卻讓人覺得實在本分。

簡淡的目光在架上掃了一遍。杯、盤、碗、梅瓶、執壺、扁壺、葫蘆瓶，以及各色成套茶具，唯獨沒有青花龍紋玉壺春瓶。拿在手裡仔細驗看，大多是前朝後期民窯燒製的，做工較粗，送禮部尚書，定然拿不出手。

崔家是豪門大族，吃用講究，兩兄弟雖不懂瓷器，也看不上這幾個。

「只有這些嗎？」崔曄問。

夥計抬手指指內室。「好的不在這邊，在裡面。」

崔逸道：「帶我們過去看看。」

夥計應好，帶一行人進入內室。

內室比外間小得多，中間擺著一張八仙桌和四把官帽椅，周圍是貨櫃，架上的瓷器明顯出色許多。

八仙桌旁坐著一位留著長鬚的五旬老者，老者對面坐著一位面相更老的老朝奉。桌子中央，擺的正是前世那只假瓶子。

簡淡雖沒見過，但曾聽說瓶子的名字，心中隱隱有了些猜測。

老者見有客人來了，站起身。「吳某喜歡歸喜歡，沒奈何銀錢不湊手，張老朝奉且容些時日，吳某改日再來帶走它。」

張老朝奉也起身，拱手笑道：「吳老爺，古董好比那有緣人，強求不得。前些日子，次輔家大公子的人來打過招呼，說是要送尚書大人壽禮，今天下午會來看咱們家的瓷器。這瓶子能不能留得住，還得看大公子買不買。」

吳老爺聽了，嘆息一聲，目光在瓷瓶上留戀許久，才一步三回頭地去了。

夥計比了下周圍的貨架，對簡淡等人道：「諸位貴客，這裡的都是官窯瓷器，有前朝的、鄰國的，更早的咱們家也有，端看您想要什麼。」

說完，他看簡然一眼，打了一躬。「東西貴重，瓷器易碎，還請貴客們輕拿輕放。」

崔逸點點頭，仔細瞧著桌上那只玉壺春瓶。

張老朝奉似乎沒注意到他的眼色，自顧自地把瓶子抱到櫃檯後面的架子上。

崔曄在屋子裡轉了圈，問夥計。「剛才放在桌子上的那只瓶子，有主兒了嗎？」

夥計看向張老朝奉，張老朝奉愛憐地摸了摸瓶子，道：「如果貴客現在買，就沒主兒；若是明兒再來，這瓶子啊，可能就有主啦。」

說完，他又忙自己的去了，在墊著厚墊子的小几上清理一只青花大盤。

夥計告訴崔曄。「玉壺春瓶是鋪裡最好的瓶子，出自前朝早年官窯，四爪龍紋，點畫塌染都是好的。貴客若想看看，小的再幫您抱過來。」

崔曄與崔逸對視一眼，又看看簡淡。

簡淡進門時，走在他們後面，離那只瓶子較遠，看得並不清楚，便點了點頭。

「拿過來吧。」崔曄道。

夥計小心翼翼地把玉壺春瓶抱過來，放在桌子中間。

眾人圍著八仙桌團團坐下，十隻眼睛齊齊盯在瓶身上。

崔逸道：「瓶子的形狀和花紋不錯。」

崔曄點點頭。「老師應該會喜歡。」

張老朝奉道：「敢問是哪位老師？若是禮部尚書，那就找對了，他來看過兩次了。」

崔逸道：「這只要多少銀錢？」

張老朝奉道：「二千兩。前朝早期距今已有六百年，官窯卻非御用的好東西不多啦。」

崔曄覺得有些貴，搖了搖頭。

崔逸站起身，小心翼翼地轉動瓶身，佯裝內行，研究瓶子的真假和品質。

「貴客是……」

張老朝奉正要說話，一個衣著考究的中年人進門，一看見玉壺春瓶便奔過來。

「這只瓶子還在啊！算一千六百兩吧，我就要了。」

崔逸緊張地看簡淡一眼，又望向崔曄。

崔曄沈住氣，依然保持沈默。

張老朝奉道：「不好意思，東家交代過，二千兩，一分都不能少。」

「少和我耍花槍。我還不知道啊，東家明明跟你說過，上下二百兩銀子就能成交。」

張老朝奉有些赧然。「那也是一千八百兩啊。」

那人聽了，轉身就往外走。「得，不跟你這老傢伙爭，我去多寶槅瞧瞧，他們家進了新貨。」一走到門口，又突然回頭，對崔曄說：「小兄弟，要不要一起過去看看？」

崔曄起身。「也好。二千兩銀子不是小數目，且先看看，最後再做決定。」

張老朝奉笑咪咪地站起來送客。「公子是個謹慎的人。幾位慢走。」

第三十五章

簡淡等人剛出內室，就見剛才那位吳老爺捏著幾張銀票趕回來。

「張老朝奉，我兒子送銀子來了，一千八百兩，怎麼樣？」

張老朝奉問崔逸。「公子能出一千九百兩嗎？」

吳老爺腳下一頓，差點跌倒，惱道：「張老朝奉，你這是何意？」

張老朝奉拱了拱手。「對不住，是小老兒失禮了。來來來，咱們進屋裡說。」

崔逸停下腳步，問簡淡。「三表妹以為如何？」

簡淡笑著說：「一千八百兩太貴，一百八十兩尚可。七表哥讓給這位老爺吧。」

吳老爺錯愕，張老朝奉變了臉色，怒道：「姑娘這是何意，信口開河嗎？」

簡淡雙臂抱胸。「這瓶子仿得確實精緻，如果匠人有名有號，我們再多出些銀子，也不是不行。」

「妳……」張老朝奉氣得直哆嗦。

吳老爺勸道：「張老朝奉，一個乳臭未乾的姑娘，理她做什麼？她說她的，我買我的，不就好了嘛。」

簡淡笑嘻嘻。「就是、就是，表哥，我們走。」

「誰也不准走。」原本老實的夥計帶著三個孔武有力的男人攔在簡淡前面。「我們古瓷閣從來不賣贗品，這位姑娘潑完髒水便想走，是不是覺得我們都是麵捏的？」

崔曄兄弟見狀，臉沈了下來，簡靜跟簡然縮在幾個丫鬟身後。

簡淡點點頭。「嗯，夥計說得對，說完就走是不太好，若再有人上當，豈不是我的罪過？」挑眉看向張老朝奉。「不然，我們去一趟衙門如何？」

張老朝奉氣結，他不敢去衙門，但不去氣勢就弱了，一時不知該怎麼應付這句話。

簡淡伸指點了點吳老爺，又點了點剛進店裡的中年人。「都別裝了，是一夥的吧。還吳老爺，是不是叫吳有人啊！」這名字，她在前世聽過了，還有印象。

吳老爺被點名，往門框旁躲了躲。

崔曄察覺到他的動作，驚訝地看向簡淡。

張老朝奉到底見過世面，冷笑一聲。「姑娘敢在古瓷閣鬧事，知道咱們東家是誰嗎？」

「我管東家是誰，賣贗品騙人就是不行！」簡淡嘴上不饒人，心裡卻暗暗吃驚，敢在京城做這等黑心買賣，定有大靠山。

達官顯貴喜愛瓷器，古瓷尤甚，這等生意乃是一本萬利。莫非他們的靠山是慶王一系？

簡淡覺得自己可能冒失了，遂道：「道理講不過，就抬靠山了？沒意思，如果不敢去衙門，便給我讓開。」

夥計猶豫一下，看向張老朝奉。

張老朝奉搖搖頭。夥計一擺手，身後的人立刻散開，封住出口。

白瓷從身後抽出雙節棍，站到簡淡身前，用棍子指指夥計。「怎麼，要打架嗎？」

張老朝奉怕影響鋪子的名聲，對聚在古瓷閣外面的幾個客人拱拱手。「諸位客人，小老兒不想惹事，只想跟這位姑娘講講道理，大家留上片刻，替小老兒做個見證。

「這位姑娘，妳不買可以，但不能信口雌黃。壞了古瓷閣的名譽就想一走了之，哪有那麼便宜的事？今兒妳要是說不出個子丑寅卯來，就別想出去。」

客人們答應了。他們都是有錢人，衣著光鮮，態度文雅，對張老朝奉頗為敬重。其中幾個還站出來，七嘴八舌地替古瓷閣說了幾句好話。

「張老朝奉的眼力在這條街是出了名的利，哪能騙人呢，小丫頭不知天高地厚啊。」

「就是。小姑娘尚未及笄，只見過家裡的幾樣古董，就敢大放厥詞了？真是胡鬧！」

「怕是哪個大人家裡的吧。不過，京城最不缺的就是大人了。小姑娘，我勸妳，還是乖乖道歉吧。」

白瓷斥道：「你們知道個屁！抬出我家老太爺的名號，嚇死你們。」

簡然死死抓著簡淡的手，翻著白眼道：「就是，知道我祖父是誰，你們非嚇死不可。」

簡淡喝住白瓷，又摀住簡然的嘴。「都不許胡說。」

張老朝奉以為她怕了，自得地捋捋山羊鬍。「不妨說說嘛，小老兒見過的死人不少，病死的、老死的、菜市口被砍頭橫死的，就是沒見過嚇死的，今兒正好長長見識。」

崔逸開了口。「是張老朝奉先抬出東家壓我們的，不如你先說說，免得大水沖了龍王廟不是？」反將一軍，打算弄清楚古瓷閣東家是誰再說。

張老朝奉聞言，裝模作樣地朝幾位客人拱拱手。「這些老客人都能作證，小老兒當朝奉一輩子，一靠這雙眼睛，二靠童叟無欺，從不以勢壓人。」

幾位客人紛紛點頭。

接著，張老朝奉看向簡淡。「小姑娘，飯可以亂吃，話可不能亂說。你們想走也容易，給小老兒一個合理的交代就行。」

他不提背景，便是不想用東家壓人，打算跟簡淡好好講道理了。

崔曄眼裡閃過一絲狐疑，不那麼自信地看了簡淡一眼。

簡淡的黑眼珠一轉。你不壓我，那我還不說了，偏偏要走，看你攔不攔得住。

她伸出纖纖玉指，指著張老朝奉。「既然古瓷閣的東家沒什麼能耐，那本姑娘何必解釋呢？贗品就是贗品，你這老頭就是個死騙子！」

張老朝奉聽了，又氣個半死，嘴唇哆嗦起來。「妳妳妳……」

「妳什麼妳，不講道理的，打出去就是。」門外傳來一個熟悉的女聲。

簡靜嚇得直往崔曄身後藏。

崔家兄弟面面相覷，雙雙蹙起眉頭。

「世子。」張老朝奉羞慚地上前，長揖一禮。「這位姑娘實在不講道理，請世子為小老兒主持公道。」

世子？幾位客人吃了一驚。

簡淡跟進來的人打招呼。「慶王世子，靜安郡主，靜怡縣主，你們都來啦，好巧。」

靜安郡主抬起下巴，瞪著簡淡。「一點都不巧。」

如果不巧，那就是有人盯著她了。簡淡眼裡閃過一絲怒火。

慶王世子沈餘靖道：「簡三姑娘，賽馬會的事，是家妹不對，本世子鄭重向妳道歉。」

靜安郡主登時怒了。「大哥！我沒錯，錯的是她！是她壞了我的名聲，我跟她沒完！」

賽馬會？難道是最近京城盛傳靜安郡主罔顧人命，在馬背上謀算首輔親孫女的事？這位簡三姑娘，就是首輔大人的親孫女吧！

剛剛替古瓷閣打抱不平的客人們冷汗直流，其中兩個腿一軟，趕緊讓長隨扶出去，坐上馬車，一溜煙地跑了。

剩下的幾個客人，仗著自己沒說什麼過分的話，繼續看熱鬧。

簡淡知道，沈餘靖看起來謙和有禮，實則心狠手辣。既然陪著靜安郡主來找她，便說明來者不善。

「然後呢？」她冷靜地問。

靜安郡主冷哼。「然後？當然是妳買下這瓶子，向張老朝奉磕頭賠罪！」

「喲，一個朝奉也敢讓簡家三姑娘磕頭賠罪，郡主好大的排場！」

一架肩輿出現在店門口，討厭和煩人撥開圍觀的老百姓，讓護衛把沈餘之抬進來。

簡淡有些錯愕。好及時，未免太巧了吧。

沈餘之眨眨眼，一點都不巧，他一直盯著她和一些人呢。

「好巧，十三弟也來看瓷器？」沈餘靖不慌不忙地說。

十三弟？聽說睿王世子在宗族的排行就是十三。慶王世子、睿王世子，再加上當朝首輔，老天爺，這場戲好像更好看了呢！

幾位看客捨不得走，不約而同地往貨架後躲了躲，哆哆嗦嗦地繼續看戲。

「不巧，聽說這裡販售贗品，我過來瞧瞧。」沈餘之道。他的肩輿仍扛在護衛肩頭，如同王者般，高高地坐在眾人頭頂上。

張老朝奉臉上見了汗。沈餘之也賣瓷器，於製瓷之道，比任何人都懂。

沈餘靖猶豫片刻，道：「正好，咱們兄弟一起聽聽。」又看向簡淡。「簡三姑娘，請說說看，為什麼這只瓷瓶是假的？」

崔曄攥了攥拳頭。

崔逸擔心地看簡淡。沈餘靖出面，且張老朝奉並不退卻，這瓷瓶十有八九是真的。

簡淡對白瓷使個眼色，白瓷便進去把那只瓷瓶拎出來，放在貨架上。

與此同時，討厭打開手裡的小包袱，取出一塊綢布，鋪在沈餘之的腿上。煩人則上前取瓷瓶，放到綢布上。

沈餘之用布墊著手，細細檢視一遍，臉上露出讚賞的笑意，朝簡淡豎起大拇指。

張老朝奉面色如土。

沈餘靖蹙眉，對門口的護衛點點頭。

幾個護衛大步入內，要將看客趕出去，沈餘之立刻阻止他們。「怎麼，九哥怕瓶子真是假的，所以急著趕人了？」面色一變，又喝住幾個護衛。

幾個看客得以留下，明白自己馬上要成為某位親王世子丟臉的證人，一個個如喪考妣，差點嚇尿了褲子。

靜安郡主道：「十三哥說的什麼話，我大哥分明是不想讓人看了你的笑話。十三哥當著這麼多人的面，維護一個八竿子打不著的姑娘，絲毫不顧及血脈親情，怎麼好意思？」

「哈哈……」簡淡大笑起來。

靜安郡主揚起右手，伸長脖子，眼露凶狠之色，怒道：「妳笑什麼？有什麼好笑的？」

簡淡道：「我笑郡主太無知。想打敗對手，首先便要了解對手。靜安郡主，妳這麼討厭我，可了解過我？妳說說看，為何我要在陌生的鋪子裡誣陷陌生的老朝奉，太閒了嗎？」

靜安郡主自信地說：「當然是妳這長在商戶的窮鬼想用低價買走昂貴的古董瓷器，這還用問？」

沈餘之讓煩人把瓷瓶拿走，輕笑一聲。「六妹，妳是真的蠢啊。」

這是沈餘之第二次說靜安郡主蠢了。

靜安郡主怒不可遏，剛剛揚起的手不再是威脅，直接朝簡淡打去。

簡淡抬起左手，牢牢握住靜安郡主的手腕。

「靜安郡主，妳就是打死我，也挽不回妳丟掉的顏面，還是省省吧。」

「靜安，妳要發瘋回家發，少在這裡丟人現眼。」沈餘靖怒道。他眉眼秀美，舉止溫文爾雅，可一旦發了火，氣勢就變得凌厲，看起來有些駭人。

「九哥，現在是她欺負我！」靜安郡主梗著脖子，拚命想把右手從簡淡手裡掙脫出來。

簡淡用力握住，與她抗衡片刻，隨後突然一鬆。

靜安郡主頓時失衡，右手甩到後面，狠狠打在沈餘靖的胸口，發出啪的脆響。

沈餘靖吃痛，火氣更大，扯住她的胳膊向後一拉。「滾到後面去！」

靜安郡主怒意更盛，還要上前理論，被靜怡縣主一把拉住。「六姊，妳還是聽九哥的吧，免得回去再吃苦頭。」

靜安郡主這才消停。

沈餘靖道：「簡三姑娘，既然妳說瓶子是贗品，且講講原因，胡攪蠻纏沒什麼意思。」

「民女謹遵世子之命。」簡淡屈身行禮，走到貨架前，用食指彈彈瓷瓶。「我說它是假的，原因只有一個。

「前朝早期的青花瓷，繪製圖案用的顏料是本土青料，經窯火燒製後，色澤青中帶灰，積青處呈藍褐色，這只瓷瓶的圖案雖然不多不密，但也可以看清楚，完全沒有這種特徵。

「前朝末期，一些商人從大波士國帶回質量上乘的青料，從此，本土青料和大波士國青料並用很長一段時日。一百多年前，我朝本土青料日漸稀少，如今市面上已無，大家用的都是從西洋帶回來的青料，燒製後，顏色青翠濃豔，略含紫色，堆積處可見鐵鏽斑。

「仔細看看這玉壺春瓶，不難推斷，即便仿得再好，也只是一只新的仿品。」

撲通！簡淡話音一落，張老朝奉癱倒在地，雙眼緊閉，昏死過去。

啪啪啪！沈餘之坐直身子，拍了拍手。「精采、精采！」

「圖案、製瓷手法、底款、釉色都與前朝早期的瓷器一般無二，只差沒用本土青料，不然便是我也會上這個當。」

「借過、借過。」剛才趕進來的中年人見勢不妙，悄悄向外移動。

簡淡一眼瞧見，笑道：「來都來了，就別走了吧。」

沈餘之的人不等沈餘之吩咐，直接把他按在地上。

中年人哭著大叫。「不干小人的事啊，小人只是說了兩句話，跟那些事沒關係。」

崔曄兄弟的小廝也把躲在裡面的吳老爺拽出來。

吳老爺跪在地上，咚咚咚就是三個響頭。「冤枉啊，慶王世子，小人也差點被張老朝奉騙了，不信您看小人準備好的銀票。」

白瓷一腳踹在他的後心上。「不過是個騙子罷了，一打聽便知，有什麼可冤枉的！」

吳老爺哆嗦著抬頭，見沈餘之似笑非笑地看著他，當下白眼一翻，也暈過去了。

「九哥，慶王妃的鋪子，看起來不怎麼乾淨呀。」沈餘之道。

沈餘靖面色鐵青。「把他們帶回去徹查！」

幾個看客瑟瑟發抖，面面相覷，眼裡滿是驚疑。張老朝奉如此狡猾，會不會也坑過他們？但沒人站出來討公道，只恨不得鑽到地縫裡躲著。

靜安郡主還想垂死掙扎，提醒沈餘靖。「九哥，他們說是假的就是假的？我不服！」

簡淡點點頭。「確實，應該找幾個行家，好好重新鑑定。」

靜安郡主氣結，又要往前衝，被靜怡縣主死死拉住。

沈餘靖忽然冷靜下來，道：「六妹不懂事，還請十三弟海涵。今日之事，九哥多謝你了，回去定當稟報母妃，辦了這幾個欺上瞞下的狗奴才。」

沈餘之聳聳肩。「我是六妹的堂兄，沒什麼要緊。只怕六妹經此一事後，名聲更加不堪。九哥，姑娘家當以貞靜明理為美。」

沈餘靖勉強一笑。「靜安是被九哥寵壞了，責任都在九哥身上。」

說完，他朝簡淡一揖。「簡三姑娘，今日之事都是慶王府的錯，還請海涵。」

簡淡及時避開，又還了一禮，斂容道：「世子不必如此，民女人微言輕，跟郡主天差地別，不敢和慶王府論對錯。」

「民女只想說，民女與郡主本無恩怨，只願郡主高抬貴手，放民女一馬，以免他日活在擔驚受怕之中。」

她說得委婉，但句句在理，字字誅心，沈餘靖羞得面紅耳赤。

他瞪了罵個不休的靜安郡主一眼，再次抱拳。「簡三姑娘放心，日後靜安絕不會再犯糊塗。也請簡三姑娘回去轉告簡二姑娘，靜安這把刀不會總那麼好用，弄不好，也會割到手，請她務必好自為之。」

簡淡微微一笑。「民女是妹妹，不方便帶這樣的話，還是由靜安郡主自己說更好。」

「簡三姑娘好口才，好心思啊。」沈餘靖亦真亦假地誇讚一句。

「世子謬讚。」

沈餘之見狀，擺了擺手，示意護衛抬他出去。「九哥忙著吧，告辭了。」

沈餘靖道：「慢走不送。」

簡淡等人也乘機向沈餘靖告辭，離開了古瓷閣。

第三十六章

簡淡去了別家鋪子，幫崔家兄弟挑了一只前朝中後期的青花孔雀紋大罐，又替簡靜選了一套圓融杯。

幾人坐上馬車，打算上隔壁街吃烤鴨。

路過古瓷閣時，發現鋪門已經關閉，門口圍著一大群人。

討厭和煩人被包圍在中間，正繪聲繪色地說著古瓷閣販售贗品的事。

崔曄若有所思。「睿王世子真是個妙人。」

崔逸道：「賽馬會的事飛快傳遍京城，這位世子定功不可沒，他對三表妹真是上心。」

崔曄點點頭。「七弟，今天咱們欠了三表妹一個大人情。」

崔逸深以為然，若非簡淡看出那是贗品，後果不堪設想。

「古瓷閣的局設得的確精妙，想來騙過不少人，賺了不少錢，不知慶王妃在裡面充當什麼角色？這件事會不會給三表妹帶來更大的麻煩？」

崔曄看了車後一眼，哂笑道：「不必擔心，能解決麻煩的人已經跟上來了。這件事，沈餘之不會放著不管的。」

沈餘之的雙飛燕馬車，破天荒地停在京城最有名的聚德樓外面了。

沈餘之的肩輿進大堂的一刻，引起了不小的騷動。

大堂裡的客人自不必說，樓上的人也紛紛出了雅間，躲在樓梯裡探頭探腦。

一行人從前門走到後門，看客們默默行注目禮，一個個彷彿孝子賢孫為老祖宗送行一般。

簡淡等人跟在後面，一個個臊得臉紅，別提多尷尬了。

沈餘之和他的小廝們卻面不改色，安之若素。

掌櫃沒見過他，卻識得其排場，親自為沈餘之安排了最豪華的套間，位在聚德樓後花園最裡面的小院子。那幾座小院子是專為達官顯貴準備的，屋舍精緻漂亮。

大廚在南面的小廚房做菜，簡淡等人進來時，煙囪裡的輕煙已經升起來了。

眾人在正堂落坐，討厭和煩人從馬車裡搬來沈餘之專用的茶具和碗筷，又取來兩只銅盆，裝了水，一只用來擦拭桌椅，另一只用來淨手。

聚德樓的丫鬟們接待過的皇親國戚，沒有一千也有八百，倒不覺得驚奇。

驚奇的是簡家姊妹與崔家兄弟。他們雖和沈餘之吃過兩次飯，卻不曾見過這等陣仗。如今親眼所見，不免像看到西洋鏡一般，目光在沈餘之臉上和他的精緻碗筷上流連不去。

「討厭！」沈餘之突然出聲。

簡靜跟簡然嚇了一跳，崔曄兄弟亦忙忙地收回目光。

沈餘之眼裡露出得色，薄唇上揚，笑咪咪地看簡淡一眼。

簡淡翻了個白眼。幼稚！

討厭解釋。「我家主子幼時身體不好，用外面的器具動輒生病，因此王爺吩咐我們，但凡在外，所有東西都自備。這麼多年下來，早已成了習慣。」

沈餘之適時頷首。

崔曄道：「健康是大事，再小心也不為過。」

簡然用手撐著小圓臉，道：「世子哥哥好可憐哦。」

簡淡噗哧一笑。沈餘之可憐個屁，什麼都不用做，被折騰的是奴婢們。

沈餘之勾了勾唇角，認真地問簡淡。「簡三姑娘為何發笑，難道本世子不可憐嗎？」

簡淡搖搖頭。「民女以為，世子是不是可憐，要看跟誰比。比起投胎在窮苦人家，為謀一副藥四處奔波的老百姓來說，世子太幸福了。」

沈餘之挑眉。「言之有理。既然簡三姑娘說了，那本世子把新開瓷器鋪子所得銀兩的三分之一，交由濟世堂捨藥，簡三姑娘以為如何？」

簡淡一怔，她說了什麼啊？隨即又想，不管她開不開口，這都是樁大好事。一來，可以再給慶王府一擊；二來，她死而復生，正想做一番功德回饋給老天爺呢。

「世子仁慈，簡淡敬佩，願捐一千兩。」她從善如流。

崔曄也道：「世子仁義，乃大舜幸事，我們兄弟也出一千兩。」

簡靜垂下頭，除了少許月銀外，她再無其他銀錢，不由有些窘迫。
簡然大呼道：「捨藥就是給窮人買藥嗎？我出十兩。三姊，可不可以？」
簡淡摸摸她的頭，笑道：「當然可以，三姊替妳出。」
簡然笑嘻嘻地抱住她的胳膊。「三姊對我最好了，以後我有好吃的，分妳一半。」
簡靜捏著帕子，在堆滿冰雕的屋子裡大汗淋漓。
簡淡沒興趣替她解圍，只做看不見。
崔逸看出簡靜的窘迫，轉了話頭。「如此一來，慶王府會更加惱怒了吧。」
一聽這話，簡淡才忽然想起，屋裡還有外人呢。四下看看，發現聚德樓的丫鬟們已經出去了。
剩下的人中，只有簡靜可能洩密。不過，也沒什麼關係，若她說出去，表面上的好姊妹就不用做了，大家省心省力。
沈餘之道：「這有什麼，無非多造福老百姓罷了。」
崔曄拱手。「世子大器。」
「大器談不上。本世子最是記仇，誰不讓本世子痛快，本世子絕不讓他痛快。」
簡靜聞言，哆嗦了一下。
聚德樓的烤鴨名不虛傳。三隻烤鴨，六個人吃得乾乾淨淨。

沈餘之到底還是有分寸的，沒再戲弄簡淡，大家規規矩矩吃了飯，在門口道別。

簡淡等人乘車回府。簡淡姊妹各自回院子，崔曄兄弟則去了梨香院，把古瓷閣發生的事告訴崔氏和簡雲豐。

提起靜安郡主時，崔逸說了沈餘靖帶給簡雅的話，但簡淡對沈餘靖所言，隻字未提。

崔氏的臉上一陣青、一陣白，簡雲豐也是又氣又惱。

送走崔家兄弟後，夫妻倆一起去了簡雅住的跨院兒。

此時，簡雅正趴在貴妃榻上痛哭，地上散落著厚厚一堆碎紙屑。

白英小聲稟報。「太太，靜安郡主來了信，姑娘看完信，哭了半個多時辰，不能再哭了，不然身子會吃不消的。」

說又說不得，打也打不得，簡雲豐倍感無奈，對崔氏扔下一句「妳教出來的好女兒」，一甩袖子，出去了。

崔氏坐在簡雅身邊，好半天未置一詞。

她明白了，不知不覺間，簡雅把自己的病當成自保的武器，不但傷害關心她的親人，更傷害自己。

身為母親，她固然可以嚴厲教導，但最後遭罪的，一定是她和簡雅。簡雲豐不會在意這些，簡思越和簡思敏只會怒其不爭，簡淡大概會覺得痛快吧。

真真是親者痛，仇者快。她絕不能那樣做。

姑娘在家時自當嬌養，將來出了門，必須自己照顧自己時，就會立起來了，她不也是這麼過來的？

崔氏打定了主意，伸出手，一下一下撫著簡雅的後背，柔聲道：「哭吧哭吧，哭得痛快就好了。靜安魯莽，無禮自私，不是什麼好姑娘。她不搭理咱們，咱們還不想搭理她呢。」

簡雅哭得更凶了。

另一邊，簡淡在回香草園的路上遇到小馬氏。

小馬氏抱著簡惠，帶著僕從，正要去花園。

「喲，這不是三丫頭嗎，聽說妳出門了，有沒有帶好吃的回來？妳七妹不喜歡穿，也不喜歡戴，就喜歡一口好吃的。」

簡淡攤了攤手，笑道：「四嬸嬸，現在姪女是穿的沒有，戴的沒有，吃的也沒有，只有被靜安郡主氣出來的一股火，七妹妹要不要？」

小馬氏臉色微變。「妳……」

「唉……」簡淡嘆息一聲，打斷小馬氏的話。「四嬸嬸，我的心胸雖寬，卻架不住有人以大欺小，沒完沒了。可見，得饒人處且饒人這句話，有時候真的行不通呀。」

小馬氏這才想起自己先前說過的話，臉上一熱，嘴裡卻不肯認輸。「那又怎樣？拿雞蛋碰石頭的，都是傻子！」

「正因為這樣的傻子不多，所以格外可貴，大家願意掏心掏肺結交，您說是不是？太陽大，四嬸嬸慢走。」

她繞過小馬氏，大步往前走。

進香草園之前，白瓷回頭看了一眼，道：「姑娘，四太太還瞪著咱們呢。」

「隨便她，太陽這麼大，說不定能把我瞪化了呢。」

傍晚，煩人提著籃子來了，帶了一塊瓷泥和一塊香噴噴的醬牛肉，以及荔枝給簡淡。

「三姑娘，靜安郡主挨了三十板家法，慶王妃被趕到靜室禮佛去了。我家主子說，慶王想要賢王的名聲，絕不會因為這點小事報復您的。

「捨藥的事，我家主子已經派人談好，從明天開始，濟世堂每日義診三個窮苦病人，診金和藥費全部由鋪子來出。您的銀錢由我家主子墊上，不用操心。」

簡淡讓藍釉把銀票交給煩人。「如果世子不收，我就不參與這件事了。」

煩人嘿嘿一笑，擺擺手。「我家主子說，簡三姑娘參不參與，他說了才算。」

簡淡無語。她發現了，在沈餘之面前，無論比武還是耍嘴皮子，她都不是對手，一旦較了真，絕對是自討苦吃。

那這樁婚事，祖父真能拒絕嗎？

第二天起，京城的權貴圈開始議論兩件事。

一是慶王妃販售古瓷贗品，騙人錢財無數，為此傾家蕩產之人不知凡幾。二是睿王世子在濟世堂捨藥，簡淡也出了錢，一年三百六十五天，天天如此，為窮苦百姓解困脫厄。

兩件事同樣驚人，坊間議論紛紛。

「都說簡淡貪財愛小，人家卻捨了大筆銀子行善。誣衊簡淡貪財的，如今卻被揭出貪了大財，真是諷刺。」

「聽聞睿王世子喜怒無常，為人乖戾，其實也不盡然，比起動輒暗算別人的靜安郡主，害得別人傾家蕩產的慶王妃，睿王世子乃是大仁大善、至情至性之人。」

總而言之，慶王府飽受詬病。

第三天，靜安郡主與慶王妃收拾包袱，去月牙山靜養。沈餘靖則命人在南城門搭棚子，開始捨粥了。

這日，睿王父子和慶王父子被泰寧帝召到適春園的御書房外。

四人在太陽下站了整整一個時辰，直到沈餘之搖搖欲墜，才得以入內。

兩對父子被宣進去時，泰寧帝還在批奏章，直到寫完最後一個字，放下朱筆，這才抬眼看他們。

他今年五十八歲，因保養得好，看起來還要年輕個七、八歲。長臉濃眉，眉骨有些高，銳利雙眼陷於深深的眼眶中，極具氣勢，是名副其實的帝王相。

「你們來啦。」

「兒臣拜見父皇。」

「孫兒拜見皇祖父。」

四人齊齊行禮。

「都平身吧。」泰寧帝站起來，踱到書房另一側，盤腿坐在羅漢床上，端起茶杯飲了一口。「知道朕為何叫你們來嗎？」

睿王走到羅漢床旁，拱拱手。「兒臣愚鈍，請父皇明示。」

慶王跟上來。「兒臣做了錯事，請父皇責罰。」

泰寧帝冷哼一聲。「說說看，你做錯了什麼事？」

「兒臣妻女不賢，是兒臣沒有教好。」慶王又跪下了，極為誠懇地認錯。

沈餘靖見狀，趕緊陪著跪倒。「皇祖父，孫兒也有錯。」

古瓷閣一事，雖是慶王妃及其娘家一手造成，但他當時縱容靜安郡主，一心報復簡淡，未能及時挽回，損及皇家聲譽，的確要負責。

「你們這是狗咬狗啊。」泰寧帝嘆息一聲。

睿王和沈餘之聞言，也不情不願地跪下。

睿王眼觀鼻，鼻觀心，一言不發。

沈餘之道：「皇祖父，王子犯法與庶民同罪，但孫兒不認為自己做錯了。」

「喲！」泰寧帝把茶杯砸在小几上。「你小子精神好了，就有能耐亂搞了，是不是？」

「皇祖父英明。」

啪！睿王在他後腦勺上輕拍一下。「放肆，你皇祖父給你臉了嗎？」

泰寧帝皺著眉頭，清了清嗓子。「這臉啊，都是自己給自己的。若不想要，朕也可以成全你們，是不是？」

「父皇所言極是。」慶王誠惶誠恐地又磕了個響頭。

「行啦，都起來吧，坐。」泰寧帝讓內侍把兩個枕頭疊起來，疲憊地靠在上面。

沈餘靖站起來時，狠狠地斜了沈餘之一眼。

沈餘之輕蔑地笑了笑，用嘴型道：手下敗將。

泰寧帝閉上眼。「你們都是朕的子孫，一榮俱榮，一損俱損。可以因意見不同而大打出手，卻不可因私怨而枉顧國法，明火執仗，白白讓外人看了笑話。」

「是，兒臣、孫兒謹記。」四人齊齊應道。

泰寧帝擺擺手。「好了，你們去吧。老十三在園子裡多留兩日。」

沈餘之眼裡閃過一絲不情願，想說些什麼，卻被睿王拖了出去。

沈餘之住在青玉院，是適春園裡最安靜的院子。

睿王一進屋，便在主位坐下來。「你小子急著回去做什麼，想看著那小丫頭？瞧你這點兒出息！」

沈餘之讓討厭服侍著脫掉外裳，換上簡便的常服。「順應本心罷了，要什麼出息。」

睿王道：「既然那麼稀罕，乾脆跟你皇祖父求個賜婚聖旨，簡老大人不應也得應。」

沈餘之搖頭。「那丫頭防著兒子，兒子不想勉強她。再過一陣子，等她及笄，對兒子放鬆了警惕再說。」

睿王用手虛點他。「什麼放鬆警惕？分明是你小子蘑菇。老子告訴你，萬一有人捷足先登，到時候有你受的。」

沈餘之笑了笑，手裡捏著的小刀忽然出手，穩穩釘在對面的靶心上。

「兒子倒要看看，哪個吃了熊心豹子膽，敢跟兒子搶人。」

「誰不敢啊，人家姑娘又不是你的。算了算了，不說這些了，我兒最行，你說是你的，就一定是你的。」睿王蹺起二郎腿。「言歸正傳，你覺得你皇祖父今天是什麼意思？莫非他老人家屬意你慶王叔？」

他的想法是，泰寧帝想把太子之位傳給慶王，所以不想讓他們父子壞了慶王的名聲。

沈餘之明白他的意思，道：「應該不是。人越老就越看重名聲，皇祖父大概不希望看到咱們和慶王叔鬧得太難看。」

「聖意難測啊！」睿王發自內心地感嘆一句。「若論本事，十個慶王捆在一塊兒，也不夠你父王打一拳的。」

沈餘之白他一眼。「父王是將才，慶王叔卻是治國之才，皇祖父大概也是這麼想。」

睿王嘆了口氣，以他的資質，想坐上那個位置的確不容易，如果不是害怕夢中之事真的發生，也不願蹚這渾水。

「兒啊，你皇祖父最看重的是你，今後父王就看你的了。」如果剛才是沈餘靖頂撞泰寧帝，只怕早被拖出去打板子了。

泰寧帝對沈餘之，向來多了一分寬厚。

第三十七章

與此同時，泰寧帝召了簡廉進御書房。

「睿王魯直，但粗中有細；慶王精明，卻私心太重。簡卿家，你以為如何？」

「皇上聖明，兩位王爺乃朝廷棟梁，臣不敢妄議，一切唯皇上馬首是瞻。」

「你啊，就是太謹慎了。」泰寧帝拿起奏摺看。「冀東省連日大雨，戶部的賑災銀子已經撥下去，你派人好好盯著。年年發水，年年賑災，不過幾條河溝，怎麼治理不好呢？」

這話，簡廉不好回答，也不必回答。水患確實難以治理，但官員貪腐，不幹實事，也是麻煩。

泰寧帝自然明白，只是年紀大了，處理起來有心無力罷了。沈默片刻，又道：「簡卿家，你養了個好孫女啊。」

簡廉聞言，嚇了一跳。「皇上何出此言？」

泰寧帝朝侍立一旁的老太監招手。「何公公，你說說。」

何公公笑道：「簡老大人，簡三姑娘親自揭發慶王妃的嫁妝鋪子製假販假一事，後來又出一千兩銀子，與崔家兄弟、睿王世子一起在濟世堂捨藥呢。」

簡廉抹了把冷汗，心道簡淡可真能折騰，一波未平，一波又起，嫌他的老命太長了吧。

泰寧帝笑著說：「都是好事嘛。簡卿家，你那孫女跟朕的孫兒似乎頗為投緣，等老十三來了，朕問問他，他若有意，就替他們賜婚。」

簡廉又冒出一身冷汗，連忙道：「皇上，臣的大孫女嫁了慶王次子。」

泰寧帝一怔，哈哈一笑。「朕果然老糊塗了。」

帝王心術，最是難猜。

簡廉不知泰寧帝是真忘記，還是故意試探。不論哪種，他都會以趨利避害為先，相信自己的判斷。

從御書房出來時，天陰了，風也大了，烏雲伴著雷聲，翻滾著從西邊而來，又往東邊去。

「雷雨啊。」簡廉瞇著眼看了看天。

他忽然想起五月初的那個雨天，當他被困在傾覆的車廂裡，第一次感到無法掌控命運，等待閻王爺的最終裁決時，簡淡和她的人突然出現的心情。

絕處逢生，大悲大喜。

他一度以為自己不怕死，然而真的死到臨頭，卻又千般惦記，萬般不捨。

他的兒孫、他的家、他一直奮力保護的大舜百姓，還有喜歡的藏書和瓷器，乃至於目光短淺的老妻馬氏……

這一切都還在，只因那個古靈精怪的小丫頭回家來了。

小丫頭長大了，他還沒來得及和她多相處呢，就要替她張羅親事了？

簡廉搖搖頭。他的孫女便是多留兩年，也一樣有人搶著要，真的不急。

「簡老大人？」一旁侍立的小太監輕喊了一聲。

簡廉收起思緒，負手沿著迴廊走，去了平日理事的小院子。

簡廉剛到院門口，就見英國公和世子蕭仕明從裡面迎出來。

「簡老大人，蕭某恭候多時了。」英國公加快步伐，遙遙拱手。「一向可好？」

簡廉還禮。「好好，勞國公爺記掛。國公爺別來無恙？」

「都好、都好，哈哈哈……」英國公大笑起來。見人三分笑，是他的最大特色。

蕭仕明長相與他像了八分，曾有人開玩笑，說他們父子一笑，便能傾倒小半個朝野。

「晚輩見過簡老大人。」蕭仕明長揖行禮。

簡廉慈祥地笑了笑。「北城兵馬司指揮，果真少年俊才。怎麼樣，做得還順手嗎？」

北城兵馬司指揮是正六品，蕭仕明新官上任，主要負責城北的巡捕盜賊，疏理街道溝渠，管囚犯、火禁，校勘街市斛斗、秤尺等雜事。

蕭仕明道：「多謝簡老大人垂問。順手不敢說，晚輩還在學習，定會竭盡全力。」

「很好，年輕人就該有這種心氣。兩位裡面請。」簡廉擺手，請英國公父子進門。

三人在花廳落坐，聊了幾句閒話後，英國公挑明來意。他是為蕭仕明求親的，對象正是簡廉還想多留幾年的簡淡。

簡廉有些頭疼。因為是別人家的孩子，他才誇蕭仕明，實則不太欣賞。此子的名聲，他略有耳聞，華而不實，浪蕩不羈，絕不是孫女婿的好人選。

「不瞞國公爺，這樁婚事，老夫現在答應不了。」

英國公聽了，瞥了蕭仕明一眼，問道：「已經訂親了？還是……」

「訂親……倒還不曾。」簡廉道：「只是睿王剛剛提過一次，老夫拒絕了。」

英國公笑著說：「一家女百家求，簡三姑娘品格貴重，睿王也是好眼光呀。既是如此，那我們稍微等一等，以免睿王臉上不好看，簡老大人以為如何？」

「不瞞國公爺，那丫頭年紀還小，尚未及笄，老夫心疼她剛剛歸家，想多留些時日。」

英國公又是哈哈一笑。「簡老大人，我朝姑娘大多在十二、三歲相看親事，簡三姑娘已經遲了。」

英國公鍥而不捨，讓簡廉有些頭疼。「是這個道理，可國公爺也知道，睿王府後花園的高臺拆幾次，搭幾次，有些事還是謹慎得好。」

這話等於挑明了說，簡家剛拒絕睿王，拒絕沈餘之，不敢立刻給簡淡訂親。

英國公明白。依沈餘之的脾氣，即便泰寧帝親自賜婚，簡家的日子也不會太好過。遠的不說，就說慶王現在灰頭土臉的樣子，足以證明沈餘之難纏。雖然蕭家不怕，但的確棘手。

於是，閒話幾句後，父子倆告辭去了。

簡廉親自送到門口。

雨點已經落下來，稀稀疏疏砸在地上，帶起一股股細小煙塵，讓他又想起那天的刺客。

對方的武藝並不高，所以他的隨從才能抵抗那麼久。

從這一點來看，刺客不太可能是拱衛司的人，也不像經常訓練的士兵。那麼，會不會是五城兵馬司的人？

一個兵馬司指揮掌管百十個兵丁，在京城不起眼，行事也頗為便宜。

簡廉沈吟著，不說話了。

雨大了，沈餘之被雨打瓦片的聲音驚醒，起身下床，慢慢踱到迴廊，自言自語。

「聽著連綿的雨聲，做出的瓷器想必比平常更有韻味吧？小笨蛋會不會以此畫出名曰聽雨的圖案呢？」

討厭躡手躡腳地走過來，欲言又止。

沈餘之道：「說吧。」

「主子，簡老大人那邊的小太監送信來，說英國公想替蕭世子提親，被他拒絕了。」

「對象是簡三姑娘？」

「是。簡老大人的意思是，他剛剛拒絕咱們家王爺，不敢答應。」

「怪不得急急謀了官，原來是這個目的。」

「另外，皇上那邊也有消息，說是想替主子和簡三姑娘賜婚。但簡老大人說，他現在跟慶王是親家。」

沈餘之笑了笑。「皇祖父年紀大了，疑心病也越來越重了。」

討厭不明白這話的意思，也不敢問，只道：「主子，英國公會不會求皇上賜婚？」

沈餘之沒有回答。「走，我們去御書房，陪他老人家下一會兒棋吧。」

傍晚，雨停了，簡淡從松香院回來，又去梨香院請安。

崔氏說，莊子裡的時鮮送來了，有雞有鴨，有蔬菜、有河魚，大家一起熱熱鬧鬧吃頓飯。

這個大家，不但包括簡淡和崔家兄弟，還有簡雅。

簡淡不想留下，又違逆不了，只好一言不發地坐在末座。

「三姊，我的基礎棍法練得差不多了，再練就追上妳啦。」簡思敏的手搭在簡淡的椅背上，討好地看著她。

「然後呢，你想幹什麼？」簡淡天天和他一起練，知道他的實力。

「然後……三姊，我想要一副妳那樣的棍子，這個不好用。」他把雙節棍拿給簡淡。

「妳瞧瞧，這才用幾天，就裂開了。」

簡淡接過來看，確實壞了，兩節棍子和連接鎖鍊的地方有裂痕，一旦脫落，甩出棍子時很容易誤傷人。

「這個做得不好，應該換把新的。可是……」

「可是，三妹那把是睿王世子送的，睿王世子的東西可不好要呢，是不是？」簡雅笑咪咪地接話。

簡淡聽了，突然把雙節棍朝地上一摔，棍子跳起來，反覆落在厚厚地毯上，發出悶響。

簡雅嚇得往後一躲，小臉白了白。

一屋子人齊刷刷看了過來。

崔氏怒道：「小淡，妳這是發什麼……」頓了頓，換了說詞。「這是做什麼？」

簡淡不理她，一腳踩住雙節棍的一頭，用手撿起另一頭，使勁一拉，鎖鍊便掉了下來。

「二弟，這副棍子的確不能再用。白瓷有把備用的，是表大伯父特地找人打的，比這個好，可以先給你用。」

簡思敏連連道謝。

簡雲豐搖搖頭，湊到崔氏身邊，小聲道：「妳這是做什麼，孩子哪裡做得不對了？」

崔氏吃了癟，尷尬地笑笑。「妾身只是擔心小雅的身體，剛才她的臉都白了。」

簡雅低著頭，十根手指死死抓住椅子扶手，關節泛白，似乎真是嚇得不輕。

崔家兄弟對視一眼下，雙雙拿起茶杯。

簡思敏接過壞掉的雙節棍，認真研究鎖鍊處，看都沒看簡雅一眼。

簡雅的目光緩慢掠過所有人，最後落到簡思越身上，淚水一點點沁了出來。

簡思越盯著她，關切地說：「二妹，妳要是不舒服，大哥送妳回去休息吧？」

簡雅聞言，剛剛醞釀的眼淚立時收了回去。

禁足多日，她好不容易出了跨院兒，可不想就這麼回去，遂求救地看了崔氏一眼。

崔氏硬邦邦地說：「難得大家都在，讓你妹妹用完晚膳再回去。」

簡思越不是傻子，立刻明白了簡雅的算計，不由蹙起眉頭。

簡雲豐嘆息一聲，手掌在高几上重重一按，站起身。「你們幾個跟我去書房，我要考考你們的功課。」

崔曄如釋重負。

簡思越臨走前，捏捏簡淡的胳膊，又眨眨眼睛，示意她自求多福。

等男人們出去後，崔氏喝了幾口熱茶，擦擦額頭上冒出來的細汗，道：「小淡，聽說妳最近一直在玩泥巴？」

簡淡道是。

「妳是首輔府的姑娘，不是林家的製瓷匠人！」崔氏的聲音又抬了起來，但可以看出，她正在試圖塑造嚴母的形象。

簡淡不屑地挑挑眉，閉緊嘴巴。

簡雅柔聲道：「三妹，妳這是什麼態度？要是娘說得不對，可以提出來，大家商量。」

崔氏舉起右手，示意簡雅不要插嘴。

「小淡，咱們簡家是書香門第，教導出來的姑娘們無一不知書達禮，妳倒好，不是玩泥巴，就是賽馬、吵架，居然還跟睿王世子一起捨藥救人！

「妳還記不記得自己的女兒身分，那樣的事交給妳大哥做就好，用得著拋頭露面嗎？妳今年十四，翻年就十五歲，要不是妳二姊身體不好，早該訂下親事了。

「妳父親總說我疏忽妳，從今兒開始，妳的事，我得管起來了。明兒我讓王嬤嬤把那些輪車跟泥巴收進庫房，妳休想再拿出來丟人現眼。」

簡淡實在聽不下去了，不由開口打斷她。「母親，咱們井水不犯河水，不是挺好嗎？您何必跟我較勁呢？」

崔氏語塞，醞釀許久的慷慨陳詞戛然而止。

簡雅道：「三妹，妳是怎麼說話的？母親說妳，還不是為妳好？」

簡淡笑笑。「不必了吧。製瓷的事是經祖父同意的，祖父還等著我親手做的筆洗呢。

「另外，參加賽馬的大舜朝女子不只我一個，吵架也是替表哥吵的。至於捨藥一事，兩位表哥也出了錢。那一千兩銀子是睿王世子買我做的泥胎的銀錢，但我不認為那值一千兩，所以捐出的那筆錢，其實是變相還給睿王世子。母親，您明白了嗎？」

崔氏聞言，好不容易壓下去的怒火又熊熊燃燒起來，覺得自己當年難產生下來的不是女兒，也不是討債鬼，而是恨不得殺死她的仇家。

「好口才，真是一句都不讓啊。」簡雅加了把柴。「娘，算了吧，跟個小白眼狼有什麼好計較的？」

啪！崔氏拍了下扶手，喝斥簡雅。「那是妳妹妹，有妳這麼說話的嗎？」

簡淡哂笑，看來崔氏改換策略，想用軟刀子殺人了。

簡雅哆嗦一下，委委屈屈地擦了擦眼角。「娘，女兒只是替您不值嘛。」

崔氏不理簡雅，長長地呼出一口氣。「小淡，妳祖父顧及妳剛回家，不好意思當面讓妳難堪，所以才隨便應下。他老人家日理萬機，定然早忘了筆洗的事。母親這樣做，是為妳好，明兒就把那些東西收起來吧，不要瞎折騰了。」

簡淡站起身。她為什麼要坐在這裡聽崔氏說廢話？有這工夫，回去拉胚不好嗎？

「母親，您的好意，我收下了，但恕難從命。為了不礙您的眼，我還是先回……」

「三姊，父親叫妳過去。」突然進來的簡思敏打斷了簡淡的話。

「好。」簡淡朝崔氏略頷首。「母親，我先出去了。」

簾子被掀開，復又落下。

崔氏盯著空盪盪的門口，大拇指狠狠按上太陽穴，胸膛起伏得厲害。

王嬤嬤上前，在崔氏的穴位上輕輕按摩起來，勸道：「太太，三姑娘對咱們有戒心，事情要慢慢說，急不得的，莫要因此氣壞了身子。」

簡雅一聽，眼睛亮了下，起身坐到崔氏身邊的座位上。「娘，您想做什麼？」

崔氏頹然道：「娘能做什麼，還不是妳們姊妹的婚事？一個太拗，一個又太弱，要是能平均平均該多好，娘就不會這麼發愁了。」

王嬤嬤垂下頭，暗暗皺眉。她越來越不理解崔氏，不但霸道跋扈，還多了絲心狠手辣。簡雅跟簡淡是雙胞胎姊妹，手心、手背都是肉，需要這般算計嗎？

而且，究其根本，鬧成這樣還不是簡雅的錯？

「嬤嬤，妳按疼我了。」崔氏在王嬤嬤的胳膊上輕拍一下。

「老奴一時走神兒，請太太責罰。」王嬤嬤誠惶誠恐地說。

崔氏不耐地擺手。「行啦，不是什麼大事。妳去廚房看看，我這裡不用妳服侍。」

王嬤嬤如釋重負，恭恭敬敬地退下。

崔氏轉頭囑咐簡雅。「小雅，妳最近不要惹小淡，一切等睿王妃的壽宴結束之後再說，知道嗎？」

「女兒知道，都聽娘的。」簡雅眼裡有了一絲憧憬。

崔氏看得分明，心裡又是一聲嘆息。

如果簡淡不回來就好了，那沈餘之看到的，便只有簡雅。屆時，即便簡廉不答應，她也能像大房那樣，想法子把簡雅嫁過去。

第三十八章

簡雲豐叫簡淡過去，只是為了幫她解圍，沒什麼正經事。等飯菜擺好時，簡淡才跟著父兄們回正堂，一起吃了晚飯。

簡雲豐最重規矩，席間鴉雀無聲。

用完飯，王嬤嬤張羅著把殘席撤了，茜色帶著幾個二等丫鬟，把畫案擺上來。

崔氏笑著問崔曄。「小雅身子不好，總是出不了門，你們哥兒倆從清州來，畫幾筆路上的風景給我們長長見識，如何？」

說完，她轉頭對簡雅道：「妳大表哥在書畫上造詣頗深，若得他指點，日後便可少走不少彎路呢。」

崔曄謙虛。「小姑姑謬讚，姪兒在京有些時日，知道二表妹在繪畫上極有天賦。讓姪兒獻醜可以，指點卻不敢當。」

簡淡知道崔曄善畫，但從未見識過，前世也不曾發生這樣的事。

她嘴唇一彎，笑了起來。崔氏這是在推薦他吧，玩就玩，不然哪有樂子看呢？

簡淡懂畫，作品也有靈性，只是技巧比不過簡雅，所以所製瓷器的圖案多以雕刻為主。

如今人生得以重來，她最希望的就是精進畫技，尤其是工筆。

崔曄擅長的正是此道，既然沒推辭，便爽快地起了身，提筆畫起來。

他下筆極快，寥寥幾筆，一隻靈動可愛的松鼠便躍然紙上。

簡淡非常感興趣，不由多問幾句，諸如什麼叫「沒骨」，怎樣算「勾填色」，以及接染有什麼技巧等等。

崔曄一一回覆，又不時親自示範，令簡淡受益匪淺。

崔氏見狀，臉上有了笑意，破天荒地誇讚簡淡。「小淡問得很好，可見平日是下了工夫的。既然想學，就跟妳大表哥好好學學。」

簡雲豐道：「曄哥兒要參加明年的春試，哪有那個閒工夫。我雖不擅長工筆，但比一般人強多了。從明兒開始，小淡每晚到內書房來，跟我學半個時辰。」

簡淡喜出望外，瞧面色灰敗的崔氏一眼，立刻應了下來。

天擦黑時，崔曄和崔逸回到外院。

打發走黃嬤嬤和粗使嬤嬤，崔逸問道：「小姑姑是什麼意思？」

崔曄繞過書案，躺在後面的小床上。「你覺得她是什麼意思？」

崔逸在他身邊坐下，正色道：「大哥，我覺得小姑姑有意撮合你和三表妹。」

「這件事真是挺沒意思的。」崔曄閉上眼睛。

「確實。」崔逸點點頭。「大哥，你覺得三表妹怎麼樣？」

「你這又是什麼意思？」崔曄睜開眼睛。

「我覺得三表妹不錯，比我認識的姑娘都好。大哥，要不要順水推舟？」

崔曄搖頭。「我沒想過，這不合適。」

崔逸勸道：「婚姻乃是父母之命，媒妁之言，大哥可以想想。儘管你比三表妹大得多些，但人品好、才學好，將來好好疼她就是。」

「七弟，你不要陪著小姑姑胡鬧了。有沈餘之在，我若那麼想，只怕就死定了。」

「所以，大哥動過心？」

「閉嘴吧！」崔曄在他背上拍了一掌。

不可否認，他確實動過心思。那麼可愛的姑娘，哪個男人不喜歡？

如果把「君生我未生，我生君已老。君恨我生遲，我恨君生早」這四句詩反過來寫，便非常切合他此時的心境了。

崔氏改變了策略。

儘管在外人看來，她對簡淡依然十分挑剔，但心思變了——從仇視簡淡，變成了一個嚴格的母親。

崔氏開始隔三差五請簡淡一起用飯，莊子裡出產的瓜果蔬菜，也有了香草園的份。

每晚簡淡去簡雲豐的內書房學畫，崔氏都會端一碗補湯過去，雖談不上殷勤，卻足以引起簡淡的反感。

如此過了七、八天，不但簡家上上下下覺得崔氏改邪歸正，便是崔氏自己也信了。

這天上午，崔氏親手插了一瓶鮮花，又泡了杯清茶，張開宣紙打算畫畫時，忽然想起一事，吩咐茜色把王嬤嬤叫來。

「嬤嬤，妳去香草園一趟，把那些亂七八糟的東西收到倉庫裡。」

王嬤嬤不明白崔氏的意思。「太太，老太爺和老爺都不管，您……」

崔氏道：「我叫妳做什麼，妳就做什麼。」

王嬤嬤還想勸一勸。「太太，三姑娘對製瓷特別用心，聽說每日為此忙到大半夜。您這個時候去收，只怕會適得其反，前功盡棄。」

崔氏笑了笑。「妳不去，我之前所為，才會前功盡棄呢。她若玩玩篆刻也罷了，那是雅興，我自不用理會。可她在幹什麼？想當個製瓷匠人，哪個做母親的敢放著不管？妳去吧，實在不行，再回來稟報。」

王嬤嬤領命，帶上兩名粗使婆子去了香草園。

此時，簡淡還在錦繡閣上課，白瓷跟紅釉守著園子。

如今，簡淡做的泥胎越來越多，有的陰乾，有的修好坯體，正等待雕刻和繪製圖案，滿滿當當擺了整個架子，容不得出半點差錯。

王嬤嬤到時，是紅釉應門。

「誰啊？」紅釉隔著門問道。她最聽話，簡淡說不開門，便不敢開門。

「王嬤嬤來了。」外面的人回答。

「我們姑娘不在家，王嬤嬤有什麼吩咐嗎？」

「開門！」王嬤嬤喝道。

「不行，我們姑娘說不能開。」紅釉的聲音微微發顫。第一次跟人當面叫板，還是崔氏身邊的大紅人，不免有些害怕，又隱隱興奮。

「我看妳這丫頭是吃了熊心豹子膽！我們奉太太的令來，還不快開門！」一個粗使婆子喊道。

白瓷抓著一小把瓜子走出來，一邊嗑、一邊說：「王嬤嬤請回吧，門是不可能開的，除非我家姑娘答應。」

粗使婆子們有些憤憤，王嬤嬤倒鬆了口氣，不開門正好，省得費口舌了。

晚上，簡淡又被叫到梨香院，聽崔氏講了一番動之以情、曉之以理的大道理。

她煩是煩，卻不能像以往那樣頂撞了。

不得不說，崔氏這一招很高明，簡雲豐跟簡思越兄弟都覺得她變好了，雖說不夠慈愛，但盡到了為人母的責任。

如此，簡淡怎敢不收斂些？不過，這無非是你方唱罷我登場，大家一起唱戲，誰怕誰？

用完晚飯，大家如常坐在正堂裡聊幾句。

簡雲豐叫人拿來一幅工筆畫，不無炫耀地對兩個姪子說：「你們瞧瞧，小淡的畫是不是進步許多？」

崔曄接過。這是一幅魚戲蓮葉的工筆畫，一朵荷花、兩條小魚、三片荷葉，水面上漣漪無數。原本尋常的事物，因精巧的構圖，顯現出不同尋常的意境。

「三表妹畫得非常有靈氣。」崔曄大加讚賞，又把畫轉給崔逸。

崔逸捧著畫，和簡思越兄弟一起看，也點頭。「真的好，假以時日，或許能自成一派。」

簡思越和簡思敏朝簡淡豎起大拇指。簡雲豐哈哈大笑。

「兩位表哥謬讚。」簡淡瞥瞥面色微變的崔氏，心裡不由哂笑一聲。她搶了簡雅的風頭，崔氏自是覺得搬起石頭砸自己的腳，疼也得忍著呀！

「小淡不要過謙，好就是好。」崔氏勉強笑著，拍拍簡雲豐的胳膊。「老爺，不然咱們也去花園逛逛，一起畫張小景，比上一比，如何？」

「妙啊！」簡雲豐讚道：「此時夕陽正好，涼風習習，正是作畫的好時機，走走走。」

崔曄有些為難，拱手道：「姑父，姪兒和七弟還得……」

簡雲豐擺手。「去吧，讀書雖好，也該張弛有度。」

於是，一群人浩浩蕩蕩去了後花園。

到了荷塘，簡雲豐親自出題，名曰荷塘小景，讓大家各自選景作畫，工筆或寫意均可。

簡淡磨好墨，鋪平宣紙，四下打量一番，企圖找些新鮮的景色來畫。

夕陽斜照，紅通通地掛在天際。

崔家兄弟選在荷塘轉彎處，那裡荷葉稀疏，荷花嬌小。崔曄執筆凝望荷塘，潛心構圖；崔逸則蹲在水邊，專心致志地用一枝毛草逗弄幾條小魚。兄弟倆沐浴在一片餘暉中，身形高低錯落，側影精緻好看。

簡淡心道，很美，完全可以畫進寫意畫裡。

一會兒後，她的畫再次被簡雲豐大加褒獎，還親自題了字——荷塘夕照。

離開花園時，崔逸問道：「三表妹，這幅畫可不可以送給七表哥？」

簡淡正要拒絕，崔氏又搶著開了口。「逸哥兒喜歡啊，拿去吧。」

「多謝三表妹。」崔逸笑道。

簡淡搖頭。「沒什麼，畫的是兩位表哥，原該如此。畫技拙劣，七表哥不嫌棄就好。」

「表妹畫得很好。」崔曄道。認真地看著簡淡，目光深邃，言語誠懇。

簡淡笑了笑。「父親，母親，我先回去了。」

崔氏點點頭。「小淡，過兩日就是睿王妃壽宴，明日母親帶妳去金玉翠閣買首飾。」

簡雲豐也道：「姑娘家是得好好打扮打扮。去吧去吧，多帶些銀子。」

回到香草園時，天已經黑了。

簡淡洗了把臉，坐在藤椅上生悶氣。

這種假裝母慈子孝的日子，她真的過夠了。而且，她能感覺到，崔曄看她的眼神越來越深沈。

崔氏費盡心機地將她往崔曄身邊推，一旦崔曄生出什麼心思，只怕真會害了他。

崔氏可以不管，她卻不能不顧。

簡淡想了想，打發藍釉跟紅釉，單獨把白瓷叫到身邊，吩咐道：「明天妳去找青瓷。」

「姑娘要做什麼？」

簡淡附在她耳邊說了幾句。

白瓷道：「這不好吧，萬一姑娘脫不了身，豈不是一起遭殃？」

簡淡搖搖頭。「妳放心，祖父不在家，祖母又不管事，二姊肯定想偷偷出去，母親不會讓我跟她同乘一車。」

白瓷這才點頭應了。

客院裡，崔逸鋪平了畫，又仔仔細細看了一遍。

崔曄在他對面坐下。「七弟，你不該要這幅畫的。」

崔逸道：「大哥，這是我第一次入畫。雖說三表妹畫得寫意，但我瞧著很像。」用手指點了點。「大哥看看這條線，跟你的側臉輪廓幾乎一模一樣。」

崔曄笑了笑，他也想要這幅畫，但又不得不多顧忌一些。他真怕崔氏一時想不開，拿這幅畫大做文章，那會害慘他們兄弟。

不可否認，他對簡淡有些好感。如果沒有沈餘之，他或許會試試，哪怕被簡廉拒絕，起碼無憾無悔。

只可惜，人生沒有如果。聽說只要沈餘之在睿王府，卯初定會出現在花園的高臺上。當年，他也曾這樣喜歡過未過門的妻子。沈餘之的心思，任何一個過來人都能看懂。

崔逸還在看畫，感慨道：「二表妹和三表妹不愧是雙胞胎，才華也是一樣的。」

崔曄笑了笑。「還是有差別。二表妹過分追求技法，在靈動和意境上稍弱一些；三表妹有天賦，卻在技法上有所欠缺。」

他把畫拉過來，重新審視，道：「有些人有天分，三表妹便是如此。」

「的確。」崔逸點頭。「得到大哥的誇獎可不容易，我明兒拿去裱了，掛到牆上。」

第二天一早，崔逸到書房取畫，畫卻不見了，書案只剩一地碎紙。

崔逸大怒。「是誰幹的?!」

兩個小廝和兩個粗使婆子聽到動靜，驚慌失措地跑進書房。

崔逸指著紙屑問道：「說，是誰撕的？」

四個下人面面相覷，又齊齊搖頭。

「難道有賊？」崔逸冷靜了些，覺得這幾個下人不敢亂來。「黃嬤嬤呢？」

一個粗使婆子道：「昨晚黃嬤嬤回家了，現在還沒來呢。」

崔曄也進屋了，拾起一片碎紙，沈默良久，道：「不是他們做的。七弟，這件事就算了吧。」對崔逸使了個眼色。

崔逸有些明白了，搖頭苦笑。「他可真是有病，而且病得還不輕。」

崔曄點點頭。「沒關係，我記住了那張畫。等閒了，臨摹一張就是。」

這時，黃嬤嬤待在簡雅的院子裡。

簡雅還未起床，懶洋洋地賴在床榻上。這些日子她被禁足，起得晚，睡得早，人整整胖了一圈，身子也好了不少。

「黃嬤嬤來了，有事嗎？」簡雅問道。

黃嬤嬤道：「二姑娘，七表少爺拿了三姑娘的畫，說今兒要去裝裱，掛在書房裡。」

「七表哥啊，那有什麼用。」簡雅不感興趣。

黃嬤嬤故作高深地笑了笑。「二姑娘，畫就放在書房裡，誰知道是大表少爺還是七表少爺的。」

簡雅坐了起來。「有道理。妳說說，還聽見什麼了？」

「其他的，便沒什麼了。」黃嬤嬤答得有些遲疑。

「還不快說！」

黃嬤嬤惶恐。「二姑娘，真沒什麼了。兩位表少爺說，二姑娘和三姑娘的畫都好。」

簡雅冷笑。「他們是說小淡畫得比我好吧，不然怎麼沒想著要我的畫，裱我的畫呢？」

黃嬤嬤沒吭聲，心道這可不是她故意挑撥，是簡雅自投羅網。

「姑娘先漱洗吧，太太已經去松香院了。」梁嬤嬤打了岔。都是千年的狐狸，誰不明白誰，她可不想讓簡雅成了黃嬤嬤的槍。

簡雅想起出門的事，知道不能再耽擱，遂穿著繡鞋下地。

「妳回去吧，多盯著些，有什麼事，及時告訴我。」她說完，又吩咐梁嬤嬤。「取二兩銀子，讓黃嬤嬤給孫子買些好吃的。」

黃嬤嬤謝過，笑著應下。

第三十九章

簡淡從松香院請安回來時，白瓷已經回到香草園。

「姑娘，我哥安排好了，保准出不了岔子。」白瓷放下燒雞，樂顛顛湊到簡淡耳邊道：「我哥說，這主意好，早該給她們一些教訓。一環扣一環，任誰都查不出是咱們的手腳。」

簡淡搖搖頭，哪有那麼容易。崔氏再怎麼討厭，也是她的親生母親，一旦被外人知道，便是祖父，也不會原諒她。

但是，她可以不在意別人，卻不能不在意自己。

大約辰正，梨香院的粗使婆子過來請簡淡，說可以出發了。

跟她之前設想的一樣，崔氏乘坐一輛車，簡淡單獨坐另一輛車。

藍釉替簡淡倒了杯冰鎮過的白開水。「姑娘，聽說二姑娘也來了。」

簡淡喝了口水。「猜到了，母親乃大家閨秀，沒想到也有這麼叛逆的時候。」

藍釉笑笑。「老太爺經常不回家，這種事，只要瞞住老夫人就行，其他人不會多嘴。」

簡淡點點頭，確實如此。這種事無傷大雅，互相包庇便是，沒必要斷了自己的好處。

伏天，天地間像個大蒸籠，吸進胸口的空氣比呼出來的還熱。蟬在馬路邊的樹上瘋狂鳴叫著，鬧得人心煩躁不安。

簡淡搧著摺扇，道：「睿王妃的生日可真不是時候。天氣太熱，一來不愛動，二來不愛吃，辦起來沒意思。」

藍釉道：「姑娘有所不知，睿王妃命好，就婢子所知，往年辦壽宴那天，老天爺都會下雨，您說神奇不神奇？」

聽藍釉這麼一說，簡淡也想起來了。前世確實有這個傳說，但自從沈餘之過世後，好像被改變了，變成他的忌日下大雨。

半個時辰後，馬車在金玉翠閣門前停下。簡淡沒立刻起身，直到崔氏被人扶下去，才慢吞吞地下了車。

「咦，二姊？」她故作驚訝地看著簡雅。「妳不是……」

崔氏討好地笑了笑。「妳二姊總悶在家裡，對身體不好，我帶她出來走走，妳不要說出去，知道嗎？」

「那我有什麼好處？」簡淡笑嘻嘻地問。

崔氏眼裡閃過一絲厭憎。「母親給妳買付漂亮的珍珠耳墜子。」

「可我想要一對手鐲。」簡淡討價還價，換了個大件的。

崔氏蹙起眉頭，想過簡淡會質疑此事，卻沒想過簡淡會以此要挾。難道她對簡淡還不夠好？金玉翠閣的東西可不便宜，一對鏤空累絲金鐲子，得七、八十兩銀子。

簡雅真沒冤枉人，這死丫頭貪財愛小，著實被林家教壞了。不過不答應肯定不行，她跟簡廉親近，真去告狀就不好了。

「好吧，妳跟妳二姊一人一對。」崔氏答應了。

「謝謝母親。」簡淡喜笑顏開。這就對了嘛，這麼熱的天，還陪她唱這種大戲，不多收點利息怎麼行。

母女三人進了鋪子，在丫鬟的招呼下，從左側樓梯上樓，進了第一間雅間。

「喲，這不是簡二太太嗎，怎麼親自來了？」一個打扮得珠光寶氣的年輕貴婦站起來。

崔氏笑著走過去。「鄭三太太也在啊。在家裡悶得久了，就想出來走走。」

鄭三太太是蕭仕明的大姊蕭明珠，嫁給吏部郎中。容貌美豔，對妝容極為講究，常常打扮得珠光寶氣，華美非凡。

「簡二太太客氣了。我是晚輩，叫我明珠就可以。我跟您一樣，也是在家待不住，才出來走走。」

蕭明珠笑得溫柔，但看向簡雅姊妹的目光中卻透出一股倨傲。「哎呀，這兩個小姊妹總算湊到一起了。長得可真像，而且都好看，簡二太太真是有福氣。」

簡雅張了張嘴，簡淡搶先開口。「明珠姊姊謬讚。早在回來之前，就曾聽說明珠姊姊是京城第一明珠，果然名不虛傳。」

這句話曾經是簡雅的說詞，她搶過來，只是想讓簡雅無話可說。

果然，簡雅羞惱地看了簡淡一眼。

「呵呵……」蕭明珠把簡雅的表情看個正著，不由輕輕一笑，做了個請的手勢。「簡二太太快請坐。」

「大姊，妳挑好了嗎？」

一名男子匆匆走進來，看到簡淡跟簡雅，怔了片刻，才拱拱手，挨個兒招呼一遍，目光疏離，語氣冰冷，與前些日子的熱情截然不同。

「蕭世子。」母女三人也打了招呼。

「我來看看大姊選好沒有，好送她回去。」蕭仕明敷衍一句，便對蕭明珠說：「大姊，妳快些吧。西城兵馬司出事了，睿王世子親自抓了二、三十人，現在司裡群龍無首，上頭讓我過去看看。」

「已經挑好了，讓人包起來就走。」蕭明珠也爽利，起身吩咐兩句，向簡家母女告辭，下樓去了。

上了馬車後，蕭明珠問道：「大弟，你不是想娶簡家姑娘嗎，剛才怎麼這樣冷淡？」

蕭仕明表情難看。「娶不了了，惹不起沈餘之。」

蕭明珠不明白。「怎麼回事？你不是跟爹一起去請皇上賜婚嗎？」

「去了，沈餘之也在，說我要是娶簡淡就……算了，不說了。」

「閹了他」這種話，蕭仕明實在說不出口。

另一邊，崔氏也覺得蕭仕明的態度有些不對，卻想不出哪裡得罪他，便作罷了。選好頭面，再挑兩對金手鐲，就算完成任務了。崔氏拒絕簡雅逛逛胭脂水粉鋪子的要求，吩咐車伕直接回府。

天氣熱，街上人不多，馬車駛得飛快。

一盞茶工夫後，右前方的胡同裡走出一個扛著幾根木頭的矮個子男人，走得飛快。男人正要跟馬車擦肩而過時，忽然有人在後面喊了一聲。「你扛著木頭幹什麼？」男人聽見，猛地轉身，木頭一甩，恰好打在馬匹的眼睛上。

馬匹吃痛，頓時發狂，拉著馬車疾馳起來。

車伕大驚，拚命拉馬，卻怎麼都拉不住。

「救命啊！」車廂裡開始鬼哭神嚎。

就要到達路口時，一輛馬車從右邊馬路疾駛過來——

「完了，要撞上了，救命啊！」車伕嚇得半死，扔下鞭子跳車，逕自逃了。路上發出一連串的驚呼，說時遲，那時快，一個年輕男子從馬路旁的鋪子裡衝出來，手上寒光一閃，直接劈斷右車輪。

車輪折了，車廂轟然倒塌。馬拖著車廂又走幾步，就被那人牢牢牽住了。

車廂裂了，崔氏和簡雅灰頭土臉地鑽出來，臉上、衣裳上都是血。

「翻車啦，這母女倆真慘！」

「那好像是簡家的馬車？」

路上發生這麼大的事，轉眼就圍了一群人。

簡淡的馬車追上來，不等車停穩，她便跳下車，發現崔氏癱坐在地上，哭得不能自已。

她略略放了心，焦急地問：「母親、二姊，妳們怎麼樣，要不要去醫館？」

崔氏聞言，茫然地看過來。

她的眼神空洞，人也呆呆傻傻。頭髮散了，一縷一縷垂下來，遮住大半張臉，點翠祥雲鑲金串珠鳳尾簪從髮髻裡掉出大半，搖搖欲墜。額頭上腫起大包，鼻子流血了，不知怎地，竟糊得滿臉都是。最恐怖的是左手手腕，極不自然扭曲著，顯然是骨折了。

簡雅的情況似乎稍微好些，月白色的褙子上沾染大片血跡，頭髮亂得跟鳥窩一樣，被王嬤嬤摟在懷裡，瑟瑟發抖著。

簡淡抓住崔氏右手手臂，招呼嚇傻的藍釉。「快過來，托住太太的腰，把人扶起來。」

「疼！誰都不許動我！」崔氏尖叫起來。她向來養尊處優，從未經歷過這種劫難，不免有些驚恐。

「母親，這麼多人看著呢。您要是不去醫館，就趕緊上車，咱們回家好不好？」簡淡彎著腰，附在她耳邊輕輕勸道。

「啊？」崔氏回神了，目光四下一掃，額頭上又冒出一層冷汗。

「小雅，妳怎麼樣了？」她一下子爬起來，號哭著朝簡雅撲過去。「要不要緊？」

簡淡見狀，站直了身子，苦笑著搖搖頭，心裡有些悶痛，又有些酸澀，對藍釉說：「親緣這東西挺玄的，喜不喜歡跟努不努力並沒有關係。」

藍釉心疼簡淡，安慰道：「姑娘不要放在心上，有些事能看開，也是萬幸。」

「讓開、讓開！」

「天啊，那是睿王世子的馬車吧，居然跑得這麼快！」

「別感慨了，還不趕緊讓開，不要命了？」

圍觀的人議論著四下散開，給沈餘之的馬車留出一條寬敞通道。

馬車駛進來，在簡淡身邊停下。

車門被拉開，露出沈餘之那張俊臉。

沈餘之在京城赫赫有名，然而見過他真容的人並不多。他一露面，周圍又響起一陣壓抑的抽氣聲，無人敢再發表高論。

沈餘之見簡淡安然無恙，緊抿的薄唇微勾，笑容漸漸爬上桃花眼。「怎麼回事？」

簡淡福了福身。「世子爺，馬車出事，家母和家姊受了傷。」說著，往一旁避了避。

「母親，二姊，睿王世子來了。」

簡雅哆嗦，抓著崔氏的胳膊，使勁往她懷裡鑽，碰到她受傷的左手，疼得她尖叫一聲。

簡雅停了動作，卻沒有立刻從崔氏懷裡起來。

「不怕，他什麼都沒看見。」崔氏小聲安撫她，臉上的冷汗一滴滴往下落。

王嬤嬤不忍，伸手拉簡雅。「二姑娘，太太的胳膊折了，快起來，咱們馬上去醫館。」

簡雅輕呼一聲，反而抱緊了崔氏，哭道：「娘，我害怕。」

崔氏拍拍簡雅的後背，小聲道：「小雅不怕，堅強些，免得讓世子看了笑話。」

簡雅還是不動。崔氏只好用眼神制止王嬤嬤，繼續抱著她。

簡淡笑了笑，崔氏是個好母親，只是不是她的。她與崔氏，不過是沒有緣分罷了。

這一切，都是她的手筆。

她想讓崔氏母女摔上一跤，最好摔個鼻青臉腫，她就可以過幾天安靜日子。沒想到崔氏會骨折，顯然是一不小心玩大了。

但是，她一點都不難過，甚至還有些得意。她變壞了，是個跟沈餘之一樣壞的壞人。

簡淡想著，有些出神，大大的黑眼珠骨碌碌轉著，不知在想什麼鬼點子。

沈餘之眼裡閃過一絲興味，道：「什麼人幹的，查清楚了嗎？」

「還沒。」簡淡回神，朝人群走過去，喝道：「誰幹的？站出來！」她個子高，走路帶風，故作威嚴時也頗有架勢。

沈餘之目不轉睛地看著她的背影，勾手叫來討厭。「你去問問咱們的人，幫簡三姑娘把罪魁禍首找出來。」

「是，小的這就去問……」

「不用了。」沈餘之忽然打斷他。「那人承認了。」

一個身強體壯的年輕男人從人群裡走出來。「姑娘，車轅是小人砍的，但驚了這匹馬的可不是小人，小人是來救人的。」

「是啊姑娘，我們瞧得清清楚楚。妳家車伕棄車逃命去了，要不是這位壯士，妳們的車就跟那輛撞上了。」又有一個中年人站出來，指著停在路邊的馬車道。

那輛馬車的車伕也在人群裡。「對，差點撞上我們，嚇死人了。」

又有個老漢擠進來。「對對對，跟這小夥子沒關係，馬被驚嚇的時候，我就看見了。」

簡淡問他。「老先生，是誰驚了我家的馬，你認得嗎？」

老漢搖搖頭。「是個扛著長木頭的矮個子年輕人。馬一驚，他就扔下東西跑了。」

簡淡嘆口氣，轉身對崔氏道：「母親，罪魁禍首跑了，砍車轅的又罰不得，您看……」

崔氏疼得直想哭，哪有工夫琢磨這些，用袖子擦了把冷汗，讓王嬤嬤和白英幫她把簡雅扶起來。

「世子。」崔氏站起身，艱難地往沈餘之這邊挪了兩步。

沈餘之道：「簡二太太，濟世堂就在附近，要不要先過去治傷？」

崔氏點頭。「多謝世子，妾身正有此意。」

沈餘之吩咐隨從，把摔壞的馬車整理好，以免阻塞路口，又派人去找那個扛著木頭的男子。從始至終，都是一本正經的模樣。

崔氏形容雖然狼狽，卻勉強恢復高門貴婦的風範，客氣地謝過沈餘之，讓簡淡扶著自己，上了簡淡乘坐的馬車。

簡雅腿軟，由王嬤嬤和白英架過來，經過沈餘之身邊時，竟強撐著福了福身，想挽回自己岌岌可危的形象。

沈餘之見簡淡上了車，命人關上車門，馬車緩緩前行。

已經散開的人們重新聚在一起，轟地議論開了。

「喲，這姑娘挺有意思。她娘傷成那樣，沒見她問候一句，見睿王世子時倒有精神了，大家閨秀也不過如此。」

「別那麼說，另一個姑娘挺不錯，行事有章法，看見那麼俊的男人，也能進退有度。」

「哎呀，明明是雙胞胎，可差別也太大了點。」

圍觀的人多，簡淡的馬車走不快，說話聲又大，句句傳進了車廂裡。

簡雅又哭了起來，還高高揚起右手。

車廂狹窄，簡雅與崔氏並排坐著，崔氏被她撞著，疼得齜牙咧嘴，此刻沒有外人，真的忍不住了，不由吼道：「要是妳還嫌不夠丟人，馬上給我滾下去！」

「娘……」簡雅大哭。

崔氏閉眼不理她，眉頭亦緊緊蹙了起來。

這下，簡淡知道前世為什麼會死在簡雅手裡了。連母親骨折這樣的大事，簡雅都不能稍加關懷，如此自私，只要影響利益，別說殺掉一個她，就是十個她，都會毫不猶豫地除掉。

對上這樣的人，根本無須心慈手軟。

過了路口，再往南走二、三十丈，就是濟世堂。

沈餘之的人先到，已經把最好的正骨大夫請出來。

大夫的手法很好，先正骨，後上夾板，不到兩刻鐘，就收拾好崔氏的傷處，把活血化瘀的方子交給王嬤嬤，又叮囑了該注意的事。

崔氏緊張得很，追問：「大夫，會不會留下殘疾？」

大夫道：「這位太太放心，只要好好養著，不會有太大問題。」

崔氏依然不放心，但她的修養不允許她喋喋不休。於是，王嬤嬤追過去，把如何調養、怎樣食補等事細細問了一遍，直到老大夫煩了，才悻悻地回去。

第四十章

崔氏母女一進梨香院，緋色便帶人迎上來，帶著哭腔問：「太太，聽說您受傷了？要不要緊。」

崔氏眼裡閃過一絲慌張。「妳怎麼知道我受傷了？」

緋色道：「有人瞧見，現在老夫人和老太爺都知道了，讓二姑娘、三姑娘一回來，就去松香院呢。」

簡雅囁嚅道：「娘，祖父會不會……我不要去。」臉色蒼白，額頭有一大片瘀青，鼻子裡還有未乾的血跡。

崔氏無奈地搖搖頭。「妳回房休息，娘和小淡過去。」

王嬤嬤道：「太太，您的手……」

「不必說了。」崔氏攔住她的話。「原本也該我去，妳去照顧二姑娘，煎一碗安神的藥給她服下。」

王嬤嬤瞥了簡雅一眼，道：「老奴知道了。」

松香院裡，簡廉正盤膝坐在貴妃榻上喝茶。

崔氏和簡淡恭恭敬敬地站在下面，大氣不敢喘一聲。

簡雲豐的臉色很難看，怒視著崔氏。

「二丫頭呢？」簡廉終於放下手裡的茶杯。

「小雅嚇壞了，兒媳讓她回去了。」

簡廉笑了笑。「妳的傷怎麼樣？」

崔氏聞言，淚水大顆大顆地落下。「大夫說骨頭接上了，但能不能治好，還不知道。」

此時還穿著髒衣裳，額頭的紫色腫包極為明顯，一哭更顯得可憐。

馬氏看不下去了，忙忙別過頭。

簡雲豐慌張地從太師椅上站起來，討饒似地叫了聲父親。

簡淡也道：「祖父……」

簡廉抬起右手，示意簡淡不要說話。

簡淡垂下頭，高高興興地閉上嘴巴。

「雲豐，前些天我是怎麼跟你說的？」簡廉問簡雲豐。

簡雲豐道：「父親，兒子記得那些話，但現在……」

簡廉打斷他。「不必說了，多帶幾個人去，家裡、外頭都一樣。」擺了擺手。「你們回去，小淡留下。」

崔氏痛哭流涕，膝蓋一彎就要跪下。「兒媳錯了，請您……」

「去吧。」簡廉身為公公，親自處罰兒媳婦已是不妥，再多說便更不合適了。

簡雲豐無法，只好上前架起崔氏。「走吧，咱們先回院子。」

簡淡目送夫妻倆出門，有些驚訝，這就完了？還是崔氏和簡雅要受罰了？

下一刻，簡廉道：「我讓妳母親跟妳二姊去庵堂靜修，妳會不會覺得祖父不近人情？」

簡淡得到答案，不由嘿嘿傻笑兩聲。「不覺得。」

簡廉撫著鬍鬚，微微一笑。「妳這丫頭倒還誠實。」

「祖父說過，要有孝道，但不要愚孝。」

「只是，凡事都要有底限。她是妳的親生母親，她可以不喜歡妳，妳也不必討她喜歡，彼此迴避，方是上策，妳絕不可因此設計她。」

簡淡有些傻眼，這話是什麼意思？祖父看出什麼來了嗎？不可能，這件事安排得完美無缺，他一定在詐她。

簡淡拿定主意，真心誠意地說：「祖父，母親雖嚴厲了些，但對孫女還是很好的，孫女一直領情。至於二姊，她在禁足，我們少有來往，以後也會如此。」

「妳能這麼想就好。」簡廉和藹地笑了笑。「告訴祖父，她們到底是怎麼出事的，怎會摔得如此嚴重？」

簡淡把事情經過細細講了一遍，包括在金玉翠閣遇到蕭仕明，以及蕭仕明說過的話。

簡廉聽完，點點頭。「妳做得不錯。」

話落，李誠便在門口稟報。「老太爺，睿王和睿王世子到外書房了。」

「嗯……這是有消息了。」簡廉下地。「今天妳也受了驚，回去歇著吧。」

簡淡應是，退了出去。

簡淡走出松香院時，日頭已經照到頭頂。睿王父子在這時辰前來拜訪，顯然有急事。想起沈餘之在街上的所作所為，簡淡有些心虛。眾所周知，沈餘之不是好管閒事的人，如此殷勤，不過是為了討好她罷了。

唉……簡淡對著燦燦的日光嘆口氣。沈餘之對她再用心，她也不想嫁進睿王府。一來，她對沈餘之沒信心；二來，一大家子人情複雜，光想都煩；三來，睿王府礙了慶王的路，兩虎相爭，必有一傷，她不想操心，更不想冒險。

如果可以，她想嫁個進士出身的書生，最好也是書香門第。不求大富大貴，只求所嫁之人能像簡家男人一樣，有四十無子方可納妾的好規矩。

當寡婦那三年，她聽多了各家妻妾爭風吃醋的事，深有所感，即使嫁個窮人，守著小破宅子過一輩子，也好過在深宅大院裡發霉變臭。

簡淡懶得去梨香院觸霉頭，直接回了香草園。

正房門鎖著，白瓷與紅釉在廚房做午飯。

白瓷在切黃瓜絲，紅釉一邊燒柴、一邊眼巴巴地看著鍋裡，嘴裡不停地吞口水。大鍋裡咕嚕冒著泡，豬蹄和黃豆在濃稠湯汁中跳躍，香味撲鼻。這是簡淡喜歡的豬腳燉黃豆，看見了就走不動路的那種喜歡。

「姑娘回來啦。」紅釉聽到動靜，起身打了個招呼。

白瓷手裡的刀一頓，朝簡淡詭譎地笑了笑。「姑娘，還順利吧？」

簡淡表情嚴肅。「不太順利。」

「啊？」白瓷嚇一跳，放下刀，兩步跳到門口。「怎麼回事？」

簡淡道：「母親的手腕骨折了。」

紅釉嚇呆，白瓷卻鬆口氣，背著她扮了個鬼臉。那是崔氏活該。

簡淡走進來，從盆裡抓了條嫩嫩的小黃瓜，啪嚓咬了一口。

「那二姑娘呢？」白瓷滿懷希冀地問。

簡淡嚥下嘴裡的黃瓜。「腦袋摔了個包，鼻子出了點血，暫時破相而已。」

白瓷遺憾地嘖嘖兩聲。

簡淡又道：「祖父知道二姊偷偷出門，說要送母親和二姊去庵堂禮佛，這會兒她們許是正抱頭痛哭呢。」

紅釉驚得摀住了嘴巴。「太太都骨折了，還要去庵堂？老太爺也……」

白瓷嘿嘿一笑。「二姑娘禁足，可是老太爺親自下的命令，太太帶她出去，就是折損老太爺的威嚴，是不是？」又看看鍋子。「火夠了，快撤掉一些炭。」

「嗯。」紅釉趕緊坐回去，用鑵子鑵出木炭，放到燒水的爐子裡。「也是，咱們家老太爺可是首輔大人，要是他老人家不知道也罷了，如今這樣，肯定不能善了。」

白瓷朝簡淡佩服地豎起大拇指。

簡淡但笑不語，她也沒想到事情會發展成這樣，一切都是意外之喜。聽說簡雅為參加睿王妃的壽宴，偷偷做了好幾套衣裳，只差臨門一腳，卻被打發到庵堂去。

真好，有心栽花花開了，無心插柳，柳亦成蔭，她運氣不錯嘛！簡淡心裡美滋滋的。

白瓷準備了四道菜，紅燒排骨、豬腳黃豆、清炒菜心，最後還有一道涼拌黃瓜絲。

「姑娘，我再做個油爆花生米，咱們喝點小酒吧？」白瓷早受夠崔氏和簡雅的氣了，今兒大仇得報，分外高興。

「可以。」簡淡一擺手。「快去。」

「好！」白瓷樂顛顛地往外走，才到門口，又折回來，結巴道：「姑娘，來客人了！」

「誰啊，把妳嚇成……」簡淡伸向豬腳的筷子停在半空中，忽然怔住，難道是睿王和沈餘之？

她不敢耽擱，趕緊起身迎了出去。

香草園前，睿王率先進了院門。

「哈哈哈，小院雖簡陋，勝在淳樸。」

簡廉落後半步，道：「這孩子回來已有月餘，老夫忙於朝事，竟是頭一次來。確實簡陋，讓王爺見笑了。」

「姥姥不疼，舅舅不愛，三姑娘可憐啊。」沈餘之陰陽怪氣地說。他穿的還是馬車上的那套衣裳，背著手跟在兩人身後，看到簡淡時，左眼抽筋似地眨了眨。

簡淡無語，目光與他略一接觸，便挪到他處。

沈餘之身後是一堆隨從，李誠也在其中，手上還捧了一只錦盒。

簡淡心裡生出不妙的預感，結結巴巴地說：「小女給王爺請安。祖父，您怎麼來了？」

簡廉尷尬地笑笑。「中午了，祖父請王爺和世子用頓便飯，妳這裡有沒有準備啊？」

簡淡吃了一驚，感覺心開始滴血。「祖父，都是些家常菜，只怕招呼不周。」

睿王笑咪咪地瞥瞥沈餘之。「不要緊，聽說三姑娘的廚子手藝非常好，本王也想嚐嚐。」

簡淡聽了，不得不擠出一絲生硬笑意。「既如此，王爺快請進。」把人迎進屋了。

堂屋裡擺了兩張圓桌，除了碗筷不同外，飯菜是一模一樣的。

睿王略微驚訝地看簡淡，笑著說：「三姑娘是個好主子。」

簡淡道：「王爺謬讚，王爺請坐。祖父，世子，都快請坐。」

「好。」睿王往主位走去。

他剛踏出一步，後面人影一閃，沈餘之已經坐了上去。「父王，既然是圓桌，大家就隨意些。兒子喜歡這個位置，方便看院子裡的景色。」

睿王搖頭失笑，從善如流，在他右手邊坐下。「沒大沒小，看老子回去收不收拾你。」又招呼簡廉。「來來來，簡老大人也坐。」

他一揮手，一個小太監便上前，挪開白瓷放好的椅子。

睿王解釋道：「這小子是左撇子，簡老大人離他遠些。」

簡淡傻眼，睿王府的家教不怎麼樣嘛。不對，根本是上梁不正下梁歪，兒子搶主人的位置，老子還能反客為主。

簡廉沒有這些想法，跟睿王打交道的日子久了，知道他的為人，對簡淡道：「去沏壺茶來，看看廚房還有什麼菜。如果沒有，就去大廚房。」

「是。」簡淡福了福身，吩咐藍釉。「妳去取四副沒用過的碗筷來，用開水燙一燙。」

沈餘之道：「三套足矣。」言下之意，他不換了。

簡淡心裡吐了一口老血，他面前擺的是她自製的專用碗筷，憑什麼給他用啊？

她想勸阻，卻見簡廉擺了擺手，只好白著臉出了正堂。

小廚房裡，藍釉沏茶，紅釉燙碗筷，簡淡和白瓷琢磨菜品。

不一會兒工夫，兩個丫鬟把茶跟碗筷送過去，又一起回來了。

簡淡問道：「怎麼都回來了？不用伺候嗎？」

紅釉道：「老太爺要談事情，我們就出來了。」

「姑娘，世子這是什麼意思？」藍釉有些不安。

簡淡也覺得納悶，不單是沈餘之過分，祖父的態度也很曖昧，難道他已經答應睿王府的提親了？

白瓷道：「姑娘，我覺得世子不錯，雖說字醜了些，可人長得好看啊。」

紅釉搖搖頭。「白瓷，世子可不是好相處的，光看臉怎麼行呢？」

藍釉湊到簡淡耳邊，道：「李誠把那只錦盒放到姑娘的條案上了。」

簡淡暗驚，後悔把親事交給簡廉了。

簡淡煩心，坐在正堂裡的人也不輕鬆。

簡廉道：「西城兵馬司指揮是武威侯府的人，武威侯府與次輔是姻親。」

沈餘之蹺起二郎腿。「非但如此，武威侯世子與慶王世子的關係非常密切。」

簡廉皺眉。「主犯自盡，其餘人犯只知任務不知細情，不好定某人的罪。」

睿王道：「簡老大人，就算治不了他的罪，也足以引起父皇對他的懷疑和厭惡吧？」

沈餘之搖搖頭。「父王，皇祖父疑心病重，如果沒有確實證據，我們扳不倒慶王叔。而慶王叔早有預謀，準備充分，一旦突然動手，咱們馬上就會陷入困境。」

簡廉頷首。「世子所言極是，如今已打草驚蛇，接下來的每一步，都要小心謹慎。老夫冒昧地問一句，王爺與京營的關係如何？」

「簡老大人放心，裡面有幾個交情極好的。本王帶兵多年，於此怎麼都比慶王強些。」

簡廉心下稍安，暗道，這只怕也是夢中睿王府慘遭屠戮的最大原因了。

「那老夫便放心了。世子向皇上稟明此事時，話裡千萬不要有推測的意思，如果能把此案推出去，主動避嫌，就更好了。」

睿王笑道：「簡老大人深謀遠慮。」

簡廉擺擺手。「王爺說笑了，世子聰慧，老夫自愧不如。」

「哈哈哈……本王生了七、八個兒子，就這個最出眾，性子也最差，將來做了簡家的女婿，簡老大人也不要嫌棄啊！」

沈餘之咳嗽一聲，謹慎地往外看了看。「父王，八字沒一撇的事呢。」

雖然簡廉答應了婚事，但有兩個條件——一是要他身體健康，二是父王登基，並且以三年為限。

睿王聽了，又哈哈大笑起來。

吃完飯，睿王踏著梯子上了簡家後花園的牆頭，臨下去前，還瀟灑地朝簡廉擺擺手。

有簡廉看著，沈餘之表現得規規矩矩，連頭都沒回。

簡淡聽說過爬牆頭的賊人，卻沒聽說過爬牆頭的王爺。

她小聲問道：「祖父，睿王到底是什麼樣的人？」

沈餘之死後，睿王整日醉酒，從不踏足後花園。她在睿王府當了三年寡婦，很少見到睿王，也不了解這個人。

簡廉道：「睿王喜歡胡鬧，為人卻是諸王中最光明磊落的。」

簡淡挑眉，當著主人的面爬牆頭，確實夠胡鬧，也夠光明磊落了。

第四十一章

祖孫兩人送完客，回到香草園。

簡廉好好打量了小院一番，說道：「祖父以為自己已經很重視妳，來了之後卻發現，自己其實什麼都沒有做。」

簡淡替他斟了茶，笑道：「祖父無須在意王爺的話，孫女覺得這裡很好，自在安靜，已經習慣了。」

簡廉不敢細想簡淡所謂的夢境是怎麼回事，但他知道她說的是夢裡的寡居生活，長長嘆息了一聲，朝李誠抬手。

李誠把那只錦盒抱過來，交到簡淡手裡。

簡廉有些為難地說：「雖然祖父不願，但這就是現實。以三年為期，如果成功，且世子康健，妳便是太子妃了。祖父知道妳不想要那個位置，祖父也不想當外戚，但有些事不是想不想、喜不喜歡所能決定的……」

他答應與睿王府聯姻，實在是迫不得已。

冀東省大雨傾盆，澇災比他想像的還要嚴重，數條河流決堤，數十萬人遭災。雖說朝廷已發下錢糧，但經過層層盤剝後，僅有一小半送達。

他有心救人，亦有心懲治貪腐，卻受八方掣肘。沒有武將和勛貴支持，僅憑他和學生的微薄之力，舉步維艱。

於是，與睿王結盟，變成了必須之舉。

所謂朋黨，本質上不過是不想單打獨鬥罷了。他不是迂腐之人，不會因為厭惡朋黨，便憑一己之力跟大多數人抗衡。

此外，沈餘之不是一般的孩子。經過這些日子的往來，他對沈餘之的了解日漸增多。聽聞沈餘之在御書房攪和英國公父子賜婚的請求，就知曉，沈餘之絕對要來真的了。

沈餘之年紀雖小，智慧卻不在他之下，為人陰狠，手段毒辣。既然沒有絕對的把握保住簡淡，不如乾脆遂了他的心願。

簡廉心思深沈，在家從不談國事，今天說這麼多，只是因為愧疚，到底拿了孫女的婚事與睿王交換。

然而，簡淡重活一回，又如何不知「皮之不存，毛將焉附」的道理？三年為期，還有兩個條件，祖父已經仁至義盡。

從古至今，哪有光吃飯不幹活的美差呢？

塵埃落定，她的心忽然靜了。

「祖父，我都懂了。沈餘之未必是火坑，但慶王和次輔一定是。您放心，我能接受這樁親事。」

「好孫女。」簡廉凝視簡淡許久，伸出大手，笨拙地在她頭上摸了摸。

陽光從紗簾中斜射進來，照出簡廉眼角深刻而濃密的皺紋。

以往，簡淡覺得這些皺紋裡每一條都藏著智慧和手段，如今卻覺得，每一條都是疲憊和倦怠。

「祖父，首輔這個活不好幹吧。」她拿起茶壺，又給簡廉續了杯茶。

清澈茶湯落入鴉青色茶杯中，濺起無數細小水花，伴隨嘩啦啦的聲音，讓人的心情輕鬆起來。

「不好幹，祖父真的很累。」

「累了就好好歇歇，等忙完這一陣子，孫女陪您去莊上待幾天，釣釣魚、爬爬山。」

簡淡扶簡廉躺到躺椅上，輕輕在他太陽穴上按揉起來。

「好，等祖父把賑災的事處理完，咱們就去，不帶旁人。」簡廉說完，閉上眼睛，打了哈欠。不到一盞茶工夫，便沈沈睡去。

簡淡坐到貴妃榻上，親手打開錦盒盒蓋，露出一只躺在黑色絨布上的青花鴛鴦型硯滴。

青花色澤豔麗，造型栩栩如生，大概因為經常把玩的緣故，手執之處有厚厚的自然光澤，極為古樸。

簡淡拿起來，正要仔細瞧瞧，眼角餘光忽然瞥見下面放著一張漂亮紙箋，遂打開來看。

得成比目何辭死，願做鴛鴦不羨仙。

是沈餘之的字。字很醜，但每一筆都很用力，墨色淋漓，顯現凶悍霸道之意。

簡淡感覺心臟抽了一下，鈍鈍的、悶悶的、酸酸的，說不清到底是什麼滋味。

她發著呆，直到簡廉出聲提醒她那是已故睿王妃親手所做，不要摔了，才回過神來。

「祖父，您怎麼不多睡一會兒？」

「只能睡這麼久，年紀大了啊。」簡廉坐起身，喝光簡淡幫他倒的茶水。「祖父要回去了，妳要不要換個院子住？」

「不換。」簡淡也站起來。「祖父，還有一件事要告訴您。」提了廣平公主託她的事。

她和沈餘之的事有了結果，且暫時不能被泰寧帝知曉，那麼廣平公主的心思，就不能瞞著祖父，以免他將來為難。畢竟，當駙馬不是那麼簡單的事。

簡廉點了點她。「好孩子，祖父沒白疼妳，妳做得很得體。妳大哥的親事，差不多已經訂下來了，此次睿王妃壽宴，妳替祖父看看翰林院編修高眗的嫡長女。」

簡淡歪著頭想了想，不記得前世有這樣的事。是不是因為祖父突然出事，高眗變卦，所以沒了這門婚事呢？

「祖父，我的夢裡可沒有這樣的事。」

簡廉拍拍簡淡的小肩膀。「傻丫頭，如果不能審時度勢，還進什麼內閣？夢裡高眗能在祖父辭官後越過次輔，做上首輔之位，足以證明其心計過人。」

「那廣平公主怎麼辦？」

「涼拌。」簡廉順手摸摸她的頭髮，笑呵呵地出了門。

簡淡扮了個鬼臉。也是，首輔大人給孫子訂親，用得著問公主的意思嗎？這樣也好，她可不想喊自己的大哥姑父，忒不像話了！

可是……廣平公主真的挺不錯的。

簡淡心裡有些掙扎，老氣橫秋地嘆息一聲，送簡廉出去。

此時，簡雅的屋子裡一片狼藉。

梅瓶、水盂、茶杯等，能摔的都碎了，迎枕、床單、衣裳花花綠綠散了一地。

簡雅小臉紅腫，呆呆地坐在床榻上。

「小雅，妳爹罵妳，也是為妳好。這般忤逆他，對妳有什麼好處？」崔氏大口地喘著氣，顯然氣得不輕。

梁嬤嬤擰了濕手巾，輕輕敷在簡雅臉上。

簡雅恨恨一拍，手巾飛了出去，落在崔氏腳下。

「怎麼沒有好處？他可以打死我，正好一了百了。」

崔氏見她鑽牛角尖，知道自己說什麼都沒用，遂起了身。「此事已經無可更改，要是妳還認不清事實，就好好冷靜冷靜，娘去收拾東西了。」

「娘！」崔氏走到門口時，簡雅哭著喊了一聲。「您為什麼不阻止我？如果我不出去，就不會發生這樣的事，都怪您縱容我。」

崔氏長嘆一聲，哭著喊著要出門散心的是她，如今出了事，錯就是她這個做母親的。這孩子真的長歪了啊！

「嗯，的確是我縱容妳。」崔氏搖頭苦笑，右腳一抬，跨過了門檻。

「娘！」簡雅又大叫一聲，從床上一躍而下，大步朝崔氏跑去，卻被王嬤嬤攔住。

「二姑娘，太太之所以骨折，是因為太太用那隻手護住您，您真的一點都不心疼嗎？」

簡雅茫然一下，但隨即又關心自己的事來。「娘，睿王去了簡淡那裡，是不是表示親事已經訂下來了？」

崔氏心中一涼，沈默片刻，道：「娘問過了，睿王是去看小淡做的瓷器，先睿王妃喜歡製瓷。」

「我不信，這個時候咱們絕對不能走，咱們再去求求……」

崔氏冷冷地看著簡雅。「不必了，妳祖父的決定是不會更改的。妳馬上收拾東西，明日一早就動身。」不再猶豫，大步走了出去。

見崔氏走遠，簡雅福至心靈地問了一句。「嬤嬤，娘生氣了嗎？」

梁嬤嬤搖頭苦笑。「姑娘，太太的手腕因您而折，但老奴始終沒聽到您問過一句。」

「是嗎？」簡雅有些吃驚，問丫鬟。「白英，我沒問過嗎？」

白英道：「姑娘大概是嚇壞了，忘了問。」

簡雅發懵，吶吶道：「我一定是太傷心了，不是故意的。」

梁嬤嬤勸道：「姑娘受了傷，就算留在家裡，也去不了睿王妃的壽宴，不如到庵堂住一段時日，清靜清靜，等傷好了再回來。」

簡雅的右手撫上腫脹的臉頰，冷笑道：「奶娘真會說笑，簡家庵堂建在小土坡上，要風景沒風景，要吃食沒吃食。一個本就了無生趣的地方，跟清靜有什麼關係？」

白芨也道：「姑娘，事已至此，還是……」

「不必說了，我都明白。」簡雅坐到妝檯前。「幫我梳洗，我要去伺候娘。」又道：「梁嬤嬤，吃完晚膳，妳拿五百兩銀子去找黃嬤嬤，讓她在我回來之前，弄臭簡淡的名聲。」

梁嬤嬤欣慰地笑了笑。「姑娘這樣做才對，生氣有什麼用？姑娘在二房生活了十幾年，沒道理被三姑娘比下去，只要一步步來，絕不會有辦不成的事。」

下午，簡淡心裡不安寧，描描畫畫、修修改改，忙到傍晚，也只畫出一只茶盞。

「姑娘，喝點茶，晚膳馬上就好了。」藍釉倒杯清茶，放在一旁的小几上。

簡淡確實渴了，端起茶杯喝了個乾乾淨淨。「白瓷回來了嗎？」方才她讓白瓷去鋪子買些滷鴨舌、滷鳳爪之類的小菜，打算晚飯時小酌兩杯，放鬆緊繃的心情。

藍釉接過空杯。「回來了，正在廚房炸花生米呢。快開飯了，姑娘先洗手吧？」

「好。」

簡淡起身，走到臉盆架旁，左手撩水，先洗淨沾上顏料的右手，又順便洗了把臉。

「梨香院有什麼動靜嗎？」她抓過藍釉手裡的毛巾，擦乾臉上的水珠，隨手扔在架子上，轉身去正堂。

藍釉小步跟上。「聽說二姑娘砸了不少東西，鬧得動靜太大，老爺、太太都過去了。二姑娘大概說了什麼不中聽的話，挨了老爺一巴掌，太太也很不高興。後來，二姑娘追到正房，又把太太哄好了。

「嘖，太太對二姑娘……」藍釉的感慨只說了一半，剩下的話，生生吞了回去，殷勤地挪開椅子，笑道：「花生米差不多該炒好了，姑娘坐吧。」

簡淡道：「不用那麼小心，妳們這樣，我反而不自在。」在椅子上坐下。「手頭還有銀子嗎？妳和紅釉再去打聽打聽，問問梁嬤嬤這兩天去過哪裡，還要留意黃嬤嬤。」

藍釉道：「聽說黃嬤嬤一大早就去了梨香院跨院兒。」她和紅釉是家生子，到處都有熟人，只要不是秘密，簡淡想知道的，幾乎都能打聽到。

「銀子還有呢，不過兩句閒話的事，大多時候都用不上。等下奴婢就去打聽打聽。」

「這事不急，等太太走了再去也行。」

主僕倆說著話，簾子微動，有個人從外面鑽進來。

「討厭？」簡淡吃了一驚，目光在他手上一掃，發現是空的，立刻又向門口望去。

討厭嘿嘿一笑，恭恭敬敬地挑起簾子。

沈餘之略彎腰，踱著方步進來，目光在八仙桌上一掃，道：「看樣子，我來得正好。」

簡淡登時頭大如斗。這廝怎麼又來了！

「世子有事？」她往前迎了兩步。

沈餘之走到她面前，彎了彎腰。「我來看看……」在得到親事訂下來的消息後，妳有沒有生氣？

兩人大眼瞪小眼，相距不到一尺。

簡淡忍住後退的衝動，梗著脖子道：「世子的眼睛不好使嗎？」

沈餘之聽了，又往前湊了湊。「的確不太好。」他的臉很白，眉骨略高，睫毛濃密，一雙桃花眼格外明亮。

簡淡在漆黑雙眼裡看到緊張得傻乎乎的自己，呼吸一滯，臉頰一紅，趕緊後退兩步。

「無賴！」

沈餘之逼近兩步。「要是我不無賴，妳母親便不會去庵堂了呢。」

「啊？」簡淡吃驚地張大嘴巴。「是你？」

「是我。」沈餘之又往前湊，陶醉地閉上眼，嗅了嗅簡淡溫熱的呼吸。

嗯哼！討厭咳嗽一聲。

沈餘之直起腰，倏地一笑。「不逗妳玩了。」腳下一轉，故意在簡淡的肩頭上輕輕一撞，朝簡淡的座位走去。

煩人搬來一張椅子，放在沈餘之的右邊。「三姑娘，請。」

簡淡摸摸發燙的臉頰，冷哼一聲。「那……民女多謝世子？」

沈餘之笑嘻嘻。「客氣什麼，都是一家人。」眉眼俊俏，薄唇彎彎，雖是嬉皮笑臉，卻讓人厭惡不起來。

真是冤家啊！簡淡在心裡嘆息一聲，認命地在椅子上坐下。

「世子，民女準備了太禧白，要不要小酌一些？」

「太禧白？」沈餘之遲疑片刻。

煩人搶先道：「我家主子不能飲酒，多謝三姑娘美意。」

不喝正好。簡淡也只是客氣一下而已，吩咐藍釉。「再上些猴兒釀。」

太禧白是最好的藥酒，裡面加了補藥和各種香料，不但聞之芬芳，口感好，價值更是不菲，區區一壺酒，要二十兩紋銀。猴兒釀則是簡淡在林家時和表哥們一起釀造的百果酒。

沈餘之蹙起眉頭。「我也要一小杯猴兒釀。」

討厭看了簡淡一下，示意她勸一勸。

簡淡挑了挑眉，心道，主子欺負她也罷了，她惹不起，現在一個小廝也想指揮她？門兒都沒有。

她端起酒壺，親自斟酒。「既然世子不能喝，無須逞強，我不過是客氣問問罷了。」

粉紅色的酒倒在薄如白紙的白玉夜光杯裡，帶有雲紋的杯壁映出淡淡紅色，格外好看。

沈餘之盯著酒杯，一個字、一個字說道：「本世子也要喝！」

討厭哆嗦一下，硬著頭皮上前。「主子，王爺說過，不許您飲酒。」

沈餘之聽了，桃花眼裡慢慢透出笑意，手指在桌上規律敲兩下——這是他發怒的前兆。

討厭求饒地看向簡淡。

簡淡笑道：「原來是王爺不允許，我還以為是太醫的醫囑呢。」

討厭還要再說，卻被煩人扯住，兄弟倆退了下去。

沈餘之滿意了，親手執壺，朝簡淡眨眨眼。

簡淡得意地咧嘴，樂顛顛地把另一只夜光杯遞過去。就給他喝，灌醉他，從此睿王再不准他登門才好呢。

第四十二章

一會兒後，白瓷端著菜過來了。

「姑娘，花生米、白切雞來……」白瓷硬把後面的「啦」字吞回去，狗腿地福身。「奴婢給世子請安。」

沈餘之的眼神亮了亮。「聽說花生米配酒最是相宜，今兒我也要試一試。」

簡淡心裡忽然一酸，堂堂親王世子，且正值調皮搗蛋的年紀，竟然連酒都沒喝過。回簡家前，她與林家的幾個表哥沒少偷表大伯父的好酒喝，花園、莊子、水榭……到處都是他們玩耍之處。

如此看來，簡雅恨她，似乎也不是那麼難以理解的事。相比之下，她的確更幸運一些。

簡淡收起逗弄的心情，站起身，幫沈餘之盛了一碗雞湯，柔聲道：「世子先喝雞湯，墊墊肚子，不然很容易傷身。」

「好。」沈餘之乖巧應了。「妳也喝。」

「嗯。」簡淡舀起一勺喝，又吩咐白瓷等人。「再添兩副碗筷，討厭和煩人也一起吃，這邊不用你們伺候。」

討厭吞吞口水，小心翼翼地瞧瞧沈餘之，見他一勺一勺地喝著雞湯，沒有任何表示，這才歡天喜地坐下。

「好喝，香而不膩。」沈餘之喝一口湯，就看簡淡一眼。

簡淡偶爾回視，他便趕緊轉過目光，盯著酒杯。

簡淡被他看得滿臉通紅，不禁心頭微怒，舉杯道：「世子，我敬你。」

沈餘之端起酒杯，在簡淡的杯上一碰，一飲而盡。「冰涼清甜，好喝，再來一杯！」

簡淡見他喜歡，執壺幫他續杯。「世子，酒不能喝得太急，用些小菜，方才得趣。」

沈餘之點頭，簡淡挾了兩塊白切雞和一片滷味放到他的盤子裡。剛放下筷子，就見他杯子一抬，又乾了。

「主子，您可不能這麼喝呀。」討厭和煩人雙雙起身，一起撲過來。

「大驚小怪，本世子的酒量好著呢，滾開！」沈餘之擺手，把滷鴨舌放到嘴裡，細細咀嚼起來。

討厭跟煩人只好乖乖坐回去。

「來，小笨蛋，我們再喝。」沈餘之倒了一杯，在簡淡的杯子上碰了下，又喝了。

簡淡感覺不妙，搶走他手裡的杯子。「世子不常飲酒，不能喝太急，嚐嚐花生米。」

「不要緊，喝完這杯再吃也不遲。」沈餘之瞧見簡淡的動作，捏著酒杯的手卻沒有躲。

因此，簡淡的手抓到他的手背，感覺冰涼，抽筋似地縮回來，佯裝沒事地拿起勺子，替他舀花生米。

「世子吃花生米，又香又脆。」

沈餘之的唇角漸漸翹了起來。「妳的手比我的熱多啦。」

現在是怎麼回事?白瓷等人齊齊看過來。

簡淡感覺臉頰像燒起來了一樣，趕緊舉杯。「我敬世子。」

沈餘之一口喝光，放下筷子，在簡淡摸過的地方蹭蹭。「怪暖和的。」

這是赤裸裸的調戲!簡淡有些羞惱，想憤然離席，又怕鬧起來無法收場，只好假裝聽不到，專心致志地吃花生米。

她剛吃了五顆，就聽咚的一響，沈餘之的腦袋砸在八仙桌上，一動也不動了。

不會死了吧?!簡淡嚇得魂飛魄散，飛撲過去，捧著沈餘之的臉，把他的腦袋抬起來，讓他靠在椅背上，焦急地問：「世子，你怎麼了?」

沈餘之勉強睜開一隻眼，斜看她一下。「本世子睏了，睡覺。」身子一歪，直直往地上倒下。

簡淡又是一驚，胳膊一摟，把他抱在臂彎裡。

沈餘之順勢往她懷裡拱了拱，找了個合適姿勢，沈沈睡了過去。

簡淡心如擂鼓，對討厭道：「世子醉了，快去叫蔣護衛來。」

討厭嘿嘿一笑。「三姑娘，我家世子只要睡下了便不動彈，被吵醒就生氣。依小的看，還是鋪個床，讓他歇一歇吧。」

簡淡欲哭無淚。原來這才是搬起石頭砸自己的腳，她跟一個下人嘔什麼氣！

「鋪床可以，你們倒是把人接過去呀！」她真的惱了。

討厭和煩人正要上前，卻見沈餘之的眼睛睜開一條小縫，趕緊住了腳。

討厭道：「三姑娘，我家主子躺不慣您家枕頭，我去取枕頭。」

煩人也道：「你去吧。我看看帷幔裡有沒有蚊子。」

兩人齊齊往外跑。

煩人走了幾步，又停下來。「三姑娘，我家主子不喜歡被丫鬟抱著，您多撐一下吧。」

「滾！」簡淡徹底怒了。

沈餘之無聲無息地勾起唇角，閉著的眼睛彎了起來。

悶熱的三伏天，便是坐著不動，也會出一身黏膩膩的汗，更何況被個大活人抱著？

簡淡的衣裳濕了一大片。

沈餘之聞到汗味，眉頭微蹙，片刻後又舒展了，左手往上一伸，勾住簡淡細長的脖子，鼻息變得綿長起來。

脖子上的冰涼觸感，令簡淡起了一身雞皮疙瘩，忍著不適，細細觀察沈餘之，發現他好像真的睡著了，遂道：「白瓷快過來幫忙。」

簡淡把沈餘之的胳膊從脖子上拿下來，讓他靠到椅背上，自己繞到椅背後面，用肩膀接住他的腦袋，然後雙手抓住椅背，向下壓。椅子的前腿翹起來，變成躺椅的樣子。

沈餘之覺得舒服一些，腦袋在簡淡的肩頭蹭了蹭。

「啊？」已經看傻的白瓷這才回神，問道：「姑娘要奴婢怎麼做？」

簡淡小心地歪了歪頭，以免貼上沈餘之的臉，小聲道：「妳抬椅腿，藍釉跟紅釉一左一右護著世子，咱們把世子抬進房間去。」

「好好好。」白瓷重重點頭，藍釉與紅釉也趕緊上前，一人抓住一條扶手。

白瓷力氣大，雙手拎住椅子的前腿，輕輕鬆鬆提起來，還感慨道：「世子個子雖高，身子卻很輕，我看不比姑娘沈多少。」

「妳見過重的竹竿嗎？」簡淡心煩還來不及呢，哪有心思關注沈餘之重不重。「閉嘴，走快些。」

白瓷吐吐舌頭，加快腳步，把沈餘之抬去房間。

進了房，簡淡吩咐藍釉。「把床重新鋪一下。」

「姑娘，只有一張蓆子，天氣太熱撤不得，奴婢用乾淨的布擦擦，再換個枕頭可好？」

「行！」簡淡換個姿勢，輕輕挪開沈餘之的腦袋，指尖不小心碰到他的臉頰，沁涼光滑，讓她的火氣更大了。

她累得跟頭驢似的，人家卻連滴汗都沒出，睡得悠然安穩，憑什麼?!

簡淡瞪煩人。「你不抱，我就讓白瓷把人扔上去，然後去王府請王爺，讓他評評理。」

煩人笑嘻嘻地說：「三姑娘多慮了，小的怎麼可能讓您抱呢。」一邊說著、一邊暗暗觀察沈餘之的表情，見他臉上始終沒有任何變化，這才把人抱起來。

白瓷幫忙抬著沈餘之的兩條大長腿，安安穩穩把人放上床榻。紅釉脫鞋，藍釉取出一張新薄被，蓋在沈餘之的肚子上。

沈餘之睡得很沈，極安靜。如果不是胸口微微起伏，幾乎跟死人沒什麼區別。

這讓簡淡想起了前世見沈餘之最後一面時的情景，他臉上敷著厚厚的粉，卻仍透出衰敗的灰色，雙頰凹陷、臉型變長，薄唇是恐怖的深紫色。如果不是那套親王世子的冕服，以及繡著龍紋的黃色錦被，她幾乎以為那不是他。

有人說，人死了就像長眠一樣。她從不那麼認為，人死了就是死了，鮮活不再，秀美不再，身體在泥土裡發霉腐爛，既陰森又恐怖。她寧願永遠睜著眼，也不要那樣的長眠。

多好看的少年啊，沈餘之不是大奸大惡之人，亦不該在花一般的年齡凋謝。所以，還是好好活著吧，活著才有希望。

煩人對簡淡一揖。「叨擾三姑娘了。這兩日，主子一直在為西城兵馬司的事操勞，再加上從未飲過酒，這才醉得厲害。」

說起這個，簡淡也有些不好意思，擺擺手。「算了，怪我沒勸住他，好在無大礙。你留在這裡照顧你家主子，我先走了。」

沈餘之醒來時，已經三更了。

他睜開眼，觸目所及是青色床幔，身上蓋著碎花細布做的薄被。窗戶半開，青色碎花窗簾在夏夜的熏風中微微晃動著。

這不是他的房間。也就是說，他正躺在簡淡的架子床上，睡著她慣常睡的蓆子，枕著她慣常靠的枕頭。

沈餘之深深吸了口氣，細細辨認床帷裡流動的少女幽香。

良久後，他忽然開口。「煩人，簡三姑娘呢？」

煩人跳起來，答道：「三姑娘在書房，燈還亮著。白瓷剛剛去廚房提熱水回來，她們應該還沒睡下。」

沈餘之聽了，便起身下床，打算去找人了。

簡淡心煩，漱洗後在書房的小床上躺下，輾轉無數次後，又起來。

她有些頭疼，親事八字還沒一撇呢，沈餘之就步步緊逼了，以後的日子怎麼過？她不是沒抗議過，而是抗議無效。

睡不著，思考的問題又沒有答案，簡淡只好穿上衣裳，繼續幹活，想讓自己再累一些。累了自然就睏，睏了就睡，睡了便不會胡思亂想了。

沒有瓷泥，不能拉胚，她便取出利坯刀利坯。利坯是製瓷的重要工序，經此一遭，瓷胚才會變得完美。

輪車嘎吱嘎吱轉動著，泥胎在輪車和利坯刀的修整下變得越來越薄，越來越光滑。修掉的泥被甩出去，均勻落在輪車周圍，像樹的年輪。

她初學時，在這道工序上用的工夫不多，技藝也比不上老匠人，但她向來不缺耐心和細心，反覆測量，反覆削刮，成品越來越出色。

修好瓷胚，簡淡放開輪車的腳蹬，正要起身，就聽到外面傳來腳步聲。

藍釉跟紅釉早在耳房睡了，白瓷正在她身邊做衣裳。前些日子給的料子，其他丫鬟都穿上了，她的還沒做出來。

所以，來人只能是沈餘之。

簡淡嘆息一聲，親自打開房門。

「怎麼還沒睡？」沈餘之正要敲門的手頓在空中，表情有些不好意思，眼神微微躲閃。

簡淡把這句話理解成「我占了妳的床，不好意思了」，才不想輕易原諒這個登徒子，便道：「我睡不著，世子睡醒了嗎？」

沈餘之的耳朵紅了。「睡得很香。」逕自走到靠在西牆上的架子旁，順手拿起一只茶盞看了看，然後驚訝地咦了一聲。

簡淡有些心虛。「怎麼，畫得很差嗎？」那是她下午畫的，是隻炸了毛的小貓。因為心情不好，所以下筆便帶了些怒氣。

沈餘之欣喜地望著她。「非常好，難怪妳父親如此重視妳。」

簡淡撇撇嘴。「世子懂畫嗎？」

「什麼意思？」

簡淡嘿嘿一笑。「世子的字……」真是太醜啦！

沈餘之的臉也紅了，抬了抬下巴。「練字太累，本世子不喜歡寫字，只喜歡畫畫，也很擅長畫這種貓。」又叫煩人磨墨。

煩人小跑著去了畫案旁，抓著墨錠忙起來。

簡淡想起沈餘之的病，又想起他的懶，字都寫不好，還畫畫呢，鬼才信。將來他若真做了太子，當上皇帝，會不會連奏摺都懶得批呢？那豈不是成了昏君?!

她想得有趣，粉嫩嫩的唇高高翹了起來，鼻梁上皺出幾道笑紋，笑紋上還黏著一小塊泥巴，可愛得很。

沈餘之朝她招招手。「過來。」

簡淡以為他要畫給她看，趕緊走過去。

「小笨蛋。」沈餘之抬起手，在簡淡的鼻尖上一捏，嗔道：「真邋遢。」

簡淡不高興了。「哪個利坯匠人乾淨過。」抖抖衣袖，又拍拍頭髮上的圍巾，煙塵飛了起來，逼得沈餘之摀住口鼻，生生後退三、四步。

她得意地笑了笑。「就邋遢，你能把我怎樣？」

沈餘之的表情瞬間變得有些駭人。

討厭和煩人見了，連大氣都不敢喘，生怕城門失火，殃及池魚。

沈餘之大步走回來，抓住簡淡的袖子，把她扯到窗前，嚴肅地說：「太醫講過，這樣的煙塵會被人吸到身體裡，百害而無一利。明天起，妳不要做這個活了。」

「哦……」簡淡也有些怕了。她知道沈餘之愛乾淨，她觸到他的逆鱗了，斟酌著辯解。「多謝世子關懷。我就是這樣長大的，不要緊。」

「醫書上說過，只要身體好，這些灰塵、髒污都是這樣的小事。」簡淡舉起小拇指，比了比指甲上的一小點。「如果世子害怕，就該強身健體，把身子調養得更好才是。」

沈餘之若有所思。「是嗎？」

「當然。世子不是要畫畫嗎，我幫你磨墨吧。」簡淡好不容易哄好人，趕緊轉了話頭，從煩人手裡接過墨錠，開始磨起來。

沈餘之挑眉，薄唇又掛上了笑意。「好。」

燭火被夜風吹拂，兩道親密的影子投射在窗紙上，隨著光的變化而不停搖擺、跳躍著。

「怎麼樣？」一會兒後，沈餘之放下毛筆，期待地看著簡淡。

他畫了隻頭上戴花的長毛貓，逼真靈動，僅有墨色，卻成功描繪出晶亮調皮的眼睛。

簡淡感覺臉有點疼。真沒想到，一個寫著像蜘蛛爬毛筆字的人，竟然畫得一手好畫。如果他的畫流出去，只怕就沒有蕭仕明顯擺的餘地了。
「好。」簡淡道，看向沈餘之的目光裡，第一次有了欽佩。
她忽然發現，其實自己從未了解過沈餘之。那麼，前世的沈餘之真的那麼討厭她嗎，還是另有隱情？
「世子……」簡淡想問個究竟，卻不知如何開口，只好瞧瞧更漏，順勢道：「子時過半了，早些回去休息吧。」
「好。」沈餘之見她眼底青黑，有些愧疚。「明日不必早起，本世子准妳休息一天。」
「多謝世子。」簡淡福了福身。
「自家人，客氣什麼。」沈餘之轉身向外面走去。「我讓討厭送來三只茶盞，妳畫三只，我畫三只，湊成一套，如何？」
「這……好吧。」簡淡無言。剛覺得他變好些，又開始自說自話了。
走到院門口，沈餘之忽然想起一事，停住腳步，道：「明日壽宴，有兩點需要留意。第一，不要穿正紅色；第二，離我那幾個妹妹遠些，她們若欺負妳，不用怕，只管還手。」
簡淡笑著點點頭。「多謝世子。世子的話，我會當真，屆時一定照辦。」

第四十三章

隔日卯正，簡淡起床梳洗，先到梨香院請安。崔氏有疾，她不能不略盡孝心。

崔氏大概沒睡好，臉色很差，不時掩著嘴打哈欠。

簡雅比簡淡來得早，殷勤服侍崔氏梳洗。洗臉、搽粉、梳頭、穿衣裳，簡淡硬是連手都沒能伸一下。

崔氏不想用簡淡，簡雅不讓簡淡碰，簡淡自己不想做，皆大歡喜。

簡淡不知簡雅怎麼開竅的，居然不鑽牛角尖了，卻猜到崔氏為何又對她不滿了。

想想也是，若非她刑剋親人，豈會在幼時被送到林家？如今回來不過月餘，崔氏便出了事，喜歡她才是見鬼了呢。

簡思敏坐在太師椅上，眼巴巴看著崔氏，討好地說：「娘，您的胳膊受傷了，路上得小心些，不然……讓兒子送您去吧，兒子的雙節棍練得可好了，萬一遇到壞蛋，還能保護您。」說得好聽，其實只是為了逃學罷了，庵堂離白馬寺不到十里，他想去逛逛。

聽到「遇見壞蛋」四個字，崔氏哆嗦一下，轉頭看簡淡一眼。

簡雅的眼珠子一轉，笑著道：「二弟別胡說，你三姊頭一回跟母親出門就出事，現在還沒找到罪魁禍首呢。好的不靈，壞的靈，那樣的事，可不好再胡說八道了。」

這話說得不順，但崔氏的臉沈下來，她便達到目的了。

簡思越定定看了簡雅一眼。「二妹的意思是，母親是三妹剋傷的，是嗎？」

簡雅趕緊辯解。「大哥，二妹沒有那個意思，就是剛好說到那兒。」

簡淡站起來。「既然不是那個意思，就請二姊解釋解釋，『你三姊頭一回跟母親出門就出事』這一句到底是什麼意思？」

「什麼意思？」簡雅也來了火氣。「我的意思就是，妳故意害我和母親，讓我們在睿王世子面前丟醜，參加不了睿王妃的壽宴，妳就是個心思惡毒的不祥之人。」

「怎麼，不愛聽了？那妳打我啊。爹為了這話狠狠打我一耳光，妳也想打？來啊！」

簡雅扠腰，把半邊沒腫的臉湊到簡淡面前，不停地晃動欠揍的腦袋。

簡淡冷笑一聲，那就成全她吧。

啪！她蓄了力，一個耳光搧上去，打得簡雅歪了頭，臉頰上多了五道白色指印，隨即紅了起來。

「我最聽話了，二姊讓我打，我怎能不打呢？」簡淡搓搓手心。「手有點麻，二姊還要不要？要的話，我緩一緩再來？」

簡雅氣結，瘋了般衝上去，卻被梁嬤嬤抱住，「姑娘，好漢不吃眼前虧，您打不過三姑娘的。」

崔氏被這一巴掌震得回神，起身走到簡淡跟前，高高地揚起手掌……

簡思越也趕過來，動作比崔氏更快，一把將簡淡拖到自己身後，勸道：「母親，您對三妹能不能公平一點？」

崔氏見他如此護著簡淡，更是惱怒，一巴掌拍下去。

簡淡一拽，把簡思越拽個後仰，恰好避過這一掌。

崔氏沒打中，被甩空的手帶得踉蹌一步，儀態頗為尷尬，不免氣急敗壞，再也維持不住風範，吼道：「王嬤嬤，妳還愣著做什麼，立刻抓住三姑娘！」

「是。」王嬤嬤朝茜色和緋色招手。

白瓷大步過來，護在簡淡身後，嚴陣以待。

崔氏知道，再來兩個丫鬟，都不見得是白瓷的對手，擺手制止王嬤嬤進一步動作，看向簡思越。

「公平？她的存在就是對小雅的不公平，還有什麼臉跟我要公平？」

簡淡嗤笑一聲。「母親，我求您生我了嗎？」這句話藏在心中多年，此刻問出來，讓她痛快至極。

崔氏被她頂得無話可說，指向簡淡的手顫抖起來，額頭青筋暴起。「逆女！妳頂撞母親，毆打姊姊，太不像話了。收拾東西，和我一起去庵堂！」

打的竟然是這個主意！簡淡失笑，不知崔氏是福至心靈，還是早有預謀，但手段的確不錯，至少出乎她的預料。

不過，不好意思，她們母女注定不能得逞了。

簡淡道：「母親，是二姊叫我打的，並不是我執意動手。另外，今天是睿王妃的壽辰，祖父有任務給我，只怕不能陪您前去。」

「不過拜個壽而已，能有什麼任務？來人，把她綁起來！」崔氏尖聲叫道。

簡思越見鬧得不像話了，深吸一口氣，勉強壓下心頭的怒火，勸道：「母親息怒，祖父的確有任務給小淡。」

「你撒謊！」崔氏沒想到簡思越毫不顧及她這個母親的感受，開口說謊，不由更惱怒。

「對，她就是撒謊，奶娘妳放開我，我要打死她！」簡雅拚命蹬腿，兩隻手在梁嬤嬤身上又拍又打。

「妳放下，我倒要看看，她敢把誰打死。」簡雲豐大步進來，眉心皺成大疙瘩。

屋子裡陡然一靜。簡雅縮縮脖子，摀著臉，老實了。

崔氏不安地咳嗽一聲。「老爺，小淡這孩子太不像話，當著妾身的面，就敢打她姊姊。再不管教，只怕將來會辱沒了簡家的名聲。」

簡家的名聲最能觸動簡雲豐的心，果然朝簡淡看過來，表情嚴肅，目光嚴厲。

這讓簡淡想起了前世，簡雲豐逼著她給沈餘之守寡那一刻。他也是這樣看著她，告訴她，簡家絕無再嫁之女，她只能在睿王府終老。

她高高揚起下巴，唇角勾著一抹冷笑。

「父親，剛剛二姊說我是心思惡毒的不祥之人，母親又說當初不該生下我，您也是這樣認為的嗎？

「我想請教父親，憑什麼我一出生就要揹負這樣的罪過，我要不要出生，哪天出生，什麼時辰出生，是我能決定的嗎？」

簡雲豐一滯，啞口無言。

崔氏有些羞惱。「正因無法決定，所以才叫命運。妳的命不好，是老天爺的決定。」

「夠了！」簡雲豐沒想到崔氏說出這麼一番話來，想反駁，無話可說；想贊同，卻又知道，這對簡淡不公平。

他難得想糊塗一次，放下對與錯、慈與孝的糾結，硬生生地轉了話頭。

「小淡沒撒謊。父親替越哥兒相看了一門親事，想讓小淡在壽宴上見見那位姑娘。」

親事？她的兒子要訂親，她怎麼不知道？簡廉對她不滿到極點了吧！

這個消息如同一大盆冰水一樣，潑在崔氏頭上，透心的涼，讓她忽然冷靜，緩緩坐下。

「既然如此，壽宴過後，小淡再來庵堂，陪我一同靜靜心。」

簡思越還想替簡淡說話，卻被簡雲豐狠狠瞪了一眼。

崔氏是母親，有權責罰簡淡，簡雲豐不再多說，只道：「都收拾好了？我送妳出去。」

崔氏有些不滿。「老爺看不見嗎，小雅都被傷成什麼樣了。等上好藥再走！」

簡雅的臉頰腫得老高，嘴角被牙齒磕破，流出了血，形容慘不忍睹。

簡雲豐沒好氣地瞪簡淡一眼。

兩刻鐘後，簡雲豐將崔氏母女送上馬車。

簡思越道：「兒子恭送母親。」

車窗開著，崔氏看了他一眼，笑了笑，笑意卻不達眼底。「越哥兒，秋試轉眼就到，你還是少管些閒事，在學問上多下工夫，不然，不但你祖父會失望，簡家也會被人恥笑。」

這話聽起來是好的，但說的時候有怨氣，就變成諷刺了。

簡思越知道，崔氏在怪他沒向祖父求情，把她和簡雅留下來。

這件事，並非他不能，而是他不想。從今天這場鬧劇來看，他覺得簡雅的性子已經被徹底養歪，應該往回扳一扳了。

送完崔氏跟簡雅，簡雲豐進了二門，道：「小淡，子不語怪力亂神，那些子虛烏有、似是而非的話，不用往心裡去，多讀讀孝經才是正經，省得將來讓外人看笑話。」

簡淡笑笑。「父親說得是，女兒記住了。」

簡思越心疼地摸摸她的髮髻。「穿得漂亮些，大哥在松香院等妳。」

簡思敏悄悄湊上來。「三姊，都怪我，是我說錯話了，妳就原諒我一回吧。」

「你這小討債的。」簡淡抬腿踹他一腳。

簡思敏笑嘻嘻地避開。

「小淡，妳是大孩子了，打打鬧鬧成何體統？」簡雲豐一眼瞧見，又板起臉來。

簡淡嘿嘿一笑，男人似地拱拱手，拐上岔路，回香草園去。

用過早飯，換上新做的衣裳，簡淡去松香院與簡思越會合。

崔氏出了事，馬氏跟小馬氏別提多高興了，連王氏也多了幾分笑容。只有陳氏厚道些，悄悄問了問崔氏的傷情。

巳時初，簡家的女眷進了睿王府的邀月園。邀月，同「邀樂」，是睿王妃專門用來看戲、舉辦宴會的戲園子。

一行人剛走進迴廊，天便陰了，從天井往上看，烏雲正成片成片往頭頂上趕。

簡悠向簡淡擠了擠眼睛，簡淡頓覺不妙，趕緊說：「不要……」

然而，簡悠並沒有在意她的話，小聲道：「還真是準時呢，果然要下雨了。」

陳氏回過頭，警告地看簡悠一眼。「別胡說。」

若是天旱也罷了，偏偏這幾年總鬧水災，任誰也不會喜歡當個招災的人，何況睿王妃？

然而，已經晚了。一位侍立在旁的嬤嬤冷冷地看了過來。簡淡認得她，是靜嫻郡主的管事嬤嬤。

上輩子在花園，這輩子在邀月園，多嘴的簡悠都用一模一樣的話，得罪了那個女煞星。

眾人從垂花門進去，入眼是個有頂棚的大戲臺，環顧四周，皆是敞闊軒廳。男客在南，女客在北，涇渭分明，互不打擾。

睿王妃待在北面正廳。簡淡進去時，裡面的人不多，略略一看，除了睿王妃的娘家人，以及幾個妯娌之外，都是睿王的兒女，以及來往密切的親戚。

站在睿王妃身側的，正是靜嫻郡主，她上輩子最厭惡的小姑子，沒有之一。母女倆穿的都是正紅色大衣裳，喜慶華美。

馬氏帶著簡家一眾上前。睿王妃不敢託大，從主位下來，親自迎接這位一品夫人。

「簡老夫人。」睿王妃親切地叫了一聲，雙手握住馬氏的手。「我這裡事雜，一時抽不開身，不曾遠迎，老夫人可要原諒。」

馬氏笑呵呵地拍拍她的手背。「今日王妃是壽星，原本就不該勞動，您這麼一迎，老身倒惶恐了。」

「簡老夫人客氣了，快請坐。」睿王妃牽著馬氏，到她旁邊的位置坐下。

這時，王氏、陳氏、小馬氏帶著簡淡四姊妹上前，向睿王妃拜壽。

睿王妃不過三十出頭，正是風韻猶存的好年華，最不喜歡「福如東海、壽比南山」之類的賀詞，對「身體康健、永保青春」的話，倒是情有獨鍾。

眾人投其所好，拜完壽，便各自玩耍。

上一世，簡淡與簡雅一起赴宴，一模一樣的雙胞胎姊妹，引得眾人注目。

今年簡雅和崔氏被罰，簡淡名聲太差，馬氏不好張揚，便不曾特地介紹她。

其他人便以為簡淡是簡雅，本該引起圍觀的簡淡，硬是沒有掀起一丁點水花。

一會兒後，簡淡帶著三個妹妹在角落裡坐定，靜嫻郡主與靜柔郡主等人便走過來。

簡淡對簡悠說：「妳剛剛說的話，被一個嬤嬤聽見，她們大概要來找妳的麻煩了。」

簡悠嚇了一跳，小臉上血色全無。當了這麼多年的鄰居，她對靜嫻郡主了解甚多，豈會不知她的手段？

簡靜也是，立刻放下茶杯，起身去尋王氏。

簡淡冷笑一聲。

簡靜聽得分明，腳下加快速度，兔子精似地走遠了。

簡然也想走，往前邁一步，又縮回來，靠到簡淡身上，小手緊緊抓住簡淡的衣角。

靜嫻郡主走到簡淡身前。「簡二姑娘，好久不見了，最近給我六姊寫信了嗎？」一出口就是嘲諷。她的脾氣性格與睿王妃很像，喜愛持刀弄棒，最不喜歡所謂的才女，跟簡雅極為不睦。

「不是吧，我猜這位是簡三姑娘。」靜柔郡主的目光落在簡淡的百褶裙上。「簡二姑娘沒來嗎？」

「簡淡，在商戶長大的那個？難怪……」靜嫻郡主不客氣地上下打量著簡淡。

簡淡穿了條靛藍色長裙，搭配緗色褙子，褙子的袖口及腰帶領口都繡著靛藍色卷草紋，雖不明豔，卻端莊大方，氣韻內斂。
簡悠不知靜嫻郡主的難怪是指什麼，但她知道，這刁蠻郡主一定在算計著怎麼報復她。
「簡悠見過郡主。」簡悠匆匆行了一禮，又對簡淡道：「三姊，祖母叫我們過去呢。」
仗著靜嫻郡主一干人背對著馬氏，撒了個光明正大的謊。
簡淡說道：「多謝靜柔郡主垂問，家母受了傷，二姊在家裡照顧家母。不好意思，祖母有召，簡淡先失陪了。」她再不走，衣服就要被簡然扯壞了，趕緊挪動腳步，朝馬氏走去。
簡悠對馬氏耳語幾句，然後牽著簡然站在一旁，似乎打定主意，接下來哪兒都不去了。
簡淡見她有所準備，自己也鬆口氣，總算不用像上輩子一樣，傻乎乎地擋在簡悠等人前面，被那幾個未來小姑子看成眼中釘、肉中刺了。

第四十四章

雨雖大，但客人依然不停進來。

簡淡避開靜嫻郡主，找到一個相對清靜的角落，打量著往來的女客。

大約一盞茶工夫後，她終於聽到有人叫了聲高太太。那是個容貌清麗的中年婦人，衣著樸素卻不失雅致，氣度雍容，一看就是內斂沈靜之人。

她身邊跟著兩個姑娘，一個穿藕荷色衣裳，容貌氣韻和她像了八分；另一個穿鵝黃色褙子，年紀小些，容貌豔麗，眼神活潑，與她相去甚遠。

簡淡猜，穿藕荷色那個，大概是高太太的嫡長女，也就是祖父打算為大哥訂下的對象。

她冷眼旁觀片刻，等姊妹倆與相熟的姑娘一一寒暄完，這才走上去。

「這位姊姊眼熟得很，我們見過嗎？」簡淡搭訕道。

「這……妳不是簡二姑娘嗎？」穿鵝黃色褙子的女孩奇怪地看著簡淡。

另一個姑娘微微一笑，頷首道：「看來這位是簡三姑娘了。我姓高，名瑾瑜，比妳虛長一歲。這是舍妹錦秋，跟妳同齡。」

「久仰高姊姊才名，妹妹的確是簡淡。」簡淡福身。

高瑾瑜還了一禮。「簡三姑娘好。」

「欸，妳和簡雅姑娘真像，簡直一模一樣。」高錦秋是庶出，性子比高瑾瑜跳脫，不待簡淡回答，已經轉了話頭。「簡三姑娘，妳會畫畫嗎？聽說睿王府的雨打荷花是京城一絕，不少姑娘都去荷塘邊畫畫了，咱們也去湊湊熱鬧吧。」

簡淡看向高瑾瑜，後者點了點頭。

於是，三人一邊聊天、一邊沿著迴廊出邀月園，七轉八繞往荷塘去了。

睿王府的荷塘與簡家的水路是連著的，卻是簡家的七、八倍大，池塘上一片青碧，點點嬌花。紅色迴廊像盤臥在水上的大蟒，曲曲折折通往湖心亭。

因為下雨，所有客人都待在幾座亭子裡，湖心亭上的人最多。

「姊，我們去哪兒？」高錦秋問道。

「簡淡妹妹想去哪兒？」高瑾瑜看向簡淡。

簡淡沒什麼想法，若不是她們姊妹要來，她根本不會來這裡。

前世，簡悠得罪靜嫻郡主，靜嫻郡主便下狠手報復，簡悠被推到荷塘裡，最後讓下人抱上來。

這件事被京城權貴談論許久，簡家其他姊妹也受了影響，從此她對這片荷塘再無好感。

「就在人少處隨意坐坐吧。」簡淡說道。

高錦秋顯然不太同意，求救似地看著高瑾瑜。

高瑾瑜喜靜，贊成簡淡的提議，但又不想讓妹妹失望，遂折衷一下。「外面沒有裡面的風景好，我們稍微往裡面走走如何？」

簡淡沒有意見，剛走兩步，就聽到有人喊了一聲。「三姊。」

這是簡然的聲音，她怎麼來了?!簡淡隔著雨幕看過去，果然看到簡悠跟簡然，姊妹倆趴在亭子外面的欄杆上，正欣喜地朝她招手。

如果她沒記錯，那一處好像正是靜嫻郡主陷害簡悠落水的地方。

簡淡頓時出了一身冷汗。

「下去，下去！」她高喊著，兩隻手拚命比劃，示意她們快離開欄杆。

高瑾瑜驚訝地看著簡淡。

高錦秋道：「簡三姑娘那麼緊張做什麼？欄杆那麼高，不會摔下去的。」

她的話音將落，就見姊妹倆趴著的那段欄杆陡然裂開，接連三聲撲通，兩人連同欄杆一起掉下去，人一落水就沒頂了。

「救命啊，救命啊！」簡悠浮上來，雙手使勁拍打水面，濺起無數水花。

簡淡一把推開擋在前面的高錦秋，飛快朝出事的地方跑去，一邊跑、一邊喊。「藍釉去通知三嬸，把衣裳拿來！」

藍釉應了一聲，立刻趕往邀月園。

高瑾瑜不假思索，跟在簡淡身後跑向荷塘，準備救人。

簡淡趕到時，靜嫻郡主正得意洋洋地警告幾位貴女不要多管閒事，等簡悠喝夠了池塘裡的水，才讓人下去救。

「混帳！」簡淡衝到靜嫻郡主背後，抬起手肘，在她背心處狠狠一撞，隨即跨過三尺多高的欄杆，落到外面迴廊裡，腳一邁便跳下去。

靜嫻後心吃痛，腳下趔趄，剛要發火，又和趕來的高瑾瑜撞個正著，雙雙跌倒在地。

靜嫻郡主被僕從扶起來，罵道：「妳趕著投胎啊？」

高瑾瑜踩上椅子，從簡淡跨過去的地方躍到外面，還不忘扔下一句話。「郡主，民女趕著救人，得罪了。」

簡淡下水，先抓住簡然，讓她抱住自己的脖子，然後才抓住簡悠，道：「別怕，我來救妳們了，不會有事的。」

簡悠已經嗆了好幾口水，整個胸口都疼，怎麼可能不怕，哭著說：「三姊，我……」

簡淡打斷她。「不要說話，高大姑娘就在上面，妳摟著我的腰，穩住別動，我先把六妹送上去。」

高瑾瑜讓高錦秋和丫鬟一起抱住她，把手伸下來。

簡然膽子大，雖說受驚，但精神比簡悠好許多，伸出小手，順順當當讓高瑾瑜拉上去。

接下來是簡悠。簡淡掐住她的腰，使勁往上托。

但簡悠太沈，簡淡的力量有限，舉了兩下，簡悠始終搆不到高瑾瑜的手。

就在兩邊都倍感疲憊之時，一條草繩從上面垂下來。

簡淡抬頭一看，見繩子的另一端握在蔣毅手裡，心頭登時一鬆。

蔣毅抬著下巴，不自然地扭著頭，一眼都不敢往下看。「簡三姑娘抓住繩子，在下拉妳上來。」

「我五妹先上。」簡淡把簡悠的手從自己的脖子上拿下來。「別發呆了，快上去。」

簡悠點點頭，雙手抓住繩子，讓蔣毅提她上去。

繩子再落下來，簡淡一手護住前胸、一手抓住繩子，不過一瞬，雙腳便站到地面上。

高瑾瑜擋在簡淡身前，把油衣搭在她身上，道：「世子給的，快穿好。」

簡淡心頭一熱，感激地點了點頭。

亭子裡氣氛壓抑，雨打荷葉的聲音便顯得格外吵鬧。

一場混亂後，貴女們蜷縮在南邊角落，面面相覷，王府的奴僕則遠遠躲在迴廊裡。

靜嫻郡主垂著頭，站在沈餘之面前，雙手握拳，瑟瑟發抖。

沈餘之聽到動靜，看了過來，目光落在簡淡正往下滴水的臉上、髮髻上，眉頭不由微蹙，薄唇緊抿，顯然生氣了。

簡淡被他看得有些局促，不好意思地抹了把臉，又乾咳兩聲，提醒他差不多就好了。

這時，蔣毅從外面進來，稟報道：「世子，欄杆是被鋸斷的，是新的痕跡。」

啪！沈餘之的手一揚，狠狠往靜嫻郡主的臉搧下去。

靜嫻郡主摀住臉，哭得涕泗橫流。

沈餘之接過討厭遞來的手帕，慢條斯理地擦了擦手。「將此事稟報王爺。」

「你憑什麼？」靜嫻郡主忽然發怒，一指簡悠。「那賤丫頭說母妃一辦壽宴就下雨，好像這大雨是母妃求的一樣，我懲治她，有什麼不對？」

簡悠縮在油衣裡，面色如土，抖如篩糠。

簡淡朝沈餘之福身，道：「多謝世子替民女做主，但民女要向世子和郡主澄清，當時民女的五妹是這樣說的：『還真是準時呢，果然要下雨了』，敢問郡主，這句話哪個字提到王妃，提到壽宴了？」

靜嫻郡主紅著眼睛斥道：「哪個字都提了，你們簡家人罵人不帶髒字，以為本郡主聽不出來？」

簡淡攤手。「好吧，欲加之罪，何患無辭。靜嫻郡主說什麼，就是什麼好了。」

在場的都是人精，自然明白其中的道理。簡悠的話並沒有問題，但加上語氣，完全可以變成不同的意思。

靜嫻郡主發難，有一定的道理，簡淡分辯得也很有分寸，端看理解的人是否善良。

但無論怎樣，僅憑這樣一句話，便故意鋸斷欄杆，害兩個少女跌進深達丈餘的池塘裡，足以證明靜嫻郡主太過狠毒。

沈餘之道：「來人，把她捆起來，送去內書房。」

「是。」兩個婆子走上來，一左一右困住靜嫻郡主。

靜嫻郡主不服，一巴掌甩在婆子臉上。「你敢？我有母妃，有父王，你憑什麼管我？」

沈餘之坐上肩輿，擺擺手。「太吵，堵了她的嘴。」

討厭從蔣毅手裡扯過草繩，努努嘴，示意兩個婆子壓住靜嫻郡主，把布帕塞進她嘴裡。

本欲開口求情的靜柔郡主見狀，只敢張了張嘴，又悄悄退回去。

「回家去。」肩輿路過簡淡時，沈餘之小聲說了一句。

「多謝世子。」簡淡行禮。

沈餘之在眾人懼怕的目光中走遠了。

簡淡轉向高瑾瑜，真心實意地再施一禮。「今天的事，多謝高姊姊。」

高瑾瑜道：「舉手之勞，簡淡妹妹不必客氣。」

簡淡笑了笑。「高姊姊的袖子濕了，要不要跟我們一起回去換？」

高錦秋偷偷拉了拉高瑾瑜的袖子，示意她不要答應。

高瑾瑜卻點頭。「確實需要換換，一起走吧。」

簡淡鬆了口氣。如果高瑾瑜不是簡思越相看的對象，她肯定不會強人所難，也希望高瑾瑜不是那種見風使舵的小人。

接著，簡淡一行在眾人驚疑的目光中離開荷塘。

世人皆知，沈餘之向來不管閒事，但這回不但管了，還管得極為徹底。

有人偷偷問靜柔郡主。「近來京裡一直有傳言，說睿王世子看上簡淡，難道是真的？」

靜柔郡主點點頭。一個病秧子，一個女漢子，倒是絕配，可惜皇祖父不會同意這門婚事，只怕簡淡要爛在簡家，無人問津了呢。

大約一盞茶工夫後，簡淡等人迎面碰到匆匆趕來的馬氏、睿王妃等人。

馬氏見到落湯雞似的兩個孫女，心中登時有了怨懟，沒好氣地瞪簡淡一眼，對睿王妃說：「孩子們還小，打打鬧鬧在所難免，王妃不用放在心上。」

睿王妃道：「多謝老夫人擔待，等壽宴過了，自當讓靜嫻登門致歉。」

馬氏又道：「王妃不必如此，不是什麼大事。」

陳氏皺皺眉頭，站了出來。「母親，今兒是王妃的好日子，我們不宜再打擾，等孩子換好衣裳，兒媳先帶她們回去。」

馬氏斜乜了陳氏一眼，沒說話。

睿王妃如夢初醒，輕輕一撫掌。「瞧我這腦子，下雨天涼，孩子們身上還濕著呢。」

一位老成持重的嬤嬤順勢站出來。「王妃娘娘，老奴帶幾位姑娘去更衣。」

簡淡搖搖頭，難怪祖父看不上馬氏，明明是一品夫人，卻非把自己當成七品，卑躬屈膝的樣子，實在討人厭。

於是，她向高瑾瑜告辭，帶著妹妹們跟陳氏回去。

簡淡回到香草園，泡了個熱水澡，剛穿好衣裳，陳氏就帶著一大堆禮物來了。

簡淡請她在貴妃榻上坐。

「小淡，今日的事多虧妳了。」陳氏拉住簡淡的手，眼裡蓄滿淚水。

簡悠跟簡然是她的命根子，不管哪個出意外，都是要了她的命。而且，簡悠已經訂親，萬一被小廝救上來，即便仗著簡廉的勢嫁過去，也是一樁醜事。

簡淡理解她的心情，但不習慣跟人握手，試著往回抽了抽，卻被抓得更緊，只好乾笑。

「三嬸，一筆寫不出兩個簡字，我們是姊妹，您這麼客氣做什麼？」

「姊妹也有避之唯恐不及的。」陳氏冷笑一聲，抹了把眼淚。「妳五妹說，簡靜離出事的地方不到三丈遠，居然連手都沒伸，太讓人心寒了，還不如一個外人。」

簡淡笑了笑。這有什麼可心寒的？她覺得簡家人涼薄，當然也包括陳氏和三房的弟妹。

她前世的死，於她們來說是釋然，若非有蔥汁幫忙，喪禮上，陳氏和簡悠怕是哭不出來。睿王府被打成謀逆，她這遺孀如果不死，後果就要由簡家承擔。

「死了乾淨，省得總有人惦記著。」這是簡悠的原話。

恨她們，談不上，只是心裡結了個疙瘩。

如今她幫了祖父，祖父救了三叔，三叔再回饋她，循環往復，她們的關係才融洽許多。

或者，這正是為人處世之道吧——保持距離，卻守望相助，有時可能比親情還要牢靠。

所有念頭一轉而過，簡淡冷笑一聲。「四妹妹也在嗎？我怎麼沒看見？」

陳氏道：「當然在。妳大伯父本來替她相中方二少爺，但方家聽說咱們分家，就推了。妳們姊妹明年及笄，藉著睿王妃的宴會，妳大伯母自然想替她尋個好的。」

簡淡瞪大了眼睛，竟然還有這樣的事，上輩子可不曾聽說過。

方家世代鎮守西南，手握雄兵十幾萬。大伯父此舉，會不會與慶王的布局有關？祖父和睿王有沒有對策？

簡淡有些慌張，隨即又想，這樣的事不是她能操心的，遂定下心，避重就輕地說：「三嬸，五妹不是已經有所防備，怎麼還跟靜嫻郡主她們走呢？」

陳氏眼裡閃過一絲陰霾。「小悠不想去，無奈睿王妃發話，妳祖母沒辦法，就……也不知道睿王妃是不是故意……算了，不說這個了。」

她拿起兩只精緻的首飾盒，一一打開。「睿王妃打發人送來幾樣賠禮，吃的用的都有，這對金鑲玉的鐲子是妳的。這支翡翠玉釵，是三嬸送的，不是什麼好東西，勝在穩重大方，覺得妳會喜歡，就帶過來。」

睿王妃的鐲子雖貴重，但樣子老氣橫秋，不適合年輕姑娘戴。陳氏的玉釵造型簡單大方，正適合簡淡的氣質。
簡淡合上首飾盒。「三嬸，真的不用，您太……」
陳氏故意拉下臉。「長者賜，不可辭，收著吧。」
「三嬸給妳，妳就拿著吧。」簡思越撐著傘從外面進來，後面還跟著小尾巴簡思敏。
雨很大，兄弟倆的衣裳濕了大半截。
「越哥兒和敏哥兒也回來啦。」陳氏有些不好意思。「都是小悠嘴快，天天淨惹禍。」
「嗯，我們跟父親一起回來的，先去看了五妹妹跟六妹妹，再來看三妹妹。父親去梨香院，馬上就過來了。」簡思越把傘交給紅釉。「五妹妹還小，慢慢教就是。再說了，這事不能全怪五妹妹，主要還是靜嫻郡主驕縱，草菅人命，太不像話。」
「就是，真想拿棍子抽死她。」簡思敏憤憤，手裡的雙節棍舞得啪啪作響。
「你又想抽死誰？」簡雲豐突然出現在門外。
陳氏趕緊迎了兩步。「二伯也回來了。唉……您看這事鬧的，不過是句玩笑話罷了。」
「人沒事就好。」簡雲豐拉著臉，在主位坐下。「女孩子在外面，一定要謹言慎行，這件事就是教訓。」
陳氏並不辯駁。「二伯說得是，都是弟妹疏於教導，日後定會嚴格要求她們。」
簡雲豐硬邦邦地點頭。
陳氏又反省兩句，便起身告辭了。

第四十五章

送走陳氏，兄妹三人回到正堂。

簡淡問道：「父親，梨香院沒備午膳，要不要在這裡用飯？」

「正有此意，為父去換套衣裳，妳讓廚房煮薑湯，去去涼氣。」簡雲豐撣撣下襬上的泥水，又看看同樣狼狽的簡思越兄弟。「走吧，都去換衣裳。雖是夏天，也別著涼了。」

簡淡說：「父親，我幫您做了一套衣裳，要不要試試？」

簡思敏立刻衝上前，抱住簡淡的胳膊，期盼地問：「三姊，有沒有我的？」

簡淡戳他額頭。「都有，還有祖父的呢。」

簡思敏笑咪咪。「那太好了。這麼大的雨，不用出去了。」

簡雲豐捋了捋鬍鬚，滿意地點點頭。

簡雅身子弱，向來自顧不暇，他們還是第一次得到來自女兒、妹妹和姊姊的衣裳呢。

三個男人高興得跟過節一樣，誰都沒想起來，崔氏母女還艱難行在前往庵堂的路上……

簡雲豐父子換衣裳時，討厭和煩人在管家李誠的陪同下，光明正大到了香草園，送來一碗薑湯、六樣點心、幾色彩緞，還有一幅畫。

「父親，睿王世子這是何意？」簡思越驚疑不定地看著簡雲豐。

睿王府財大氣粗，本該砸錢的時候，禮物卻送得溫情脈脈，這不合乎常理。

簡雲豐知道內情，並不驚訝，只對那幅荷塘的寫意畫感到訝異。

涼月如眉，水波如鏡，密密匝匝的荷葉在夜風中輕輕搖動，粉色的花零星開著。池塘邊蕩著一艘小船，戴斗笠的漁人躺著，手裡握著釣竿，釣竿彎成弓形，水面起了無數漣漪。

畫上的落款是漁人，這兩個字也是用畫的。

畫面滿，卻不累贅；色彩濃重，卻因漁人手裡的魚竿得到了平衡。意境好，畫得也好。然而，簡雲豐在腦海裡遍尋京城擅長畫寫意荷花之人，竟無一人能與之匹敵。

「漁人是什麼人？」他問簡淡。

簡淡搖搖頭。「如果父親不知，那便是睿王世子了吧。」

「他也會畫畫？」父子三人異口同聲。

簡淡自知失言，結結巴巴地說：「他不會嗎？」

簡思越道：「聽說睿王世子喜歡讀書，經常手不釋卷，但不喜歡動筆。畫畫這種事，應該跟他沒什麼關係。」

簡淡聽了，微微一笑，把畫捲起來。「不是名家，也不是睿王世子，那我不看了。還是瞧瞧衣裳吧。」

衣裳是針線房做的，但款式和刺繡紋樣是她選的。簡雲豐是藏青色直裾，貼邊迴紋；簡思越和簡思敏的都是寶藍色，一件圓領袍，一件是方便行動的胡服，各有特色，符合身分。

簡淡很是得意，正想多聽幾句真心實意的誇讚，簡雲豐便搖搖頭，把畫接過去，

「衣裳很合身，樣子也好看，就不看了吧，我還是看看畫。最近妳祖父總說睿王世子聰慧，常人難以匹敵，說不定真是他畫的。」說著，抱著畫去書房了。

不到一盞茶工夫，他又拿著簡淡畫好的半套戲貓茶具跑回來。

「小淡，這一套我要了，妳什麼時候燒？」

簡淡心裡一鬆，笑著說：「還沒上釉，過些日子才燒呢，到時候我送去給父親。」

她本來還擔心簡雲豐會堅決反對，沒想到是這種反應，看來簡廉已經打過招呼了。不然，只怕又要叫她背《女誡》了。

「好。」簡雲豐看向簡思越。「越哥兒也過來瞧瞧吧，你妹妹手藝不錯，將來的成就，不在你表大伯父之下。」

「父親，我也要看。」簡思敏扔下雙節棍，三步併成兩步進了書房。

簡思越一進書房，就嚇了一跳。

這陣子他功課很忙，到香草園時，只在正堂坐坐就走，竟不知簡淡搞出這麼大的動靜。

「父親，這到底怎麼回事？」他不問簡淡，直接問簡雲豐。

簡淡做了這麼多瓷器，甚至特地打了架子，不可能不驚動其他人，既然安安生生做到了現在，便說明祖父和父親是知情的。

簡雲豐看看正在把玩一只小瓷豬的簡思敏，小聲把來龍去脈略略說了一遍。

簡思敏的臉色沈了下去。他才思敏捷，人品、性格上最像簡廉，想得也比簡雲豐深刻，簡家目前的困境，以及簡淡未來要面對的生活，他瞬間了然了。

「三妹……」他凝視著簡淡。

「大哥，沒關係的。」簡淡用眼角餘光掃簡雲豐一下，低下頭。「我姓簡，也是簡家的人。再說了，他沒有你們想得那麼不堪。」

簡雲豐愧疚地拍拍簡淡的肩膀。「妳是個好孩子，比小雅懂事多了。」

簡淡笑了起來。雖然遲了些，但她總算聽到來自父親的肯定，真不容易呢。

下午，雨停了。

馬氏睡了小半個時辰，起來時，已經申正。

劉嬤嬤伺候她漱了口，又端糖蒸酥酪過來，放到小几上。「今兒少放了些糖，沒有那麼甜，老夫人嚐嚐是不是那個味兒？」

馬氏舀一勺放到嘴裡，嗯了聲。「好吃，妳再做兩碗，給五丫頭和六丫頭送去，順便問問她們怎麼樣了，有沒有煎兩劑安神的藥吃。」

「是。」劉嬤嬤眼裡閃過一絲精光。「老夫人，老奴當時就站在角落裡，都聽見了。」

馬氏放下瓷勺。「妳聽見什麼了？是不是三丫頭惹的禍？」

劉嬤嬤點點頭，將靜嫻郡主看到簡淡，先以為她是簡雅，諷刺一番，知道她是簡淡後，又諷刺一番的經過說了一遍。

「五姑娘怕惹事，躲到老夫人身邊。三姑娘則躲了起來，靜嫻郡主沒看到她，這才請五姑娘跟六姑娘過去。」

馬氏氣得差點摔碗。「簡直反了，立刻把三丫頭叫來！」

「老夫人息怒。」劉嬤嬤湊近她，耳語道：「您犯不著生這麼大的氣，該怎麼著，就怎麼著。」

馬氏心領神會。「妳說得沒錯，就那麼辦。」

松香院的小丫鬟來叫簡淡時，簡淡還在畫畫。

午膳後，她稟報了高瑾瑜的事，簡雲豐和簡思越都很滿意，遂打算做一套「蜻蜓戲蓮」的鈴鐺杯送給高瑾瑜，屆時請她來家裡做客，讓簡思越和她見見面。

小丫鬟走後，簡淡放下毛筆淨手，道：「來者不善呢。」

藍釉詫異。「這件事與姑娘毫不相干，老夫人應該褒獎姑娘才對吧？」

簡淡搖搖頭，她想起馬氏在睿王府時的態度，心裡有了算計，細細叮囑紅釉一番，這才帶著藍釉出了門。

簡淡悠哉悠哉先去了外書房，把要給簡廉的新衣裳交給伺候他起居的婆子收起來，才到松香院。

馬氏的臉色不太好看，嘴角抿著，眼神凶狠，要不是臉上還有小睡時壓出來的皺痕，瞧著還真挺嚇人。

「祖母。」簡淡福身。「您找我？」

「小悠跟小然到底怎麼落水的？」馬氏老佛爺似地靠在大迎枕上，語調拉得老長，擺出一副興師問罪的模樣。

簡淡明白了，馬氏還不知道真相，所以直接把罪責推給她。儘管有所準備，心裡還是有點生氣，遂故意驚訝地瞪大了眼睛。

「就那樣落下去的。欄杆斷了，她倆一起掉下去。」

「我是問妳這個嗎？」馬氏一拍貴妃榻，坐了起來。「是不是因為妳在月牙山惹了靜柔郡主，所以靜嫻郡主才報復妳？」

簡淡撇撇嘴。「祖母，您都說了是報復我，那她們為何後來棄了我，去找五妹和六妹的麻煩，還用那麼惡毒的手段？這說不通嘛！」

馬氏氣結，看向劉嬤嬤。「妳說。」

劉嬤嬤道：「三姑娘，老奴看到靜嫻、靜柔兩位郡主去找您了，說的就是靜安郡主的事。靜安郡主和慶王妃被慶王送去莊子了，而靜嫻郡主跟靜安郡主的交情向來不錯。」

簡淡挑眉。「所以，妳就向祖母進讒言，說我激怒靜嫻郡主，帶累了兩位妹妹？」

「三姑娘，這不是事實嗎？」劉嬤嬤笑意不達眼底，皮笑肉不笑的樣子格外陰森。

簡淡抬高了聲音。「當然不是！我看是劉嬤嬤因為雷公藤的事，存心報復！」

馬氏喝道：「夠了，胡說什麼！妳母親不是讓妳去庵堂陪她嗎，明日就去吧。」

簡淡一怔，原來後招在這裡等著她呢，二房下人的嘴不怎麼嚴實嘛。

「母親。」門簾一掀，簡雲愷與陳氏一起走進來。「今日的事與三丫頭無關，是小悠衝撞了睿王妃，她在進邀月園時提起了下雨的事。當時，陳氏也在。」

「母親，是兒媳管教不嚴，還請母親息怒。」陳氏也道。

兩人一進屋便反駁了馬氏，而且親自作證，馬氏顏面大失，登時紅了一張老臉。

劉嬤嬤悄悄往門口退了兩步。

「劉嬤嬤，事實到底是什麼，妳是怎麼對祖母說的？」簡淡不想這麼輕易地放過她。

「這……」劉嬤嬤面紅耳赤。

簡淡哂笑，逼近一步。「劉嬤嬤，誣陷主子可不是什麼好習慣。當初小劉管事確實沒有管好藥材，這才讓祖父陷入危險。祖父懲罰他，妳卻來算計我，誰給妳的膽子？」

這話問得相當誅心，簡廉是家裡的頂梁柱，馬氏更是視他為天，卻把一個心懷叵測、一心報復的老奴放在身邊，這是為什麼？

馬氏張了張嘴，又閉上了。

劉嬤嬤面如死灰。

「母親，小淡說的是真的？」簡雲愷問道。雖近日賦閒在家，但官威尚在，氣勢驚人。

馬氏心臟一抽，不自在地端起杯子喝了一大口茶。「哪裡是算計，不過誤會罷了。」

簡雲愷怒道：「母親，一個奴才對主子說三道四、挑撥離間，還有什麼誤會？」

馬氏啞口無言。

「三老爺，老奴真不是故意的，老奴冤枉啊！」劉嬤嬤撲通跪倒在地，膝蓋磕在地板上，光聽就覺得極疼。

馬氏目光短淺，沒什麼見識，大事多半倚仗兩個兒子，但記性尚可，人也不算太笨。前半個時辰劉嬤嬤說的話，她還記得清清楚楚。

因此，她很明白，若非劉嬤嬤，自己不會這麼氣，問都不問一句，直接定了簡淡的罪。

馬氏按了按額角，疲憊地說：「算了，妳年紀不小，不必在我身邊伺候了，一家子團圓也是件好事。」又吩咐簡雲愷。「老三，你安排一下，派輛車送劉嬤嬤去白石鎮吧。」

劉嬤嬤聽了，瞬間軟倒在地，大哭起來。

簡淡從松香院出來後，紅釉正在路上等她。

「姑娘，還算及時吧。」紅釉笑嘻嘻地問道。

「很及時。」簡淡笑著點頭。

「那就好。」紅釉的腳步輕快起來，一踮一踮的。「剛才兩位表公子過來，說要看看姑娘，先去梨香院了。」

昨日兄弟倆聽說崔氏要去庵堂清靜幾日，早上就不好意思露面。

簡淡問：「黃嬤嬤那邊有什麼消息嗎？」

藍釉道：「梁嬤嬤找過黃嬤嬤兩次，關起門聊了許久。聽說梁嬤嬤的兒子看上了黃嬤嬤的大閨女，但我覺得不可能成，黃嬤嬤的眼光高著呢。」

太陽有些大，她撐開紙傘，遮在簡淡頭上。「姑娘擔心黃嬤嬤和梁嬤嬤合夥害您嗎？」

「嗯，這些日子，我們小心些。」

藍釉跟紅釉應是，和她回了香草園。

進屋後，簡淡以為簡雲豐會派人逼著她馬上啟程，卻沒想到，簡雲豐忽然接到本朝山水畫大家的邀請，隔天準備去白雲觀。

簡思越和簡思敏向他求情，求他把簡淡留在家裡，換個別的處罰。

夫為妻綱，簡雲豐並不為難，也覺得家裡沒人照看不行，便罰簡淡以三個月為期，抄一百遍《心經》。

簡思越寫信讓小廝送去庵堂，問候之外，順便告訴崔氏和簡雅，不用等簡淡了。

經過那個兵荒馬亂的早上，簡思越與簡思敏對崔氏頗有微詞，只是礙著孝道，無法宣之於口罷了。

六月初五，討厭送瓷泥時告訴簡淡，初六上午巳時初，沈餘之在梧桐大街的澹澹閣等她。

「淡淡？」簡淡有些無語，這個名字太直白了吧，而且也不好聽。

討厭憋著笑。「是蛋蛋。」眼珠子亂轉，一看就是一肚子壞水。

他沒看過匾額。但他家主子是這樣說的：簡三姑娘是個小笨蛋，所以就叫蛋蛋閣。

多有趣的名字啊！如果他是客人，肯定很想進去看一看。

簡淡不禁傻眼。「不會是笨蛋的蛋吧？」

討厭登時面容一肅。「小的只知音，不知字，還請簡三姑娘見諒，明日一去便知。」

簡淡更無言了。

第四十六章

討厭走後，簡淡作了一晚上的夢，匾額上的名字一會兒是「淡淡」，一會兒是「蛋蛋」，迷迷糊糊睡到天濛濛亮，被突然滾過來的兩顆碩大雞蛋嚇醒。

簡淡起來漱洗，去花園練棍時，沒看到沈餘之。這些日子，不知他在忙什麼，早上不在，晚上也沒有露面。若不是有了邀約，幾乎以為他又病了。

簡淡辰正出發，趕在巳時前抵達梧桐大街。

剛拐彎，騎著馬的煩人就冒出來，把簡淡的馬車帶到一處剛裝修完、還未掛上匾額的鋪子前面。

簡淡下車後，左右看了看，對白瓷道：「這不是前些日子來逛過的鋪子嗎？」

白瓷點點頭。「雖然門窗都換了新的，但奴婢記得這棵梧桐樹。姑娘不記得了嗎，咱們在林家時，來過這裡很多次。」

簡淡。「……」不是不記得，只是不想記得。

天氣好像更熱了，簡淡把摺扇搖得啪啪作響。之前做得好好的旺鋪不做了，改賣她一個名不見經傳的小匠人做的瓷器？她何德何能啊！

沈餘之站在二樓窗戶旁，笑咪咪地望著穿靛青色男裝的簡淡。

「還挺像樣的。」
藏在暗影裡的蔣毅撇撇嘴，嘟囔道：「皮膚太白，眼太大，眉毛太彎，嘴太小，跟朵花似的，哪裡像樣了？」
沈餘之涼颼颼地看他一眼。
蔣毅哆嗦一下，又往牆角靠去，然後聞聞袖子，血腥味依舊刺鼻，嫌棄地甩了甩，藏到身後。
剛殺完人，就趕來見心愛的姑娘，自家主子也太著急了吧。
「哪裡都像樣。」沈餘之瞇了瞇眼睛。
簡淡身形挺拔，走路颯爽，連搖扇子的動作都與男孩子相差無幾，足見她在女扮男裝上下過工夫。
做什麼、像什麼。他欣賞凡事認真的女人。
簡淡剛要進鋪子，沈餘之便從裡面走出來，臉色不太好，眼底青黑，像是薄薄塗了一層石黛。
「來了？」
簡淡抱拳。「在下見過世子。」
沈餘之笑著還禮。「簡三公子，裡面請。」
他如此煞有介事，倒搞得簡淡有些不好意思了，有些訕訕地說：「世子先請。」

沈餘之便轉了身，簡淡離他半步，跟在後面。
走沒兩步，沈餘之停下來，側頭瞥簡淡，歪了歪腦袋，示意她跟上來。
簡淡不懂。「啊？」
「小笨蛋。」沈餘之伸手，大剌剌地摟住她的肩膀。「一起走吧。」
簡淡羞得滿臉通紅，怪不得這麼配合，原來還有後招。
「喂，你夠了啊！」她掙扎出來，憤憤瞪了沈餘之一眼。
沈餘之無辜地攤攤手。「這麼著急幹什麼，本世子只是想讓妳往前一步。」
「你……」簡淡氣結。
沈餘之笑咪咪地拍拍她肩膀。「好了、好了，快進來吧，妳不想看看妳的瓷器會擺在怎樣的鋪子裡嗎？」
「無賴！」簡淡毫不客氣地把搭在肩膀上的手拍掉，氣呼呼地往前走。
沈餘之得意地翹起唇角，緊隨其後。
櫃子都是新的，牆上靠著三組高架子，中間有兩座多寶槅屏風，把整個鋪子分成兩區。每區都有一張八仙桌和四把椅子，桌上擺著茶具和花瓶，花瓶裡插著嬌豔的月季花。家什是樟木打造的，只漆桐油，青花瓷陳列其中，更顯色彩亮麗，與同類的瓷器鋪子大相徑庭。

「好看。」簡淡讚道：「與眾不同，且耳目一新。」

沈餘之點頭，美滋滋地說：「簡三公子好眼力，英雄所見略同。」

老王賣瓜，自賣自誇。

簡淡想挖苦他兩句，但目光往上一挑，瞧見他眼下的青黑，心頭微動，又把話吞回去。

她雖不懂朝政，可也明白一點，與慶王抗衡，絕不是那麼簡單的事。

他在百忙之中抽出身，關注這麼一間小小鋪子，甚至傾注諸多心血，這說明什麼？

道理並不深奧，簡淡不會不懂。

「坐吧。」沈餘之親自拉開一把椅子。

「謝謝。」簡淡不太習慣如此殷勤的沈餘之，彆彆扭扭地坐下。「世子的臉色不太好看，是不是該回去休息了？」

「不好看嗎？」沈餘之摸摸臉頰，他的手呈青白色，比臉色還要難看。

簡淡搖搖頭。「很不好看，眼底青黑，指尖發青。」

「哦？」沈餘之朝討厭伸出手。「我瞧瞧。」

討厭從懷裡掏出一面鏡子，用布帕擦了擦，放到沈餘之面前。

沈餘之仔細照照，唇角的笑意頓消，眼神也變得黯淡起來。「不過一宿沒睡而已，怎麼這麼……」

話沒有說完，但簡淡知道他要說的是什麼。沈餘之自幼身體不好，於此一向有心結。

她覺得自己有些多嘴了。「前兩天我也這樣，只要好好睡一覺，很快就會恢復。」

「對，妳說得對。」沈餘之的桃花眼裡又有了笑意，站起身。「那我們回去睡覺吧，走了、走了。」

簡淡笑笑，這廝看著可怕，心裡還是個孩子呢。

「世子先走，在下好不容易出來一趟，還想去別的鋪子轉轉，看看行情。」

沈餘之擺手。「不用，睡覺要緊。」

「世子，是你要睡覺，在下不睡。」

沈餘之臉色一肅。「我說睡就睡，馬上跟我回去。」

簡淡面紅耳赤，討厭和煩人面面相覷，差點笑出聲來。

簡淡惱羞成怒，正要拍案而起，卻又聽沈餘之小聲說了一句。「走吧，這裡不安全，我們必須馬上離開。」

簡淡啊了聲，兔子精似地跳起來，從腰帶上拿起雙節棍。「我們分頭走。」

沈餘之眼裡精光一閃。「現在京裡傳言，說本世子看上妳了。現在妳是本世子的軟肋，分頭走並不安全，還是乘我的車吧。」

「這……」簡淡防備地看沈餘之一眼。

「走吧，不要胡思亂想。」沈餘之居高臨下地凝視她，水汪汪的桃花眼中滿是寒意。

簡淡一哆嗦，不由點點頭。

一上車，簡淡又有些後悔了。

她與沈餘之抵膝而坐，四目相對，卻又不知聊些什麼，實在尷尬。

沈餘之察覺到她的局促，開口問道：「喜歡鋪子的名字嗎？」

「淡淡？好像不太好吧。」

「水何澹澹，水主財，寓意好，又琅琅上口，哪裡不好了？」

「啊？」簡淡發現自己自作多情，不禁臉紅。

沈餘之拿起迎枕，墊在後背上，笑道：「魚游水中，你中有我，我中有你。我覺得這個名字好得不能再好了。」

「你……誰跟你『你中有我，我中有你』了。我們孤男寡女，於禮不合，我要下車！」

簡淡接連兩次被沈餘之調戲，心裡老大不是滋味，雙手一按，就要起身。

沈餘之長腿一伸，踩住車門。「外面危險，不許下。」

車窗開著，簡淡往外看，一切風平浪靜，不禁怒道：「哪有，我真是信了你的鬼話！」

馬匹忽然嘶鳴，車廂猛地一晃，直接把簡淡從座位上甩出去。

沈餘之悶哼，簡淡像隻四腳張開的兔子般趴在他身上，嘴巴對嘴巴，竟然親了個正著。

簡淡的腦袋撞到車廂，鼻子也碰疼了，竟然未能立刻從沈餘之身上爬起來。

沈餘之也嚇一跳，但很快便發現，吃豆腐的時機到了，嘴巴一張，香噴噴的就是一口。

簡淡唇上吃痛，才明白自己著了道，正要爬起來給沈餘之兩耳光，就聽轟的一聲巨響，身體直往下墜。

「真的有刺客！」她不由抱住沈餘之，拚命翻了個身，讓自己當了肉墊。

馬車並沒有因此停下，反而行進得更快，車廂與泥土摩擦發出的聲音聽著讓人起雞皮疙瘩，煙塵也大了起來，嗆得人喘不過氣。

外面鬼哭狼嚎，一片混亂，刀劍相擊的聲音不絕於耳。

馬車少了一個轆，左側高、右側低，簡淡為穩住身子，用腿勾住固定在車廂底部的小桌子，單手摟緊沈餘之。

沈餘之目光發直，呼吸也停了，彷彿傻了一般。

簡淡想起前幾天晚上的事，知道他被滿車廂的灰塵嗆著，不禁暗道，誰說活人不會被尿憋死？眼前這位就會！

她從衣襟裡掏出棉帕，摀住沈餘之的口鼻，飛快道：「乾淨的，還沒用過，快呼吸！」

沈餘之聞到鼻尖處傳來淡淡的香氣，胸脯終於開始起伏，回過神，一手摀住口鼻、一手抓住開著的車窗，從簡淡身上翻下去。

車廂劇烈顛簸，簡淡覺得心臟都要跳出來了，不會就這麼死了吧？

她心裡一慌，正要抬起身子看看外面，便聽不遠處有人喊道：「快殺馬，要撞上了！」

「蠢貨，都離得這麼近，殺了馬就撞不上了嗎？」

「來了、來了，有人騎馬追上來了！」

馬蹄聲和刀劍聲響個不停。

簡淡心中又是一涼。不是護衛不殺馬，而是有人阻攔，讓護衛們追不上馬車。

之前她在去月牙山的路上，聽廣平公主說過，替沈餘之拉車的馬都是訓練有素的優秀戰馬，真要跑起來，會比一般的馬匹快，如今癲狂，護衛追不上也是正常。

不能乾等著，與其坐以待斃，不如想辦法自救。

簡淡剛剛轉過念頭，就見沈餘之狠狠地踹了對面的車廂板，立時懂得他的意思。

「你抓牢了！」她警告一聲，鬆開沈餘之，腳勾著小桌子，屁股往下一挪，人就溜下去了，在腳心碰到對面車廂板，且膝蓋能打彎時停住。這是最適合出力的位置。

「一起？」她轉頭看向沈餘之。

沈餘之點頭。

「一，二，踹！」

車廂板飛了出去，簡淡挺腰抬頭，發現沒有馬匹緊追其後，便喊。「我們下去！」

她話音未落，沈餘之手一鬆，率先向下溜出去。

簡淡的位置比他靠下，身子也輕，溜得更快，兩人幾乎同時滑到外面。

砰！巨響壓住了那一聲聲驚呼。

車廂在兩人出來的瞬間，撞到一堵圍牆上，摔得四分五裂。

簡淡與沈餘之被這力道帶了下，但很快就停住。

簡淡剛要起身，就聽見蔣毅驚呼。「小心！」隨即被後面傳來的大力撞倒。

沈餘之抱著她，接連滾了兩圈。

嗖嗖嗖！簡淡順著聲音望去，只見三支羽箭從天而降，在她身旁不到半尺的泥地上扎了整齊一排，還有一支正對著沈餘之的後心射下。

「躲！」她腦袋一空，大腿一勾，一個反轉，又將沈餘之壓下去，隨即慘呼，羽箭正中她的左肩。

「姑娘！」白瓷看見了，從飛馳的馬車一躍而下，哭著撲過來。「您要不要緊？」

「小心背後！」沈餘之一腳踹倒白瓷。

一支羽箭擦著白瓷的頭頂飛過去，沈餘之捏在手裡的飛刀同時出手，將一名趴在屋頂的刺客射下來。

白瓷出了一身冷汗，知道自己剛剛疏忽了，趕緊爬起來，從腰間扯下雙節棍，舞得呼呼作響，把簡淡和沈餘之護了個風雨不透。

沈餘之的其他暗衛終於跟上，幾名埋伏在屋頂上的弓箭手被殺，危機很快解除。

沈餘之扶起簡淡，桃花眼裡赤紅一片。「妳怎麼樣了？」

簡淡滿頭大汗，白皙細嫩的小臉上沾滿灰土。「暫時還死不了。」箭射在左側肩胛，疼是疼，但死不了人。

「我看看。」沈餘之繞到她背後，發現羽箭射得不太深，心頭微鬆，但另一個想法立刻冒出來，冷汗瞬間打濕了額頭。

他顧不得太多，雙手抓住羽箭，用力一拔，烏黑的血登時湧出，箭頭上閃爍的微光證明，這是支淬了毒的箭。

「啊！」簡淡驚叫一聲。

「別動！」沈餘之喝道，又往旁邊看。「都給我背過身去。」

護衛們齊齊轉身，拿上刀劍，命藏在胡同裡的老百姓退開。

沈餘之抓住簡淡衣裳的破口，稍用力便撕開了，露出白皙的肩膀。傷口淌著黑血，周圍腫脹，看起來極為可怖。

「喂！」簡淡怒極。「你想幹麼?!」

白瓷看到傷口，嚇得面色慘白。「姑娘，箭上有毒！」

「按住她！」沈餘之又是一聲厲喝。

白瓷哆嗦一下，立刻照辦。

簡淡寧願被看光了，也不願意就這麼死了，所以聽話地任沈餘之施為。

沈餘之飛快擠掉大半黑血，然後湊上去吸出餘毒。

因為傷口有毒，腫脹發麻，沈餘之擠毒血時，簡淡還不覺得多疼，但他用力吸傷口時，感覺就不一樣了。

她回頭一看，見沈餘之薄唇帶血，登時腦袋一暈，坦露身體也罷了，居然還被他當眾輕薄，這回跳到黃河也洗不清了，不由急火攻心，臉上燒得緋紅一片，恨不得立刻昏死過去。

白瓷沒心沒肺地勸她。「姑娘，箭上有毒，您忍忍，馬上就好。」

這時，討厭提著帶血的刀劍，不知從哪裡躥過來，一眼瞧見沈餘之吐出的黑血，當即嚇得半死，哭道：「主子，您不要命啦！」

沈餘之再吐出一口血，發現已經是正常的鮮紅色，鬆了口氣。「備車，立刻進宮。」話音將落，便貼著簡淡後背，軟軟倒了下去。

簡淡不忍心讓他嘴巴著地，顧不得渾身無力，伸出右臂勉力接住他。

然而，她高估了自己，沈餘之的腦袋剛落在她臂彎裡，便覺眼前一黑，和他一起倒下。

白瓷和討厭一人撈起一個，抱在懷裡，雙雙大哭起來。

蔣毅把簡淡的馬車牽過來，伸手探探沈餘之和簡淡鼻下，急道：「暫時沒事，只是昏過去了。快上車，我們進宮。」

沈餘之走後，兩名戴斗笠、穿短褐的年輕男子從胡同踱出來，注視著馬車消失的方向，久久未動。

「命真大，我以為他嚇也要嚇死了。」其中一個身材魁梧的男子遺憾地嘆息一聲。「鬧到這個地步，只怕皇上那邊不好交代了。」

另一個男子身材頎長，露出半張俊秀斯文的臉，抬手壓了壓斗笠。「怕什麼，老十三派人剿了牡丹會，牡丹會的人找機會報復，不是很正常的事嗎？」

「哈哈哈，那倒也是，反正沒留活口。世子這招玩得好，以彼之道，還施彼身，接連兩次馬車出事，簡廉那老狐狸定會以為有人想對他的家人下手。」

「你莫忘了，老十三剛剛殺了我精心蓄養的兩百名私兵，一報還一報，以他的聰明，怎麼可能想不到是我？」

「那，王爺會不會……」

「放心，皇祖父疑心很重，父王不會在這個節骨眼上重罰我的。再說了，亡羊補牢，未為晚矣。趁他病，要他命，我必須馬上進宮。」

兩人邊走邊說，漸漸匯入人流之中……

第四十七章

簡淡醒過來時，發現自己不在家裡。

紫檀打造的架子床上雕著龍紋，帷幔是昂貴的紫色雲錦。空氣中有松樹的芬芳，味道十分熟悉，跟前世在睿王府生活時，蠟燭燃燒的氣味一模一樣。

簡淡忍著疼痛坐起來，輕輕撥開帷幔。

殿中寬闊，陳列奢華，兒臂粗的紅燭在牆角明明滅滅，兩個宮女正坐在小杌子上打盹。

「姑娘，您可醒了。」睡在腳踏上的白瓷睜開眼，一骨碌爬起來。「嚇死奴婢了。」

簡淡問她。「這是哪兒？」

「宮裡。這裡是睿王世子休息的地方。」

「哦……」簡淡有些忐忑地看看左邊的胳膊。「那毒……」會不會要命？

白瓷從旁邊的小几上取來一個紙包。「這毒叫鶴頂紅，太醫說多虧世子吸得及時，餘毒不多，不然姑娘只怕凶多吉少。奴婢幫您看看傷，太醫交代，等您醒了，就把藥換一換。」

白瓷拉下簡淡肩上的衣裳，拆下浸血的紗布，換上新的。

儘管白瓷的動作不重，但傷口依然很痛。簡淡想起沈餘之吸她肩膀時的情景，臉頰不禁微微發燙。

「世子怎麼樣了？」

白瓷指了指裡面，壓低聲音道：「世子不小心吞了些毒藥，但無大礙，現在還睡著呢。太醫說他太勞累，要他多歇一會兒。」

簡淡鬆了口氣。

白瓷把簡淡的傷口包紮好。「廣平公主來看過姑娘，但只待一會兒就走了。」

簡淡笑笑。人家是公主，肯在探望沈餘之時瞧她一眼，已經很給面子了。畢竟，沈餘之不是重病，而是遇刺，用腳趾頭想都能猜到，此事必定與泰寧帝坐著的那把椅子有關。事關站隊，不論公主還是宮妃，都會更加小心謹慎。

「簡三姑娘，您醒啦。」兩名宮女聽到動靜，也醒了。「世子讓奴婢們備了消夜，有煮好的燕窩和魚翅粥，熱一熱就成，要不要用一些？」

簡淡怔了下。「現在是什麼時辰了？」

一個宮女看了下不遠處的更漏，答道：「大約亥時。」

「已經這麼晚了。不用了，我不餓。」簡淡笑著拒絕。

白瓷驚訝地看著簡淡。一整天下來，簡淡只吃過早飯和昏迷時餵進去的藥湯，怎麼可能不餓？

「妳們去休息吧，我也睡了。」簡淡重新躺下。「白瓷，我不用被子，給妳鋪著吧。」

兩個小宮女行禮，躡手躡腳地出去了。

白瓷不跟簡淡客氣，取了被子墊在身下，很快便傳出輕微的鼾聲。

起初，簡淡不覺得餓，宮女提醒後，才發現肚子確實很空，可她不敢吃宮裡的東西。

前世，沈餘之死於癆病。

醫書上說，肺癆會傳人。沈餘之從小體弱，對保養最為在意，多吸點塵土都會嚇個半死，怎會染上那種病？如果是因他身體不好，所以才得病，那這一世為何沒染上？

沈餘之的癆病，大概也是個陰謀。如今她與沈餘之牢牢捆在一處，必須時刻謹慎。

宮裡的夜靜得嚇人，不但沒有蟬叫聲，連蟲鳴都沒有。

簡淡餓得睡不著，白天發生的事像走馬燈似的，在腦子裡清晰地轉起來。

從沈餘之摟她，到逼著她和他一起回家，以及馬車翻車時窘迫無比的剎那……

簡淡感覺心跳越來越快，如同擂鼓一般，不由摀住嘴唇，想讓自己停止思考，但手碰到柔軟的唇，又勾起了兩唇相接時的微妙感覺。

好羞恥，必須打住！

「一隻羊、兩隻羊、三隻羊……五十五隻羊……」她努力把自己想像成牧人，揮著鞭子，把羊群趕進圈裡。「六十隻羊……八十隻、八十一隻……」

當四更更鼓的咚咚聲穿越重重宮牆，在簡淡耳畔響起，她終於打了個哈欠，沈沈睡去。

不知過了多久，簡淡聽到身邊有人輕聲說話，突然醒了過來，睜開眼，發現有個男人坐在她身邊，俊臉與她相距不到一尺。

四目驟然相對，兩人都嚇了一跳。

簡淡身子一動，就要坐起來。

「是我……」沈餘之趕緊按住她的手。「別怕，我來看看妳的傷怎麼樣了。嗯，不是看看，是問問。」

此地無銀三百兩！簡淡想起吸毒血那一幕，臉又紅了，吶吶道：「應該沒什麼大礙。」

「那就好。」沈餘之目光灼灼地看著她。「妳又救了我一次。」

「啊？」簡淡愣住。那時她只是想躲，完全沒想過救人的。怎麼辦，要實話實說嗎？說出來好像更尷尬。

簡淡掙扎著坐起來，含糊道：「不過趕巧罷了。再說了，救世子等於救自己，世子不用放在心上。現在是什麼時辰了？」

沈餘之聞言，心花怒放，眉梢、眼角透著喜意。「妳能這麼想，我很高興，但我還是不希望妳這麼做。下次不要這樣了，知道嗎？」

還有下次啊！簡淡更鬱悶了。她不過是掩飾一下而已，但沈餘之明顯誤會了。

她想換個話頭，問問沈餘之好些沒有，就聽外面有人稟報道：「主子，有人摸過來了，大約十五、六個。」

沈餘之冷笑一聲，站了起來。「竟然真的來了，沈餘靖的膽子不小嘛。」

「你這是什麼意思？」簡淡防備地看著沈餘之，這是拿她當誘餌嗎？

沈餘之語塞，連忙解釋。「不是妳想的那樣。睿王府沒有精通解毒的御醫，所以才帶妳進宮，但沈餘靖藉機再下殺手，也在我預料之中。」

簡淡這才鬆了口氣。她可以假裝救人，卻不想被人算計。

沈餘之摸摸她的頭頂，柔聲道：「不怕，我不會讓他們傷害妳。妳待在這裡不要動，不管聽到什麼，都不要出來。」

「那你呢？」簡淡問道。

沈餘之眼裡閃過一絲光。「我出去看看。放心，我會保護好自己。」放下帷幔，又囑咐白瓷。「插上門，看好妳家姑娘。」

白瓷點頭，送他出去，關上了殿門。

一會兒後，簡淡掀開帷幔下了地。

偌大的宮殿只剩下她和白瓷，以及兩個縮在牆角的宮女。

白瓷趴在窗戶旁，從縫隙裡觀察著外面，聽到腳步聲，頭也不回地說：「姑娘還是躺著吧，以免傷口流血。」

「躺累了，起來走走。」簡淡在桌上找到雙節棍，緊緊攥在手裡。

「姑娘，真來人了，世子的人放箭了！對方身手不錯，還帶著盾牌，兩邊打起來了！」

白瓷碎唸著，簡淡也想過去看看，無奈腹中空空，腳上沒力氣，只好在八仙桌旁坐下。

很快，外面傳來慘叫聲，白瓷慘白著臉跑回來，語無倫次地說：「姑娘，殺人了！他們的膽子太大了吧，這裡可是皇宮！」

簡淡瞥了兩個宮女一眼，小聲道：「皇上久不在宮裡。山中無老虎，猴子稱大王。」

「什麼意思？」白瓷不懂。

簡淡閒著也是閒著，小聲解釋了幾句。

前幾年，皇后病逝，泰寧帝年紀大了，不想再立新后，宮裡由淑妃說了算。

淑妃是慶王的生母，是沈餘靖的親祖母。因此，沈餘靖在宮裡行事，占了天時地利人和，比沈餘之更有利。

簡淡這麼一說，白瓷更加緊張，趕緊又去窗邊看了看。「姑娘，蒙面的倒下不少，目前世子人多。」

簡淡點點頭，沈餘之比沈餘靖聰明，有所準備是應該的。

兩名宮女聽到動靜，哆哆嗦嗦地從角落裡出來，也去窗邊瞧瞧。

其中一個邊走邊道：「姊姊，我怕。」

另一個安慰她。「不怕，世子就在外面。他說沒事，肯定沒事。」

簡淡搖搖頭，沈餘之又不是神仙，他還說回家睡覺呢，還不是被人狠狠陰了一把，到現在也沒逃開。

兩個宮女在窗邊看了一會兒，其中一個宮女轉回來，走到簡淡身旁，笑問：「簡三姑娘，要不要喝水？」

簡淡看清她的臉，小眼睛、厚嘴唇，不是她剛才見過的宮女，愣了下。「怎麼換人了？」隨即猛地一踹桌子，後退了兩步，大喊。「白瓷小心！」

白瓷聽到聲響便知出事了，手中的雙節棍一抖，直接對上窗邊的宮女，兩人打成一團。

另一個宮女沒想到簡淡的反應如此之快，吃驚之下，揮著匕首刺過來，嘴裡還道：「簡三姑娘，只要妳讓睿王世子放棄抵抗，我便做主饒妳一命。」

簡淡再退一步，冷笑道：「妳當我是傻子不成？若睿王世子出事，所有知情者都會被滅口。我唯一的活路，就是讓睿王世子活著。」

宮女呵呵怪笑，再開口時，變了一副嗓音。「難怪一向眼高於頂的睿王世子看上妳，果然不簡單呢。」尖銳且帶著一絲沙啞的聲音證明，她其實是他，一個如假包換的死太監。

簡淡謹慎地又退一步，雙手各執一棍，擺好防守的架勢。

「既然妳敬酒不吃吃罰酒，那受死吧！」太監撲過來，一刀刺向簡淡脖頸。

簡淡舉棍相迎，用鎖鍊接住刀尖，抬腿就是一腳。

太監猝不及防，下盤不穩，踉蹌著向後退了好幾步。

簡淡趁勢追上去，不管什麼招式，亂舞一氣，一副雙節棍被她耍得虎虎生風，牢牢將太監壓制住。

另一邊，白瓷已經占了上風，接連兩棍擊中對手肩膀。

宮女被她打得嗷嗷直叫，接連後退，正要與太監會合時，被白瓷一棍打在後腦上，白眼一翻，昏了過去。

白瓷看看簡淡，叫道：「姑娘，您的胳膊又流血了，把他交給我！」

「一起！」簡淡肩膀極疼，心火更旺，莫名其妙地被射傷、中毒，眾目睽睽下被撕壞了衣裳，還被沈餘之……

總之，沒有沈餘靖，就沒有她遭的這些罪，今兒要不打殘一個，難消她心頭之恨！

雖然太監有兩下子，但還比不上白瓷。兩廂夾擊下，左支右絀，顧此失彼，被打得四處亂竄。

「打死他！」白瓷攻勢越來越猛。

簡淡接連打了他好幾棍，火氣消了些，反倒平靜下來，退到一旁，打算看看傷勢。

她側過頭，瞥向肩胛，眼角餘光瞄到窗邊的宮女醒轉，操著刀子朝她的背心刺來，立時踏出弓步，身體一轉，避開宮女，隨後雙節棍狠狠一劈……

啪！宮女的頭頂冒出一大灘血，人軟軟地倒了下去。

簡淡懵了，身子搖晃兩下。「死了？還是……昏過去了？」漂亮的杏眼裡蓄了兩泡晶瑩的淚。「白瓷，妳快來看看，我是不是殺人了？」

殿門不知何時開了，沈餘之進來，一把摀住簡淡的眼睛，摟住她的腰，直接帶她出去。

「不怕，她只是昏過去了。我們走，馬上出宮！」

宮殿的位置極偏，走了半個多時辰，才到西北角的側門。

簡淡從肩輿上下來，又上了馬車，在靠車門的角落坐下，沈默地靠在車廂上。

沈餘之也上來，坐在馬車內側，閉上眼，左手手指嫻熟地翻轉著飛刀。

車裡瀰漫著淡淡血腥味，氣氛壓抑。

白瓷不安地坐在門口，一會兒看看胳膊滲血的簡淡、一會兒看看面色蒼白的沈餘之，心道完了，在宮裡殺人，要是被泰寧帝知道，豈不是殺頭的罪過？不，不單是殺頭，說不定會株連九族。

現在是不是要出城了，世子會帶她們逃到哪兒去呢？她看了看窗外，宮牆下一片昏暗，看不出馬車行進的方向。

如果她走了，哥哥怎麼辦？會不會……

白瓷不敢再想，豆大淚滴滴答滴答落在膝蓋上，很快濕了一大片。

馬車走得跟往常一樣緩慢，抵達睿王府側門時，天已經大亮了。

「主子，到了。」討厭在外面稟道。

沈餘之睜開眼，目光掃過簡淡肩頭，又愧疚地收了回去。「蔣毅說，那兩名宮女死在茅房裡，是我疏忽了。」

簡淡勉強忍住躁意，道：「我也沒注意到，虛驚一場罷了，世子不必放在心上。」

啪！沈餘之一掌擊在車廂上。「什麼叫不必放在心上？因為我，妳受了這麼重的傷，我怎麼可能不放在心上！」

他緊握雙拳，怒視著簡淡，淚水在眼裡打了個轉，順著臉頰流下來。

簡淡見過陰鬱的沈餘之，見過暴躁的沈餘之，還見過雲淡風輕的沈餘之，就是沒見過哭泣的沈餘之，有些不知所措。

「嗚嗚……」白瓷忽然大哭起來。「就你會吼啊？我們在宮裡殺了人，命都要沒了，你還吼?!」

沈餘之懵了。這還是第一次有奴婢這樣頂撞他呢。

簡淡也嚇了一大跳，但護犢的想法立即占了上風，往前湊了湊，把白瓷擋在身後，盯著沈餘之手上的飛刀，結結巴巴地開了口。

「世子，我是關心你，才請你不要放在心上，而且我確實沒什麼大礙。你這麼緊張，對身體很不好，是不是？」

沈餘之的目光從白瓷身上挪開，定定落在簡淡漆黑的雙眼上，似乎在努力分辨她說的是真是假。

簡淡有些心虛，趕緊換了話頭。「世子，我餓了。那兩個宮女說，你吩咐她們煮了粥和燕窩，可我害怕，不敢吃。」說完，肚子很配合地咕嚕咕嚕響了幾聲。

「那兩個是我的人。不過，妳不吃也對。」沈餘之擦了下眼角，也摸摸自己的肚子，臉上出現一絲赧然。「我也餓了。妳沒用午膳跟晚膳，豈不是更餓？」敲了敲車廂吩咐。「討厭去廚房傳話，半個時辰內，我要看到早膳。」

沈餘之交代完，率先下車。「下車吧，妳回去也是冷鍋冷灶，不如用完早膳再回去。」說起回家，簡淡忽然想起一事。「世子跟我家裡說過了嗎？」

沈餘之道：「進宮之前，就派人告訴妳大哥了。」

簡淡鬆了口氣，起身下車。

沈餘之伸出左手，期待地看著簡淡，晨曦照進他的眼裡，如星子一般閃亮。

簡淡躊躇片刻，看看左右，發現除了沈餘之的護衛跟小廝外，別無他人，心想親都親了，還怕拉手嗎？就這樣吧，反正也沒人看見。

溫暖的手落入沁涼掌心，簡淡心裡難得柔軟了一下，道：「世子，我這是小傷，不要緊的。反倒是你，手這麼涼，應該好好調養，好好強身健體才是。」

沈餘之的唇角有了笑意。「妳說得對，就照妳說的辦。」心滿意足地牽著她的手走到備好的肩輿旁。「路遠，我們坐肩輿過去。」

簡淡應好，跟他一起上了肩輿。

第四十八章

廚子動作很快，簡淡換完藥，重新包紮傷口，坐不到一盞茶工夫，早膳便陸續端了上來。

粳米粥、燕窩、雞湯小餛飩、醬菜、雞絲涼麵、銀絲卷、白煮蛋、小籠包，還有各色水果，林林總總擺了一桌。

簡淡又渴又餓，熱騰騰、香噴噴的雞湯小餛飩是首選，其次是肉包子，間或吃點醬菜，再來一碗沈餘之親手端來的解毒湯藥，便十分飽了。

兩人同時放下藥碗。

「時辰差不多了，我送妳回去。」沈餘之起身。

簡淡道：「不用了，這麼近，翻個牆就……」

「主子，王爺來了。」煩人從外面進來，打斷了簡淡的話。

「你小子要不要緊？」睿王走得快，與煩人前後腳進門。

不待沈餘之回答，他先到了簡淡跟前，大手在她右肩膀上輕輕一拍。「哈哈哈，小丫頭好生了得，又救吾兒一命。」

簡淡屈膝行禮。「小女見過王爺。」

「都是自家人，免禮、免禮。」睿王又是一笑。「時候不早，回家去吧，讓餘之送妳。」

「多謝王爺跟世子。」簡淡拗不過專橫霸道的父子倆，與沈餘之乘著肩輿去了花園。

上梯子之前，沈餘之囑咐她。「驚馬的事，只怕有些蹊蹺。妳大伯與慶王府沆瀣一氣，妳和簡老大人務必加倍小心。他們未必敢直接行刺，但飲食上要多留意。」

「好。」簡淡若有所思。「我會注意，世子也要小心。」

沈餘之牽起她的手，拍了拍。「放心，我不會讓妳做寡婦的。」

簡淡一聽到「寡婦」兩字，差點變臉，好像沈餘之沒讓她當過似的，前世她可是當了整整三年呢。

她使勁抽出手。「世子回屋吧，我上去了。」

沈餘之不高興了，又把簡淡的手扯回去，使勁摩挲兩下。「小心些，千萬別再把傷口弄裂了。」

真是小孩子脾氣。

簡淡在心裡嘆口氣，無奈道：「世子，我還得去松香院請安，再不走，就來不及了。」

沈餘之這才鬆開她。「好。得了空，我就去看妳。」

從梯子上下來後，一直心事重重的白瓷，終於有了問問題的機會。

她一改以往大剌剌的樣子，神經兮兮地湊到簡淡耳邊，道：「姑娘，咱們怎麼又回來了，不用逃跑嗎？」

簡淡道：「世子住得偏，只要淑妃和慶王想掩蓋，這件事就不會被發現，不必擔心。」慶王和沈餘之在宮裡都有人，但贏的是沈餘之，其實力顯然更勝一籌。即便需要擔心，也該是沈餘靖煩惱，而不是沈餘之。

白瓷如釋重負，主僕倆鑽小路，飛快回到香草園。

香草園的院門是開著的，兩人一進門，簡思越就從正堂迎出來。

「三妹，妳怎麼樣，要不要緊？」他大概一夜沒睡，眼下有淡淡的黑色，但精神尚可。

「還好。」熟悉的家，溫馨的味道，還有大哥殷殷的問候，簡淡終於完全放鬆下來，鼻頭一酸，差點落淚。

她別開目光，深吸一口氣，把淚意壓回去。「大哥，我沒事，讓你擔心了。」

簡思越沒理會她的虛言矯飾，逕自看向她的左肩。雖然穿著靛青色男裝，仍能看出上面有一大片暗沈的凝結血跡。

「進屋再說。」簡思越的眼神暗了暗，聲音沙啞了兩分。

兩人剛進正堂，簡思敏便從簡淡的臥室裡鑽出來，頂著一腦袋亂髮，顯然剛醒。

「三姊，妳沒事吧。」他跑到簡淡身前，圍著她繞一圈，又問白瓷。「傷得嚴重嗎？」

沒了擔心，白瓷又活潑起來。「姑娘是箭傷，傷口不大，但很深，傷到骨頭，還有些餘毒未清。」提了提手裡的藥包。「御醫說，把這幾帖藥服完就好了。」
「中毒了？什麼毒？」簡思越的臉徹底冷下來。
簡淡對白瓷使眼色，安撫道：「不要緊，養幾天便好，大哥不必擔心。」
然而白瓷並沒有看她，繼續講下去。「御醫說是鶴頂紅。」
嚓！簡思越手裡的茶杯碎了，簡思敏也嚇得目瞪口呆。
報信的人只說簡淡受傷，沒說中毒，而且中的還是鶴頂紅，這是在鬼門關轉了一圈啊！
簡思越額頭上的青筋直跳，咬牙切齒，一個字、一個字道：「沈、餘、之！」
白瓷何曾見過這樣的簡思越，嚇了一跳，悄悄往門口溜幾步，躲出去了。
簡淡見狀，硬著頭皮勸他。「大哥，世子不告訴你實情，也是怕你擔心，別生氣了。」
「哼，我看他不是怕大哥擔心，是怕大哥生氣才對。」簡思敏氣呼呼地在簡淡旁邊坐下，老大不高興。
簡淡瞪他一眼，打發紅釉和藍釉，把事情經過講了一遍，尤其是驚馬那部分。
「……大哥，可以肯定的是，慶王的人不會跟蹤我，這樣的小事，很難傳到對方的耳朵裡，但一模一樣的禍事再次發生，極有可能說明一件事……」
簡思越的臉色沈得嚇人。「妳的意思是，家裡有奸細？還是大伯父他們……」
簡淡道：「我覺得是後者。」
簡思敏驚訝得下巴都要掉了。「大哥，三姊，你們是認真的？」

簡淡反問：「二弟，你覺得這樣的事能拿來開玩笑嗎？」

簡思越也道：「這件事之所以不背著你，是不想你做錯事，說錯話。」

簡思敏哦了聲。「真沒想到，一家人竟然可以鬧到這個地步。」他年紀雖小，卻也知道簡廉只忠於皇帝，簡雲帆用手段把簡潔嫁進慶王府，等同於站隊，另謀出路。

父子倆意見不和，是大舜朝公開的秘密。所以，簡家分家才會成為簡廉和大房劃清界限的有力證明。

簡淡冷笑。「祖父擋了大伯父的雄心壯志，為何不能鬧到這個地步？」

「也是。唉……」簡思敏老氣橫秋地嘆氣。「哥，咱們的父親是白身……」

簡思越打斷他的話。「父親是白身，所以你將來靠祖父，還是靠大伯？」

「祖父。」簡思敏不假思索，撓了撓頭，又問：「那需要我做什麼嗎？」

「說話、做事多在腦子裡轉一圈就成，不該說的，或不知道該不該說的，便一律閉嘴，知道嗎？」簡思越端出長兄風範，語氣頗為嚴厲。「我知道你跟趙三交好，但大姑父與慶王走得密切，有些事……」

「大哥，娘翻車的事，我沒跟趙三表哥說過，你不能冤枉我！」簡思敏跳了起來。

「我沒說是你說的，只是警告你，要是管不好你的嘴，就在交友上仔細些，不要對什麼人都稱兄道弟，亂講義氣。趙三玩心太重，城府太淺，沒有上進心，不值得深交。」

簡思敏反駁不了，垂頭喪氣地坐回去。「我知道了。」

簡淡聽兄弟倆說完，又道：「大哥，十天後就是趙老太太的壽辰了，父親要是不回來，咱們這房的壽禮……罷了，我找三嬸商量吧。」

簡思越一拍腦門。「對啊，我都忘了，這件事還得跟表哥說一聲。往年他們不在京城，倒也罷了，如今人在，該走一趟的。」

簡淡的嫡親大姑母的夫婿是吏部侍郎趙孟春。趙孟春的母親姓崔，是崔氏的堂姑，也是崔家兄弟的堂姑祖母。

簡淡點點頭。「表哥那裡，就由大哥去說吧。」

前世，她也去了這壽宴，除了替簡雅捧捧臭腳，以及傻乎乎附庸風雅一番之外，什麼意外都沒發生。

如今簡雅和崔氏都不在，應該更順利才對。

「大哥，高家姊姊幫了我那麼大的忙，這兩天我讓人送些小禮物過去，順便請她來家裡坐坐。你看看你什麼時候有時間，我再送帖子去。」

簡思越的臉紅了，猶豫片刻，道：「祖父與父親都不在，這件事我們不好擅自做主，等祖父回來再說吧。」

簡淡點頭。「也好。」

簡思越一宿沒睡，仗著年輕，仍舊去上學。

簡淡洗了澡，強撐著去了松香院。

以前簡淡討厭去松香院請安，今天卻很積極。獨自待著有些無聊，稍不留神，思緒就會在殺了一個人的事上來回打轉，太可怕了。

簡家分了家，四房各自為政，儘管簡淡一夜未歸，卻未引起任何人的注意。大家問了安，便聊起趙家的壽宴。往年壽禮都是從公中出，今年分了家，就得各房送各房的。

趙家是京城大族，禮輕了不好看。每房起碼要出三百兩，加起來就得花一千二百兩。所以，馬氏的意思是，還是大家一起送，每房出一百兩銀子，如果哪一房想多送，也可以單獨送。做法雖是小器些，但實惠多了。

簡淡答應，其他三房也同意，痛快給了銀票，把壽禮交由管家採辦。

用過早膳，簡淡有些疲憊，讓紅釉去錦繡閣請假，窩在床上補眠，快中午時才醒。

「姑娘醒啦，四姑娘、五姑娘、六姑娘來看您了。」藍釉帶著一身的油煙味走進來。

「好，我這就出去。」簡淡起了床，趿拉著布鞋出臥室。

簡然看到她，小跑著迎上來，牽住她的手。「三姊，聽說妳病了，好些了嗎？」

簡淡摸摸她的小髮髻。「三姊沒事，就是這兩日睡得不好，有點頭疼。」在主位坐下，看了看簡靜跟簡悠。「廚房做了雞絲涼麵，聽說爽口得很，妳們要不要留下用午飯？」

簡悠撫掌笑了。「好啊，早聽說白瓷手藝好，今兒正好嚐嚐。」

簡靜猶豫片刻，也道：「叨擾三姊了，那我讓人回去告訴母親一聲。」

簡悠看簡靜一眼，眼神有些不善。

簡靜似乎懶得理她，喝了口涼茶，關切地問簡淡。「三姊有心事嗎，怎會睡不好呢？」

簡淡笑笑。「哪有什麼心事，不過是臥房天天進蚊子罷了。」

簡悠托著腮，陰陽怪氣地說：「三姊心善，怎會有心事？只有那種見死不救的人，才會良心不安，睡不好覺。」

簡然同仇敵愾。「就是！」

簡淡驚奇，既然記著仇，這幾個怎麼還湊到一起？

簡靜有些無奈。「五妹，妳太固執了。」說罷，殷殷地看著簡淡。「三姊來評評理，我若會游水，豈會不救她們？我當時不過去，是怕靜嫻郡主連我一起算計。如今我年紀大了，親事還沒訂下來，萬一出現意外，將來就艱難了。三姊，妳說是不是？」

簡然呿了聲，扮個鬼臉。「那三姊就不怕了？四姊張口閉口說親事，羞羞羞！」

簡靜紅了臉，啪嗒的一聲撂下茶杯。

簡淡以為她會惱羞成怒，立刻起身走人。

然而卻沒有。簡靜的身子紋絲不動。

簡淡先是覺得有些意外，但想到上次月牙山賽馬會的事，再想想簡雲帆，就不覺得有什麼了，無非是刺探而已。

她只是不太明白簡雲帆的想法，他們父子之間的矛盾，事關朝政和帝位，跟她這個小小民女八竿子打不著關係，簡靜看著她有何用？

「好啦。」簡淡拉開手邊的抽屜，取出幾個小瓷偶。「都是親姊妹，沒有隔夜仇。四妹一向膽小，五妹跟六妹不要咄咄逼人了。大不了，下次妳們也看著她遭難嘛。

「來來來，過去的事別再提了。這個給妳們，一人分兩個，拿著玩吧。」她把幾個瓷質的小動物放在茶盤上，讓藍釉給她們端過去。

「三姊妳藏私，這好好看啊！」簡然歡呼一聲，飛快從裡面揀走一隻鹿和一隻豬。

簡悠挑了羊和喜鵲登枝，簡靜選的是馬和綠色小青蛙。三人不約而同地揀了自己的生肖和喜歡的小動物。

有些話聊過了，就沒必要再反覆咀嚼。簡悠不是沒眼色的人，再開口時，說的就是趙家的幾個表兄妹。

簡悠笑道：「聽說二表哥前陣子又挨打了。」

簡淡搖了搖頭，二表哥趙鳴成不愛讀書，只愛女人和樂子，是個不折不扣的紈袴。「怎麼，他又欠銀子了？」

「對啊。」簡悠輕輕拍桌。「三姊，妳也知道這件事？」

簡淡抿口茶。「二表哥在京城也算一號人物，我怎能不知道？」

簡靜道：「傳言未必是真的，二表哥不過喜歡玩鬧罷了。」

簡悠撇撇嘴。「四姊，睜眼睛說瞎話可不是什麼好習慣，小心陰溝裡翻船。」

簡靜蹙眉，瞪了簡悠一眼。「五妹，姑娘家說話刻薄，也不是什麼好習慣。雖然二表哥貪玩愛鬧，但對我們這些表妹向來很好，有什麼好吃的、好玩的都會想著我們。看在小時候的面子上，妳不能這麼說他吧。」

簡悠翻了個白眼。「那是對妳們好，可不是對我們。」

大姑母是林氏所出，與繼母生養的簡雲愷、簡雲澤的關係極為一般。

簡靜聽了，把話頭遞給簡淡。「三姊，妳也覺得我說得不對？」

簡淡道：「妳們說得都對，但四妹要知道一點，二表哥雖不錯，但名聲到底差了，小時候關係再好，大家也得保持些距離，妳說是吧？」

簡靜張了張嘴，又閉上了。

白瓷送了雞絲涼麵過來。她做得沒有睿王府的賣相好，但味道夠，而且加了足量辣椒。

簡淡胃口大開，吃了滿滿一盤。

用完午飯，簡淡送走幾個堂妹，從親手做的瓷器中挑出一對葫蘆瓶，用匣子裝了，寫好信，讓白瓷駕車，帶著藍釉送去高家。

雖然陳氏已經送了謝禮，但簡淡還是想表示一下，討好討好未來的嫂子。

上午睡多了覺，下午就睡不著了。簡淡畫好一只戲貓的茶盞後，去梨香院安排晚膳，又順便到後花園走走。

崔曄也在，擺了畫案，正對著荷塘塗塗抹抹。

「大表哥好。咦，怎麼重新畫了？」簡淡屈膝招呼，湊近後，發現他在畫之前她送崔逸的畫作。「不一樣了，還是大表哥畫得好，功底深厚，表妹甘拜下風。」

崔曄擺手。「表妹不要誤會，大表哥重新畫，是因為那幅畫被人撕碎了。」

簡淡聽了，掃了立在不遠處的黃嬷嬷一眼。

黃嬷嬷驚詫地看過來，兩人的目光對個正著，遂尷尬地笑了笑。「三姑娘，那畫絕不是老奴撕的，老奴不知道這件事啊。」

「確實與黃嬷嬷無關，那晚她不在前院。」崔曄解釋一句。「也不是其他下人。此事來得莫名其妙，我便沒有細查，也沒有聲張。」

簡淡了然，心中無奈，卻沒有露出表情。「我的畫技稚嫩，表哥重畫一張也好。」

如果她猜得不錯，這件事應該是沈餘之的人幹的，那廝孩子氣得很。崔曄明年春試，能不招惹，還是不招惹得好。

「七表哥不在嗎？晚上我讓人做幾道加辣的菜送來。」她轉了話頭。

崔曄笑了，清澈漂亮的眼裡生出幾分激賞。「三表妹有心了，我和妳七表哥都喜歡食辣。他正在前院看書，吃飯時就回來。」

簡淡道好，便告辭了。

第四十九章

藍釉和白瓷回來時，帶來了高瑾瑜的信和回禮。

信箋精緻，措詞文雅，字跡娟秀。回禮是兩方繡帕和兩只荷包，繡工精湛，配色講究，好看得讓人愛不釋手。

白瓷把簡淡畫好的瓷胚放在架子上，笑嘻嘻地問：「姑娘，高大姑娘說初十來咱們家，那天大少爺休沐，她是不是來相看大少爺的呀？」

簡淡把帕子和荷包放進妝奩裡。「看來這樁婚事，祖父和高大人已經說好了，高姊姊真是個爽快人呢。」

藍釉點點頭。「高姑娘行事大方，不嬌氣，長得也好看，但是……」

簡淡看向藍釉。這丫鬟沈穩，很少議論旁人，如此說話，定有原因。

藍釉停頓片刻，輕輕咳嗽一聲，道：「高大姑娘這麼好，怎麼會沒訂過親呢？十五歲可是不小了啊。」

簡淡笑了起來。「肯定有原因的，但絕不會不堪，不然就不是做親，而是成仇了。」

簡廉是首輔，一人之下，萬人之上，只要高煦沒得失心瘋，必不敢欺瞞簡家。

藍釉點點頭。

簡淡吩咐白瓷。「出門找妳哥哥，讓他辦兩件事，一是打聽打聽高大姑娘的事，謹慎一些，不要讓人察覺了；二是瀏瀏閣。鋪子一開業，他就是二掌櫃，除了辦好大掌櫃交代他做的事，還要幫我留意市面上的器物行情，就像以前那樣，明白嗎？」

「二掌櫃！」白瓷一跳三尺高，抓住藍釉的手。「哈哈哈哈，太好啦，藍釉妳聽到了嗎？我哥要當二掌櫃啦！」

這瘋丫頭！簡淡笑著搖搖頭，又對藍釉道：「妳弟弟十一歲了吧，讓他跟著青瓷，往來府裡傳信，或在鋪子裡當夥計。」

「謝謝姑娘。」藍釉心花怒放，跪在地上磕了三個響頭。

紅釉拍手。「那可太好了，她弟弟聰明著呢，嘴巴也巧，正適合做這個。」她每個月有一兩多的月銀，弟弟、妹妹還小，哥哥在外院伺候簡廉，一點都不嫉妒白瓷和藍釉。

簡淡出事的第三天下午，簡廉回府了。

簡淡聽說後，去了外書房，簡廉讓她在書案對面坐下。「這幾天的事，祖父都聽說了，妳的傷怎麼樣？」

「已經開始結痂，祖父不用擔心。」簡淡笑著說道。

簡廉搖搖頭，憐惜地看著她。「妳這丫頭啊……嚇壞了吧。」

簡淡眼下發青，臉色也不太好看，顯然休息得不夠，捏住手帕，垂著頭道：「別的倒也罷了，就是總夢到那個死人。」她第一次殺人，總過不去心裡的坎。

簡廉道：「大道理，祖父不想講，安慰不能解決問題。怕是正常的，日子久了，自然而然就能過去。」

簡淡抬頭。「祖父說得是。您放心，孫女心性堅強，很快就會恢復精神的。」

「甚好。」簡廉欣慰頷首。「祖父收到妳父親的信，越哥兒的婚事訂下來了，按妳說的辦，讓他們兩個見見面。」

簡淡道：「祖父，高家姊姊退過婚，聽說對象還是她表兄，您知道這件事嗎？」

青瓷說，高家在一年前退婚，理由是那公子不求上進。因男方家不在京城，所以只能打聽到這些，不知真正的原因。

「哈哈哈……」簡廉笑了起來。「精明的小丫頭。放心吧，祖父派人查過，確實不是不求上進，但婚事的確該退。」說到這裡，撫了撫鬍鬚。「小姑娘家，不用知道這些。」

「那些事都不要緊，反倒是妳，管家說，有人故意造謠，說妳命硬剋親，把這些日子發生的事情串成一串，編了好一通故事，已經傳遍整個京城了。」

簡淡嘿嘿一笑。「這陣子，孫女結了不少仇家，慶王府、睿王妃、衛次輔家的大少爺、長平公主家的二公子，貓貓狗狗一大堆。反正，債多了不愁，蝨子多了不咬吧。」

簡廉哈哈笑出聲。「慶王妃和靜安郡主被慶王攆到莊子去，靜嫻郡主則被睿王親手打了三十棍。聽說衛家和方家的兩個小子，自從賽馬會之後，一直不敢出門。

「妳這丫頭挺能折騰的，但祖父這把老骨頭還管用，只要妳占得住理，祖父就能兜著，不必怕他們。」

至於名聲，壞了就壞了吧，反正有沈餘之墊底。就算沈餘之身體差，娶不了簡淡，他也一樣能保睿王得到那個位置、得到太平盛世。

睿王在，他的首輔位置就在，孫女的婚事不會有礙，何怕之有？

簡淡從簡廉那裡得到準話後，回去便開始精心準備初十的聚會。安排好吃的、玩的，剩下的就是找幾個陪客了。

初九早上，簡淡去錦繡閣上課，打算跟簡靜、簡悠說一聲，請她們明天來香草園玩。

然而，來上課的只有簡靜，負責打掃錦繡閣的丫鬟說，陳氏派人請了假，說簡悠病了，這幾日都不來上課。

簡靜在自己的位置坐下，回頭對簡淡說：「明明早上還好好的，怎麼突然病了呢？」

簡淡道：「下課後，我們去看看吧。」

中午，簡淡跟簡靜去了三房住的菊園。

陳氏許是剛剛哭過，眼睛紅紅的，鼻音很重。

簡雲愷也在，臉上恚怒未消，道：「小悠心情不好，妳們先回去，晚一點再來看她。」

陳氏欲言又止，白著臉低下頭。

簡淡跟簡靜只好乖乖告辭出來。

簡靜道：「三姊，我看不太像病了，而是出事了。」

簡淡問她。「早上妳還看見她們呢，能出什麼事？」

簡靜若有所思。「也是啊。」

下午，陳氏打發身邊的嬤嬤來香草園，請簡淡過去。

這次，不再有人攔她，嬤嬤直接把她送進廂房。

簡悠臥在床榻上，正捧著本閒書發呆，聽到腳步聲，往門口看去，見是簡淡，趕緊用書擋住紅腫的眼睛。

「三姊，妳怎麼來了？」

簡淡提了提手裡的盒子，笑著說：「白瓷做了些好吃的，妳要不要嚐嚐？」

簡悠搖搖頭，慢吞吞地下床，招呼簡淡在貴妃榻上坐下，喚人上了茶水。

簡淡打開食盒，取出炸得酥脆的雞蛋卷，問道：「到底怎麼了？這麼無精打采的。」

簡悠聽了，淚花又冒出來，用帕子按了按眼角。「魯家說，我跟二表哥八字不合，要退婚。我爹已經答應了。」

簡淡愕然。「八字不是早就合過了嗎？」

武成侯魯家是陳氏大姊的婆家，簡悠與魯敬遠是姨表親，婚事是從小訂下的。

簡悠用帕子摀住眼睛，趴在小几上，悶聲悶氣地說：「我爹說，若想保全我的顏面，八字不合是最好的藉口。」

簡淡挑眉，魯家不過是掩耳盜鈴罷了，怎麼就是最好的藉口呢？有些想不明白，上一世魯家退親是因為祖父失勢，三叔出事，這一世好好的，怎麼又退了？

「三叔有沒有說他們為什麼退親？」

「可能跟咱們分家，他又賦閒有關。」

「那三叔去找祖父了嗎？」

「我爹說，祖父繁忙，不必打擾他老人家，而且強扭的瓜不甜，退了便退了吧。」

簡淡點點頭。「退了也好。」

「啊？」簡悠聞言，坐了起來，手帕狠狠在眼睛一揩。「三姊這是何意，莫不是來落井下石的吧？」

簡淡呿了一聲。「我跟妳又沒有仇，落的哪門子井，下的又是哪門子的石？」

她記得，前世魯家退婚之後，很快又與長平公主的三女兒訂親。那時，三房只有大房可靠，大房不可能為了他們的事得罪兩家勛貴，只好默默吃了這個悶虧。

魯家不厚道，不嫁進這樣的人家，才是最好的。

「那妳為什麼這樣說？嗚嗚……」簡悠控制不住了。「從小我就知道長大會跟二表哥成親，這些年不知做了多少手帕跟荷包。如今他說退就退，憑什麼啊，我哪點配不上他？」

簡淡道：「就憑人家不想娶妳，這個理由不夠嗎？」

簡悠拍桌。「三姊，父母之命，媒妁之言……」說到這兒，突然語塞，怔了好一會兒才道：「他不想娶我，那想娶誰？」

「不想娶妳，有兩種可能，一種是想娶別人，另一種是不敢娶妳。」簡淡不敢肯定，魯家雖是勛貴，但無實權，按理說應該不敢得罪祖父，是誰給他們的膽子？

「會不會是睿王妃？」睿王妃出身國公府，夫婿又是睿王，慫恿魯家退婚並不難。

簡悠一下子止了哭聲，哽咽著說：「有可能……」

與此同時，睿王府正院的西廂房裡，睿王妃命人送走女醫，坐在靜嫻郡主的拔步床上。

「母妃，魯家退婚了嗎？」靜嫻郡主趴在床上，疼得齜牙咧嘴。

睿王妃蹙著兩道柳眉，用帕子擦拭她額上的汗。「好啦，已經退了，這回滿意了吧？」

「不滿意。」靜嫻郡主躲了下。「那簡淡呢？」

睿王妃有些為難。「靜嫻，她不是始作俑者，還有妳大哥護著……」

「母妃！」靜嫻郡主尖叫。「他才不是我大哥！

「要不是他，我會挨這頓毒打？母妃，我治不了他，治治那個小賤人總可以吧！您快想想辦法，絕對不能讓她嫁到咱們家來。」

睿王妃有些頭疼。「她救了妳大哥的命，咱們若是動她，只怕妳父王饒不了妳。」

靜嫻郡主氣得一拳砸在枕上。「我不怕。我就不信，父親能為個賤人殺了親生女兒。」

「妳這孩子，生那麼大的氣做什麼？」睿王妃嘆口氣。

如果沈餘之能活到娶妻生子，那她希望世子妃是自己安排的對象，最好是她的娘家人。

於是，睿王妃湊到靜嫻郡主耳邊道：「這事由母妃安排，不要對任何人說，知道嗎？」

靜嫻郡主點點頭。

簡淡從簡悠嘴裡得知她被退婚的消息時，簡廉也知道了。

簡雲愷黑著臉，站在簡廉面前。

簡廉道：「一個半月前，魯家二老爺想謀大理寺左少卿一職，求到我這裡，我沒答應。五丫頭被退親，想來與此有關。這件事，我有責任，但不後悔，你知道為什麼嗎？」

「父親，兒子知道。魯家人心術不正，退婚一事，兒子已經答應了。」

「做得好。」簡廉欣慰地點點頭，指指前面的椅子。「坐吧。」

「國子監有個缺，我替你要到了。明日你去吏部應卯，待日後穩定些，我再幫你籌謀個實缺。」

「是。」簡雲愷的臉色好看許多，眼神中亦有了幾分灼熱。「兒子一定好好做。」

簡廉囑咐他。「分家後，為父不常在府裡，許多事照應不來，你替我多操心些。」

「父親，國子監的差事不忙，您儘管吩咐便是。」

「好，我讓管家把處理不來的事情交給你辦。這樣，你可懂得為父的意思？」
「兒子懂得。」
「嗯，那我就不多說了，只要求你一點，多照顧小淡，那丫頭不容易。」
「是，父親。」簡雲愷恭敬地應下了。

簡雲愷陪著簡廉用完晚膳，回到菊園時，心情徹底由陰轉晴。
「老爺，父親怎麼說？」陳氏見他進來，往前迎了幾步。
「事情已成定局，別的不要再想了。」簡雲愷在羅漢床上坐下，自己斟了杯茶。「妳幫我準備出門的衣裳，明兒我去吏部一趟，過幾天就到國子監當差。」
陳氏彎起唇角。「這倒是個好消息，父親還是疼你的。唉……要是早兩天就好了。」
「娘，早兩天、晚兩天都是一樣的。」簡悠牽著簡然，頂著紅腫的雙眼走進來。「三姊說，退婚之事，可能是靜嫻郡主做的手腳，與祖父和三房的人無關。」
「不要胡說八道。」陳氏斥責她。「靜嫻郡主才多大，就能左右魯家了？」
簡悠回嘴。「靜嫻郡主或許不能，但睿王妃能啊。」
簡雲愷若有所思，想起簡廉與睿王的關係，還是道：「妳能認清事實很好，但沒有證據證明這件事是她們做的之前，只能把話爛在肚子裡。之前的教訓，難道還不夠？」
簡悠縮縮脖子。「爹，那件事，女兒已經知錯了。」

簡雲愷喝了口茶。「妳祖父說，魯家人人品不端，妳不嫁過去也是好事，明白嗎？」

簡悠點點頭。

「妳們好好說話，我去外院了。」簡雲愷放下茶杯，匆匆出了門。

簡悠問陳氏。「娘，我餓了，有沒有吃的？」

陳氏見女兒不再糾結難過，鬆了口氣，笑道：「娘去小廚房看看，妳且等著。」

陳氏出去後，簡然抱住簡悠的胳膊。「五姊，爹不相信妳和三姊呢，妳打算怎麼辦？」

「還能怎麼辦？自己查吧。」

「咱們沒有人手，怎麼查啊？」

「沒有人手也得查，這件事不能就這麼過了。若真是靜嫻郡主害我，她必定還會害三姊。吃完飯，我就去香草園。」

另一邊，簡淡離開菊園後，又去梨香院轉轉，才帶著飯菜回了香草園。

用過晚飯，簡淡睏了，癱在躺椅上眯一會兒。

藍釉知道她最近睡不好，鋪了床，勸道：「姑娘，椅子不舒服，還是到床上睡吧。」

「嗯。」簡淡打個哈欠，起來去淨房漱洗一番，上床睡了。

不知過了多久，簡淡恍惚覺得帷幔裡進了蚊子，臉上癢癢的，不由拍了一巴掌。

啪！一聲脆響，然而臉上卻沒有想像得疼。

簡淡睜開眼，一雙熟悉的桃花眼陡然出現在眼前，離她不到一個拳頭，讓她嚇了一大跳。

「啊，唔……」她的驚叫聲被柔軟的吻堵在喉嚨間。

簡淡氣得眼冒金星，想推開沈餘之，但略一用力，左肩便痛起來，只好放棄，把頭一別，企圖閃躲。

沈餘之正在得趣，豈會輕易放手，立刻又貼上來。

「喂……」簡淡嘴巴一張，沈餘之的舌便纏上她，嚇得她魂飛魄散，身子突然有了力氣，一腳抵住沈餘之的大腿，就要踹他。

「白瓷開門，是我。」簡悠的聲音忽然清晰地從院門外傳進來。

簡淡呼吸一滯，心道完了，這回死定了。

沈餘之輕笑一聲，捧著她的臉，在她耳邊說：「別動，千萬不要動哦。」

簡淡勉力壓低聲音，罵道：「混帳，快鬆開我！」剛醒的聲音沙啞嬌軟，極為誘人。

「就不鬆。」沈餘之抬手，將幔帳放下來，在她身邊躺好，笑咪咪地朝她臉上吹口氣。

「怕什麼，早晚妳都會嫁給我的。」

簡淡又惱又怒，心裡還有種說不清、道不明的悸動，但院子裡的說話聲打斷她的思緒。

「五姑娘，我家姑娘去花園了，不然您明兒再來？」

簡悠沒理白瓷，逕自進門。「我有要緊事，妳馬上去花園把三姊叫回來。」

老天爺啊，她不會闖進房裡吧?!

簡淡有些發懵，粉嫩晶瑩的唇瓣微微張著，像顆熟透的大櫻桃。

沈餘之還是頭一次看到這樣可愛的簡淡，時機又如此成熟，怎肯再忍，頭一低，唇又覆了上去……

簡淡想動又不敢動，只好生受了。

藍釉見白瓷攔不住人，從耳房趕過來。「五姑娘，我家姑娘說梨香院沒人，回來時順便去看看，不如奴婢陪五姑娘去吧。」

簡悠道：「這樣啊……那也好，咱們走吧。」

門響了兩聲，院子裡重新安靜下來。

等兩人走遠，白瓷敲了敲房間的門，試探著道：「如果姑娘醒了，趕緊去梨香院吧。」

簡淡連忙應好。

第五十章

沈餘之從床上坐起來，笑咪咪地看著氣急敗壞、劍拔弩張的簡淡。

「怎麼，想動手？動手也改變不了妳又被我親的事實。別害羞，多親兩次就習慣了。」

簡淡高高舉起的手抖了抖，兩腿一蹬就撲過來。「登徒子，我跟你拚了！」

沈餘之早有準備，跳下床，拉上帷幔，把簡淡攔在裡面。

「那麼衝動幹什麼，小心傷口。」他隔著帷幔抱住簡淡，蹭了蹭簡淡的臉。「情不知所起，一往而深，生者可以死，死可以生。

「小笨蛋，我喜歡妳，已經整整四年了。」

四年？簡淡停止掙扎。他在十二歲時遇過十歲的她？可那時她長居林家，極少回來，還不認識他啊！

「你喜歡的是簡雅吧？」

沈餘之道：「我是病秧子，但我不喜歡病秧子。」

「你不是還為她搭了座高臺？」

沈餘之撥開帷幔，露出簡淡的臉，在她光潔的額頭上親一下。「她該慶幸跟妳長了張同樣的臉，不然本世子連個眼風都懶得給她。」

「可……」簡淡心裡有事，居然沒反應過來。

沈餘之心中歡喜，殷勤地替她取來鞋子。「可什麼？」

「沒什麼。」簡淡搖搖頭，沈餘之不喜歡「癆病」和「死」這些字眼。再說了，上輩子的事，現在也不適合拿出來問。

現在的沈餘之身體康健，且真心喜歡著她，沒必要執著於前世了，凡事往前看吧。

簡淡穿上鞋，瞧見沈餘之臉上淡淡的巴掌印，很想再搧一下，攥了攥拳頭，又放開了。

「你先回去，我要去找五妹，問問她找我有什麼事。」

沈餘之摸摸她的頭頂。「好。這幾日有人在京裡造妳的謠，或許是不想看到我娶妳。如今妳知道我的心意了，不要再胡思亂想。」

簡淡委屈地哼了聲。她根本不想嫁給他，胡思亂想個屁。

不過，如果她一定要嫁，能確定他不喜歡簡雅，也是一件好事吧……又搖了搖頭，罷了，不想了，打又不敢打，罵又罵不得，這廝就是個冤家。

她牽著沈餘之的袖子，走到妝檯前。「你坐下，我幫你梳梳頭。」如果就這麼讓他出去，她的名聲才是真的壞透了。

沈餘之這才瞧見自己的一頭亂髮，有些不好意思，但想起簡淡要親自幫他梳，又美滋滋地笑了起來，眼波似水，笑靨如花。

簡淡瞧見，拿著木梳呆愣好一會兒，才穩下狂亂的心跳，一下一下梳了起來。

梳好了頭，沈餘之才心滿意足地踏著梯子回睿王府。

彎月如眉，後花園裡涼風習習，花草搖曳，夏蟲嗡鳴。

沈餘之道：「先不忙著回去，我再走兩圈。」

蔣毅跟討厭對視一下，蔣毅開口問道：「主子心情不錯？」

「還行。」

討厭看看周圍，湊過去，小聲問：「主子，是不是親到了？」

沈餘之摸了摸剛梳好的髮髻。「不告訴你。」

不說，那就是親到了。蔣毅和討厭猥瑣地笑了起來。

蔣毅道：「主子應該好好鍛鍊鍛鍊身體了。」

沈餘之的耳尖紅了。雖然還沒成為真正的男人，但深知，想成為一個真正的好男人，必須有一副真正好的身體。

「蔣護衛，明天派人去查查，是誰想弄臭簡三姑娘的名聲？是簡雲帆，還是王妃？

「聽說王妃想讓她娘家姪女嫁進來，討厭去找兩個人，把那位的名聲也弄臭，省得她總覥著臉在父王耳邊磨牙。」

討厭問道：「那簡大人那邊呢？」

「先查簡雲帆，有情況及時稟報。至於怎麼做，等我跟簡老大人商議了再說。」

另一邊，從梨香院回來的路上，簡淡想了許多。

進屋後，她提筆寫信，洋洋灑灑數百字，充分表達了喜歡一個人就要尊重一個人的道理，讓白瓷連夜送去致遠閣。

兩刻鐘後，白瓷回來，交給簡淡一封回信和一罐貢茶。

簡淡拆開信，就著燭火看，上面只寫了幾句話。

小笨蛋，只要男人真心喜愛一個人，那麼，所謂的發乎情、止乎禮大多是騙人的，至少我很難做到。

行書字跡飄逸，字與字之間的間隔也適當，比以前好看不少，顯然下過工夫了。

很難做到？那就是他不想做到了，以喜愛為名，行齷齪之事。

簡淡氣得七竅生煙，將信撕得粉碎，一把火燒了，來回踱步十幾次，才平靜下來。

她坐到貴妃榻上，喝了碗熱羊奶，問白瓷。「妳見到他本人了嗎？」

「見到了。」白瓷從懷裡拿出三只荷包，小心翼翼地說：「姑娘，這是世子親手給奴婢的，藍釉和紅釉也有。」

簡淡心裡又是一惱，居然還想收買她的丫鬟，沈餘之也太過分了吧！

「要不……」白瓷覷著她的表情。「奴婢馬上還回去？」

簡淡嘆氣。「算了，都收著吧。」還回去又能怎樣？她們這種身分，在沈餘之眼裡，與草芥毫無差別。收了賞賜，他還能給個面子情；若是不收，只怕立時就惱了。

白瓷應下，把自己的那份塞進袖袋，各扔一只給紅釉跟藍釉。

藍釉打開荷包，發現裡面是張五十兩的銀票，頓時嚇了一跳。「姑娘，這也太多了些，世子到底想做什麼？」

她說完，忽然會意，面色一變，膝蓋一彎便跪了下去。「姑娘，世子總這樣隨意進出香草園，不是辦法，一旦被人看見，姑娘跳進護城河也洗不清了，奴婢懇請姑娘三思。」

白瓷怔了片刻，挨著藍釉，也面紅耳赤地跪下。

簡淡苦笑。「若非如此，我為何要連夜寫那封信？」看向藍釉。「於此，妳們有什麼好辦法嗎？如果有且奏效，賞紋銀五百兩。」

藍釉想了片刻，垂下頭。「奴婢沒有，是奴婢欠思慮，請姑娘恕罪。」

白瓷眨眨眼，拉著藍釉、紅釉站起來。「藍釉當然不會多想了。咱們姑娘聰明著呢，要是真有辦法，何至於被世子吃得死死的？」

什麼叫吃得死死的？真難聽！

簡淡不由用手背擦了擦嘴唇，問白瓷。「他看完信後，表情如何？」

白瓷道：「世子除了會跟姑娘有說有笑，對旁人都是一樣的，奴婢沒看出什麼變化。」

「那他還說了什麼嗎？」

白瓷低下頭，臉上生出兩分心虛。「奴婢正要跟姑娘說呢，世子……要三套跟大少爺一樣的衣裳。」

「還有嗎？」

「還要一幅畫著他的畫，還……」

「還有?!」

白瓷點點頭。「世子還說，奴婢的廚藝不錯，日後會常常過來。」

啪！簡淡一拍小几。

她這是搬起石頭砸自己的腳，那廝非但不想改，還變本加厲！十歲的時候，她都幹什麼去了，怎麼就招惹上這傢伙呢？

他喜歡她哪裡，她改不行嗎？真是冤家！

屋子裡靜悄悄的，夜風吹進來，把蠟燭的火苗吹得東倒西歪，燭花啪啪爆了兩聲，騰起一股黑煙。

藍釉取來小剪子，剪掉一段燭心，柔聲勸道：「姑娘，依奴婢看，既然世子提了這些條件，便表示他有改正的意思吧。」

對呀！不然他何必提這些？簡淡精神一振。

「妳說得有道理。白瓷，明天妳回來時去布坊一趟，讓她們送些布來。做衣裳我不在行，藍釉和紅釉多辛苦些。」

藍釉笑道：「是，奴婢定當盡心盡力。」

簡淡心裡釋然，唇角上勾起一絲笑意。只要沈餘之肯改，就表示他不是無可救藥吧。

如果拋開前世的先入為主，沈餘之或許沒那麼差勁。他出身高貴，長相英俊，頭腦聰慧。最重要的是，他喜歡的不是簡雅，而是她。

儘管簡淡不願意承認，但心裡清楚，沈餘之的表白和醋意，還是讓她鬆了一口氣，虛榮心也得到極大的滿足。

這一夜，簡淡睡得不錯，直到天光大亮才起床。

漱洗請安後，她安排好兄弟們的早膳，又把梨香院裡裡外外檢查一遍，去花園裡剪了些鮮花。

她帶著花回香草園，準備插瓶時，簡悠跟簡然也來了。

簡悠一進門就問：「三姊，妳的人去了沒有？」

簡淡放下剪子，笑道：「去了，妳放心。」

簡悠奶娘的兒子在門房當差，很熟悉睿王府的車輛及有頭有臉的管事、管事嬤嬤。青瓷與他守在街口，只要睿王妃的人出去，他倆便跟上。雖說不見得奏效，但總歸不再是坐以待斃。

白瓷則和簡悠的奶娘去守著魯家大門，因為簡悠的奶娘見過魯敬遠。

簡淡想看看，魯敬遠跟長平公主的女兒是不是早有私情，不然，前世揹上背信棄義、見風使舵名聲的他，怎會那麼快和長平公主的女兒成親？畢竟長平公主的女兒不愁嫁啊！

「那就好。」簡悠在她旁邊坐下。「一定要查清楚，不然這口惡氣我嚥不下。」

簡淡笑著搖搖頭，還是太年輕了，人生除死無大事，不過退婚而已，有什麼大不了的？前世她為了沖喜，還嫁了個癆病鬼呢。

「好了，若真是她幹的，妳該感謝人家才對。」

「三姑娘，四姑娘來了。」一個丫鬟進來稟道。

簡淡道：「快快請進。」看看更漏，指指條案上的鮮花。「五妹，妳幫我插花。」

簡悠道：「好啊，我就喜歡這個活計。」

「什麼活兒，要不要我幫忙？」簡靜走進來。

「我幫五姊，四姊待著就行。」簡然替簡悠拒絕了。

簡淡起身。「四妹，妳跟五妹、六妹玩，我去前面迎迎高姊姊。」

簡靜笑道：「我陪三姊一起去吧。」

簡淡點點頭，姊妹倆去了二門。

剛到垂花門，就見門房的管事婆子引著高瑾瑜姊妹走過來。

高瑾瑜穿了件豆綠色雲錦素面褙子，領口、袖口繡著菊紋，下面配乳白青蔥兩色百褶如意裙。插戴的髮飾也不多，但件件雅致，與這身衣裙相配。

不過，比起穿著石榴紅衣裳、打扮華麗的高錦秋來說，高瑾瑜顯得過於樸素了。

這是什麼意思，難道是她的壞名聲連累了大哥？

簡淡心裡琢磨著，臉上笑容不變。「高姊姊，錦秋妹妹，妳們總算來了。」

高瑾瑜快走兩步，淺淺地抓住簡淡的手，笑道：「早就想來拜訪，只是一直不得空。簡三妹妹可好？」

「都好。高姊姊，錦秋妹妹，這是我四妹，只比我小幾個月，應該比錦秋妹妹大些。」

「簡三姊姊好，簡四姊姊好。」高錦秋上前福身。

簡淡還了半禮。「走吧，咱們去裡面說話。祖母聽說妳們要來，派人來問好幾回了呢。」

高瑾瑜臉上染了一抹紅霞。「我們是晚輩，倒是攪擾她老人家了。」

簡淡見狀，心裡鬆快不少，挽住她的胳膊，笑咪咪地說：「攪擾什麼，祖母最喜歡跟小輩們說話聊天了，說這樣能年輕好幾歲呢。」

一行人去了松香院，三個太太都在，只缺崔氏一人。

小馬氏上前，熱情地抓住高錦秋的手。「這就是高大姑娘吧，小姑娘長得可真俊。」

高家姊妹身高相仿，高錦秋打扮成熟，長相也比高瑾瑜明豔，容易引人注目。高瑾瑜則含蓄許多，卻比高錦秋耐看，屬於越看越好看的美人。

簡淡趕緊解圍。「四嬸嬸，那是錦秋妹妹，這位才是高姊姊。」

馬氏朝高瑾瑜招招手，笑著說：「好孩子，快過來坐，妳這位四嬸嬸就是個粗心的人，咱們別理她。」

小馬氏訕訕地鬆開高錦秋的手，打了個哈哈。「妳們姊妹長得可真像，快快請坐。」

高瑾瑜尷尬地笑了笑。「我和妹妹年紀相近，總有人認錯我們。」朝身邊的嬤嬤頷首。「母親讓我帶些禮物給老夫人，略表寸心，不成敬意。」

那嬤嬤把兩只錦盒交給馬氏身邊的管事嬤嬤，看樣子應該是老參之類的藥材。

馬氏笑道：「勞妳母親惦記著，回去後可要替我謝謝她。」

平日她不管大房、二房的事，但簡思越的親事是簡廉頭等在意的大事，她不敢不盡心，拉著高瑾瑜聊了好一會兒，又送了姊妹倆每人一支金簪，才放她們去梨香院玩。

幾個姑娘在梨香院笑鬧一陣，喝兩盞茶，用幾塊點心，便去了後花園。

剛進園子，簡淡就聽到不遠處傳來女子嬌滴滴的說話聲。

「大表哥，你要畫畫嗎？聽說二表姊擅長畫畫，她是不是跟你學的呀？我也想學。」

一個熟悉的男聲回道：「二表妹此言差矣，妳二表姊是跟妳二舅舅學的，我的畫技只比妳二表弟強些，若妳想學，該找妳二舅舅才是。」

居然是牛皮糖表妹趙瑩瑩和自家大哥！簡淡心裡一慌，立刻朝高瑾瑜看去。

高瑾瑜也朝簡淡看過來。

簡淡收拾慌張的心情，揚聲道：「大哥，你在花園嗎？」

「三妹？」小徑的轉彎處傳來急促的腳步聲，簡思越從一簇茂密的丁香花樹後繞出來。他身材頎長，膚色白皙，穿著寶藍色圓領袍，襯得面如冠玉，眼若晨星。

簡思越身後跟著穿著粉色衣裙的少女，見到簡淡等人，歡呼一聲，蹦蹦跳跳地過來。

「二表姊，四表姊，五表姊，我來找妳們玩了。」

「喲，是瑩瑩啊，什麼風把妳吹來了？」簡靜笑著迎上去。對吏部侍郎的嫡次女，她一向熱情有加。

趙瑩瑩羞澀地瞥簡思越一眼。「當然是夏日的熏風啦。」

簡思越眼裡閃過一絲狐疑，腳下不停，逕自越過兩人，在簡淡面前站定，目光掠過高瑾瑜姊妹，淺笑著說：「三妹，妳有客人啊，大哥好像來得不是時候。」

「不要緊。」簡淡拉著高瑾瑜，道：「大哥，我幫你介紹一下，這位是高姊姊，上次五妹跟六妹落水，就是她幫了我們大忙。」

簡思越長揖一禮。「在下簡思越，多謝高大姑娘施以援手。」眼神清朗專注，唇邊勾起的笑真誠且燦爛。

簡淡用眼角餘光瞄著高瑾瑜，見她表情自然，但眼裡流露出的喜色極為明顯，一顆懸著的心落回了肚子裡。

高瑾瑜斂衽還禮，臉頰上飛起一道嫣紅。「簡大公子客氣了，舉手之勞罷了，任誰都不會袖手旁觀。」

說完，她略略側頭，牽過高錦秋。「簡大公子，這是我二妹。」

「簡大公子好。」高錦秋上前，甜甜地叫了一聲。

簡思越點點頭，對簡淡道：「荷塘的景色正好，妳陪高大姑娘和高二姑娘走走，大哥替妳們買了幾樣小零嘴，等下讓人送到亭子裡去。」

簡淡笑了起來，這表示簡思越非常滿意高瑾瑜吧。「謝謝大哥。大哥不畫畫了嗎？我回來這麼久，還沒見過大哥的畫呢。」

「不了，妳們玩，大哥……」

「大哥不能走，我也要跟大哥學畫畫。」簡思敏也從園子裡跑出來，目光往高家姊妹臉上一掃，促狹地笑了起來。

簡思越正要喝斥簡思敏，趙瑩瑩忽然上前兩步，牽住他的袖子。「大表哥，我想要你教我畫畫。」

簡思越蹙起眉頭，毫不客氣地把袖子扯出來。「二表妹……」

趙瑩瑩不想聽到拒絕的話，順勢抱住簡淡的胳膊。「二表姊，妳幫我跟大表哥說嘛。」

簡淡道：「二表妹，不好意思，我是妳三表姊。」

「三表姊？」趙瑩瑩一怔，隨即鬆開簡淡。「那二表姊和二舅母呢，她們不在家嗎？」

「她們回我外祖家了。」

趙瑩瑩不由看了簡靜一眼。「不是說……」

簡靜趕忙打斷她。「二表妹，大哥還有事，妳跟我們一起玩吧。」

「我不要。」趙瑩瑩從小就喜歡簡思越，怎肯輕易放手。

高瑾瑜忽然道：「高大公子喜歡畫畫嗎，我也很喜歡，不如大家切磋切磋？」

簡思越點頭。「那……恭敬不如從命。」

簡思越的轉變太過明顯，趙瑩瑩頓覺威脅，看向高瑾瑜的眼裡帶了一絲敵意。「這位姊姊是……」

簡淡把簡思敏、趙瑩瑩，以及高家姊妹重新介紹一遍。

見過禮，趙瑩瑩沒再說什麼，一群人浩浩蕩蕩去了荷塘。

第五十一章

一路上，趙瑩瑩拚命想往簡思越身邊湊，都被簡思敏擋住了。

簡思敏在家人面前是個乖寶寶，在同齡的表姊妹眼中卻是個無法無天的傢伙。

趙瑩瑩雖然生氣，卻無可奈何。

到荷塘時，丫鬟們已經準備好點心茶水，也擺好了畫具。

趙瑩瑩想站到簡思越身邊看著他畫，卻被簡淡死死按在另一副畫具前。

簡淡笑著說：「二表妹，既然要學，總得讓大哥看看妳的功底吧，因材施教，才能有所進步呀。」

趙瑩瑩學畫是假，想纏著簡思越才是真，張口便要拒絕。「我……」

「我什麼我，妳是不是根本就不會畫？」簡思敏把手裡的雙節棍甩得嗡嗡響。「我記得從來沒見妳畫過畫。」

趙瑩瑩噘著嘴。「誰不會畫了？你別小看人。」

簡思敏道：「那妳畫呀。」

簡淡見簡思敏擋住了趙瑩瑩，悄悄走到一旁，在藍釉耳畔吩咐幾句。

藍釉心領神會，叫上簡悠的丫鬟，陪著趙瑩瑩和高瑾瑜姊妹的丫鬟、婆子，到另一邊坐著休息了。

沒有趙瑩瑩搗亂，簡思越的荷花圖畫得很順利。他自幼隨簡廉讀書，畫技比不上簡雅和簡淡，只比高瑾瑜強一點點。

放下毛筆後，他自嘲地對高瑾瑜說：「父親的才能都給兩位妹妹了，在下不才，著實獻醜了。」

高瑾瑜瞧瞧他的，又瞧瞧自己的，自謙道：「我的畫還不如簡大公子的呢。看來，畫個花樣子還勉強可以，若當真作畫，便捉襟見肘了。」

「高大姑娘過謙了。」簡思越笑道。

趙瑩瑩湊過來，看了看兩人的畫，白眼都要翻到天上去。「什麼叫過謙了，本來就很一般嘛。」

簡思敏冷哼一聲，把她的畫拿起來。「二表姊，人家的畫好歹還能看出是荷花，我看妳這個啊，就是一坨狗屎！」

「你……大表哥，他欺負我，嗚嗚……」趙瑩瑩大哭起來，兩手揉著眼睛，眉黛和脂粉被淚水、汗水糊成一團團的黑，原本還算可愛的臉，瞬間變得面目可憎。

簡思越給了簡思敏一記栗暴。「還不道歉？」

簡思敏不服氣。「大哥，她畫得本來就不好嘛。算了、算了，道歉就道歉，噗哧……」看向趙瑩瑩，冷不丁笑出聲。

簡思越見趙瑩瑩的形容實在慘不忍睹，不再逼著簡思敏道歉，吩咐簡靜。「四妹，妳帶二表妹回去梳洗。」

交代完，他又對高瑾瑜說：「舍弟不懂事，讓高大姑娘見笑了。」

高瑾瑜用團扇擋住臉上的笑意，福了福身。「簡大公子說的是哪裡話，簡二公子年少活潑，年紀與舍弟相仿，看到他就跟看到舍弟一樣。」

簡思越頷首。「多謝高大姑娘善解人意。」

幾人相談甚歡，高瑾瑜在簡家用了午飯，又在香草園待了半個多時辰，未時末才回去。

高家姊妹到家後，高太太打發了高錦秋，拉著高瑾瑜進臥房。

母女倆在羅漢床上相對而坐，高太太問道：「瑾瑜，妳跟娘說，簡思越看起來如何？」

高瑾瑜臉頰微燙，垂下眼眸。「嗯，就跟打聽到的差不多吧。」

「那……他有沒有注意錦秋？」

「沒有。他不像那樣的人。」

「知人知面不知心，娘當初也覺得妳爹不是那樣的人呢，還不是納了小妾，生了錦秋？」

「娘還是不希望妳嫁到簡家。如今簡家分家，二房最弱，簡思越的兩個雙胞胎妹妹都不是省油的燈，名聲一個賽一個差，這說明崔氏的人品也有不妥之處。今兒娘聽說趙家的姑娘早相中簡思越了，還書香門第呢，不過如此。」

「娘！」高瑾瑜有些不高興了，解釋道：「事實沒您想的那麼不堪，謠言止於智者，簡大公子跟簡三姑娘都是不錯的人。至於簡二太太，雖然可能不好相處，但簡大公子沒有因為她而對簡三姑娘不好，便說明他是個有主見的人。不瞞您說，女兒覺得這門婚事利大於弊，想聽從爹的安排。」

簡思越生得俊秀，行事進退有度，對弟妹關愛有加，十六歲考中秀才，而且簡家有年過四十無子才可納妾的規矩，她想不到京城還有那個少年比他更適合當她的丈夫。

「不成。」高太太依然搖頭。「趙家的二姑娘……」

「娘，簡家二房沒人在意那位二表姑娘，只有您在意了。」

在高瑾瑜看來，趙瑩瑩不過是沒什麼心眼，被人當槍使的傻子罷了，根本不值得一提。

另一邊，簡淡跟簡思越正在香草園裡下棋。

「不玩了，又是你贏，沒意思。」簡淡翻亂了棋盤，起身給簡思越倒杯水。「大哥，大伯父這是什麼意思？」

藍釉從趙瑩瑩身邊的嬤嬤嘴裡打聽到，大伯母身邊的宋嬤嬤昨天去過趙家。今天趙瑩瑩來得如此之巧，只怕宋嬤嬤功不可沒。

簡思越把棋子一粒一粒撿到盒子裡，玉做的棋子互相敲擊，發出清脆好聽的聲音。

「一是幫趙家，二是高煦與衛次輔有過節。」說到這裡，他無奈地搖搖頭。「大伯父倒是好算計，雖說手段低劣，但咱們家現在處於多事之秋，高大姑娘心中定然躊躇不定，二表妹來攪和一番，可能會攪黃這門親事。」

簡淡笑了起來。「我覺得不會，高姊姊對大哥還是很滿意的。」

「何以見得？」簡思越紅了臉，還是問出口。

簡淡很欣慰，她真怕大哥成為簡雲豐那樣的人，動不動就是規矩，動不動就是書香門第的臉面，酸腐無趣，煩都煩死了。

「大哥當局者迷，高姊姊若是不滿意，就不會跟大哥一起畫畫，更不會在用完午膳後，還到香草園坐了那麼久。要知道，我的名聲可是壞到極點了。」

簡思越表情一滯，當下也不糾結高瑾瑜的事了，勸道：「三妹，那些都是虛名，不必掛懷，知道嗎？」

簡淡正要回話，就聽見屋外傳來了急匆匆的腳步聲。

白瓷人未到，聲先至。「姑娘，我回來了，妳猜魯二公子出去見誰了？」語氣興奮異常，這說明她打聽到消息了，而且是有關男女的。

簡淡覺得自己可能猜對了，如果魯敬遠真和長平公主的女兒有私，那他肯定會立刻把退婚的好消息告訴她。所以，魯敬遠見的應該是方家三姑娘。

「是誰？」

白瓷道：「是方乃杰和他的三姊。」

簡思越手上頓了頓，抬頭看簡淡。「五妹不甘心？」
簡淡點頭。「是啊，想查查魯家退親的真正原因。」
簡思越繼續收拾棋子。「吃了這麼大的虧，不做點什麼，的確太窩囊了些。」
簡淡道：「大哥贊成？」
簡思越笑了笑。「他們欺負咱們，不能反擊嗎？大哥有個法子，很簡單也很有效，妳們要不要試試？」
簡淡沒想到，一向端方的簡思越，竟然也有好鬥、狡猾的時候。
「當然！」她痛快地應下來。

轉眼到了趙家的壽宴。雖然簡淡受傷，但傷勢不算重，且無法宣之於口，須如常赴宴。大姑母簡氏對簡家幾個姑娘不算熱情，卻也不冷淡，態度拿捏得恰如其分。
趙瑩瑩沒有其母的道行，始終強顏歡笑，要不是有簡靜在，簡淡覺得，說不到三句話，她們就會吵起來。
大家勉強聊一會兒，簡淡便找藉口躲開了。
由於她和簡雅的名聲都不太好，除了表面工夫的寒暄問好之外，幾乎無人與她交談。
簡淡樂得清閒，獨自去了花園，坐在一處假山下的陰影裡，指指對面的大石頭，對藍釉說：「妳也坐一會兒，筵席還沒開始，且有妳站著的時候呢。」

這裡隱蔽，外面有大叢灌木擋著，只要不出聲，外面的人絕對看不見坐在裡面的人。
簡淡忽然噓了聲，打手勢示意她坐下。
「不用了，奴婢……」
藍釉會意，不敢造次，趕緊坐了。
「欸，聽說首輔家那位命硬的三姑娘也來了，妳看到人了嗎？」
「看見了，跟簡二姑娘長得一模一樣，只有氣質差一點。」
「這也能看出來？」
「一個在商家長大，一個在首輔府長大，能一樣嗎？」
簡淡摸摸自己的臉，在首輔府長大應該是什麼氣質呢，動不動淚光點點，嬌喘吁吁嗎？
「哪有那麼誇張啊。不說這個，妳聽說方家三姑娘的事了吧。」
「嗯，剛才有看到她，高高興興地到處應酬，還不知道事情已經傳遍，真是可憐。」
「知道了也不妨礙人家出來，越是心虛，越得出來露臉，方顯得問心無愧嘛。這回魯家搬起石頭砸自己的腳了，事關皇家顏面，就算彼此有心，只怕也不成了吧。」
「可不是。要我說，也別總說什麼商戶、貴女的，名聲這東西靠的不是身分，是如何做人，他們就是最好的例子。」
啪啪啪，簡淡拍著手走出來，笑道：「聽了兩位姊姊的肺腑之言，簡淡有勝讀十年書之感，敢問兩位姊姊高姓大名？」

「啊？」兩個姑娘被突如其來的說話聲嚇了一跳，轉過身，見到簡淡，頓時面無人色。其中一個結結巴巴地說：「那邊正有人等著我們呢，告辭了。」

藍釉兩臂一伸，擋住她們。「兩位姑娘別忙著走，我家姑娘還有話要說。」

簡淡從荷包裡取出兩只瓷做的小掛件，在手裡晃了晃。「我喜歡製瓷，在梧桐大街上開了家瓷器鋪子，七月十八開張，兩位姊姊若有想買的，可以去看看，憑此掛件，可以少算兩成的錢哦。」

說著，簡淡拉過她們的手，各塞了一只。「有錢捧個錢場，沒錢就捧個人場嘛。」

兩個姑娘點頭如搗蒜，慌慌張張地跑了。

簡淡笑著搖搖頭，明白了簡思越的算計。「原來是吏部郎中家的姑娘，看來她們要過一段不安的日子了。」

藍釉深以為然，得罪首輔的親孫女，可不是明智之舉。

簡淡用絹扇遮住日光。「時辰差不多，咱們再不走，好戲無法開場。」

藍釉擔憂地說：「姑娘，會不會太冒險？」

簡淡捏捏袖子裡的小刀。「不要緊，白瓷跟青瓷很機靈的。」

三天前，簡廉正式拒絕了趙家聯姻的要求，埋伏在巷口的青瓷隨即發現，王氏身邊的宋嬤嬤接連出門，跟了上去，發現宋嬤嬤去的是趙家。

這不得不讓簡淡有所警覺，吩咐青瓷潛進趙家，在趙簡氏嘴裡聽到了一場長輩聯手設計晚輩的齷齪大戲。

她要是不好好配合一下，怎麼對得起青瓷接連幾日的蹲守呢？

簡淡剛進花廳，簡靜和趙瑩瑩便迎上來。

簡靜親熱地挽住簡淡的手臂。「三姊去哪裡了？我和瑩瑩找妳好一會兒呢。」

簡淡道：「去花園轉了轉。妳們找我有事嗎？」

簡靜拉著簡淡往外走。「大表哥遊學回來，帶了不少西洋的玩意兒，我們去瞧瞧。」

見兩人帶著她往花園深處去，簡淡奇道：「我們不該去外院嗎，怎麼反其道而行？」

趙瑩瑩翻了個白眼。「三表姊真笨，外院那麼多男客，咱們女眷怎麼進得去？大哥已經讓人把東西送來，我們在花園裡等著就行。」

簡淡哦了聲，順從地跟著趙瑩瑩穿過一條花木旺盛的小徑，走過一棵老松樹時，園子某處傳出幾聲麻雀的啾啾聲，叫聲很規律，三長一短。

簡淡與藍釉對視一眼，安安心心拐了個彎，進了一處小院落。

三個姑娘在正堂坐下，趙瑩瑩對一位嬤嬤使眼色，見她微微點頭，便道：「三表姊，四表姊，妳們渴不渴，我讓人倒茶。」

簡靜搧著扇子，笑道：「剛才說了那麼多話，又走那麼多路，早就渴了，快把妳的好茶拿出來吧。」

「喝茶在哪裡不能喝呀。」簡淡故意調侃。「二表妹，不過看幾個小玩意兒罷了，還特意收拾出一個院子來，這麼興師動眾做什麼？」

趙瑩瑩臉上一白。「我，這……」

簡靜解釋道：「三妹想多了，這是大姑母收拾出來，給逛園子的女眷休息用的院子。」

簡淡起身，到東次間和西次間看了看。

西次間堆了不少家什，乾淨是乾淨，但雜亂無章，一看就是庫房。東次間的東西不多，卻是精心擺放，窗戶上掛了深色簾子，架子床上鋪著新被褥，牆角有香爐，傳來隱約的香氣。待客不行，但供一對男女野合，綽綽有餘。

簡淡回到座位時，茶端上來了。

丫鬟把茶杯放到簡淡手邊。「表姑娘，請用茶。」

簡淡點點頭，問簡靜。「不是說有西洋的小玩意兒嗎？東西呢？」

趙瑩瑩緊張地絞手。「馬上就送來了。」

簡靜促狹地用絹扇朝簡淡臉上搧了搧，帶起一陣柔風。「三妹是個急性子呢，馬上就送來了，再稍等片刻。」

簡淡端起茶杯，在嘴邊晃了一下。「急倒不急，就是餓了。」

簡靜的目光直直盯著簡淡的茶杯，嚥了口唾沫。

簡淡玩味地笑笑，放下茶杯。既然簡靜的心這麼狠，就別怪她不客氣，大家半斤對八兩，誰也別說誰。

簡靜見她沒喝，道：「這是苦丁茶，雖說苦了些，但入口後回甘，聽說還能散風熱，清頭目，除煩渴，效果是極明顯的。」

「苦丁茶？還真是顧名思義，可惜我不喜歡苦的。」簡淡故作為難。

「三表姊，也不算苦啦，很好喝的，這幾天我都在喝這種茶。」趙瑩瑩一飲而盡。

簡淡又端起茶杯，淺嚐一口。「感覺味道不太好，會不會喝壞肚子啊？」

「怎麼會呢？」簡靜有些沈不住氣了，也把自己的茶水喝得一乾二淨。「很好喝的。」

簡淡點點頭，這才把剩下的茶水喝了，然後用布帕擦擦嘴角。

趙瑩瑩終於安了心，吩咐身邊的貼身大丫鬟。「我們姊妹說說話，妳們也找個地方坐坐，喝喝茶。」

於是，藍釉被拉走了。

不久，簡淡感覺腦袋有些暈，狠狠掐了手臂內側。「怎麼回事，怎麼突然覺得睏呢？」

簡靜和趙瑩瑩沒能回答她，直愣愣看著眼前的杯子，撲通一聲，趴倒在八仙桌上。

「姑娘。」白瓷從門外露出頭來。

簡淡只來得及招了招手，腦袋一歪，就什麼都不知道了……

第五十二章

不知過了多久，簡淡在一陣濃郁的肉香中醒過來。
有人在她耳邊叫道：「姑娘，該用飯了。」
簡淡睜開眼，發現自己躺在自家床上，有些發懵。「我怎麼在這兒？什麼時辰了？」
藍釉道：「未時正。」
簡淡一驚，瞬間清醒，直挺挺地坐起來。「事情怎樣了？」
藍釉的臉色變得不太好看。
簡淡心裡暗驚。「怎麼了？」
藍釉咬嘴唇。「姑娘，出大事了。四姑娘被趙家表少爺糟蹋了。還有二表姑娘……」
簡淡喝道：「妳吞吞吐吐做什麼，二表姑娘到底怎麼了？」
簡靜已經十四歲，出事就出事，她不在乎。可趙瑩瑩才十三歲，若也出了同樣的事，就過分了。
藍釉道：「不知怎地，那時白瓷跟青瓷都被人打暈，扔到姑娘的車裡，所以……」
「哎呀，妳說得太費勁了。」白瓷頂著腦袋的紫包腫包走進來。「姑娘，二表姑娘被魯二公子糟蹋，姑娘則被扔到院子附近的林子裡。」

「啊？」簡淡心底一寒，不由摸了摸大腿。「那我呢？」

白瓷擺手。「姑娘沒事，就是一直昏睡，大少爺親自送您回來的。」

簡淡目瞪口呆。「怎麼會這樣？」跟她計劃得完全不同。

「是啊，怎麼會這樣？」簡雲豐和簡思越大步進房間，臉上皆是一片鐵青。

簡淡心虛地低下頭，兩隻小手抓住薄被，往身上蓋了蓋。「父親，大哥，我剛醒。她們說的都是真的嗎？」

簡雲豐道：「妳穿上衣裳，到堂屋說話。」腳下一轉，又出去了。

簡思越搖搖頭，往外走兩步，又折回來，飛快地小聲道：「我不知道妳是怎麼做的，但我知道一定是他們先對付妳的。三妹，什麼都不要對父親承認，知道嗎？」

簡雲豐酸腐，若知道是簡淡的設計致使兩個姑娘同時受辱，一定會大發雷霆，將簡淡趕出家門。

簡淡感激地笑笑。「謝謝大哥。」起床穿衣裳，理清思緒，又囑咐藍釉跟白瓷兩句，這才走出房間。

「父親，到底怎麼回事，為什麼我喝了杯茶，就回到家裡？」

簡雲豐怒道：「妳還是說說，趙鳴成的手裡為何會有妳做的小瓷偶吧！」

簡淡哂笑，瞧瞧，這就是她的親爹，明明她也受了委屈，卻不肯多問一句。

「小瓷偶跟我昏倒有什麼關係嗎？」明知故問。

簡雲豐氣結。「妳……」

簡思越上前一步，解釋道：「父親，許多人都有三妹的小瓷偶。我、二弟，家裡的弟弟妹妹也有。另外，三妹說瓷器鋪子要開張了，打算在趙家的壽宴上送些出去，招攬生意。」

簡雲豐道：「所以，妳就把妳的生肖掛件送給趙鳴成？那廝口口聲聲說那是妳給他的信物，他要赴妳的約，所以中了別人的計策。」

簡淡搖搖頭。「我可沒約過他，而且屬馬的……」

簡思越打斷簡淡的話：「父親，您這是被大伯父和大伯母氣糊塗了吧？這些年，三妹妹沒見過趙鳴成幾次，他何德何能讓三妹約他？就算只看臉，睿王世子也好他數倍吧。

「再說了，誰能證明是三妹私約趙鳴成？四妹和二表妹又為什麼同時出現在那個院子裡，父親不覺得很可疑嗎？」

簡雲豐愣住了。

簡思越見他有所觸動，趕緊繼續說：「父親，三妹是您的親生女兒，林家雖是商戶，但家風清正，她怎麼可能會犯那種糊塗，您說是不是？」

「可……」簡雲豐摩挲著扶手，又閉上嘴，靠在椅背上，用大拇指按壓著太陽穴。

夏日的午後悶熱潮濕，蟬像是知道簡淡的委屈，拚命叫嚷著。

大概過了一盞茶工夫，簡雲豐放下手，睜開眼問簡淡。「所以，妳並沒有給他那只小瓷馬，對嗎？」

簡淡點點頭。「父親，到現在為止，女兒只在一年前林家大表哥成親時見過趙家二表哥。而且，女兒在市井中聽說過這位表哥的荒唐事。」

「那我是不是可以這樣說，小瓷馬是別人給趙鳴成的？」簡雲豐的聲音大了起來。

簡淡撇撇嘴。「反正不是我給的。」明白簡思越為什麼攔住她的話了。這件事，她的話越少越好，不然一旦父親知道她設計簡靜，就算情有可原，也會對她大失所望。畢竟她是姑娘家，即便以其人之道還治其人之身，這種方式也太過惡毒，不好宣之於口。

她已經得罪了崔氏，再跟簡雲豐鬧得不可開交，絕不是明智之舉。

簡雲豐又思考片刻，猛地一拍小几，罵道：「欺人太甚，人面獸心！」

他只是迂腐，不是傻子。簡思越替他撥開眼前的迷霧，讓他得以重新思考，把前前後後的事情串起來，真相便呼之欲出。

「豈有此理，我哪點對不起他們！」簡雲豐站起來，大步往外走，準備去理論。

簡淡立刻看向簡思越，見他沒有反應，趕緊起身去拉簡雲豐。「父親……」

簡思越從後面按住她的肩。「我也去，不能任他們扣下這種屎盆子。」

簡淡明白了，這種事若不嚷開，豈不是等於默認他們編派她的故事，這怎麼可以？她也得去！

簡淡剛追兩步，院門便被推開了。

李誠出現在門口，抱了抱拳。「二老爺，老太爺回來了，此刻正在外書房，請您和大少爺、三姑娘過去。請三姑娘帶上白瓷和藍釉。」

簡淡心頭一顫，壓低聲音吩咐白瓷和藍釉。「不管等會兒發生什麼事，妳們只管附和我，其他的一概不知，懂了嗎？」

白瓷點頭。「姑娘放心，除了大少爺，沒人知道我和我哥在姑娘的車裡。大少爺已經教過了，奴婢知道該怎麼說。」

簡淡欣慰至極，大哥就是大哥，不但書讀得好，陰謀詭計也玩得起來。

三人到外書房時，簡廉還在用午膳。

簡雲帆和王氏黑著臉站在書案前，聽見門一開，轉過身，直勾勾地看向簡淡，連殺死她的心都有了。

簡雲豐把簡淡攔在身後，毫不客氣地說：「小淡也遭了罪，大哥、大嫂不要冤枉好人。」

王氏大怒，指向簡淡。「好人？她還是好人?!」

啪！簡廉放下筷子。「簡家的臉都被你們丟盡了。」

王氏冷笑幾聲。「簡淡回來之後，咱們簡家還有臉嗎？」

簡廉往椅背一靠，凌厲目光直視簡雲帆。「如果王氏連身分都忘了，請她回去吧。」

簡雲帆皺起眉頭，僵硬地說：「父親，母女連心，四丫頭吃了這麼大的虧，她著實心疼，請您體諒。」不等簡廉說話，又對王氏道：「若妳還是克制不住脾氣，先回院子吧。」

王氏不得不退後一步，與簡淡並肩而站。側著頭，目光落到簡淡的側臉上，凶狠得像是能剜下一塊肉來。

簡淡對上她的目光，粉嫩唇角微微一翹，眼裡的得意呼之欲出。

王氏頓時氣得七竅生煙，卻不敢造次，上牙咬住下唇，好似一隻炸了毛的母兔子。

簡廉讓人撤下飯菜，擺擺手，讓幾個伺候的下人出去。

「你說說吧，有什麼證據證明這件事是三丫頭所為，以及她為什麼那麼做？」

簡雲帆把一只綠色的小瓷蛙放到桌上。「父親，證據就是這種小瓷偶，定是趙鳴成誤會小淡的意思，以為小淡想私會他，才鬧出這麼大的亂子。」

簡雲豐氣極。「大哥，事情不是這樣的！」

簡雲帆道：「二弟，就算不是小淡私會趙鳴成，這件事也是因小淡而起，你必須給我一個交代。」

簡廉冷笑一聲。「如果趙鳴成誤會小淡，那錯在趙鳴成，為什麼要雲豐給你交代呢？」

簡雲帆覷著簡廉。「父親，一個姑娘家不好好讀書刺繡，開什麼瓷器鋪子？咱們家是書香門第，不是匠人之家。若非小淡輕浮，怎會有這樣的飛來橫禍？」

「開鋪子就輕浮了啊，我記得王氏名下有八間鋪子呢。」簡廉撫了撫鬍鬚，似笑非笑地看著簡雲帆。「就算她輕浮了，你待如何？」

八個？簡雲豐驚詫地瞪大了眼睛。

王氏垂下頭，腳下不安地動了動。

簡淡心道，簡雲帆夫妻竟然這麼有錢，藏得也太好了，連她當冤魂那陣子都沒看出來。

簡雲帆額頭冒汗，掏出帕子擦臉，辯解道：「不是開鋪子就輕浮，而是因為她隨意勾搭外男，才顯得輕浮。

「父親，她不但害了四丫頭，還害了瑩瑩，怎麼罰她都不為過。依兒子看，讓她去庵堂陪二弟妹住幾個月，比較妥當。」

一家六個人，有三個人被罰去庵堂思過？這像話嗎！

簡雲豐立刻道：「父親，小淡的小瓷偶只給過家中姑娘及趙家女客，從未給趙鳴成。」

王氏反駁他。「東西就在趙鳴成手裡，這是鐵證，你說沒給過就沒給過嗎？」

簡淡上前一步。「祖父，孫女確實沒給趙鳴成，但若有心思叵測之人轉送小瓷偶，再嫁禍給孫女，也不是不可能。

「話又說回來，孫女以為，小瓷偶不是關鍵，關鍵是有人要害簡家和趙家。孫女被四妹和二表妹約出去，說大表哥帶了西洋玩意兒來，結果喝杯苦丁茶就暈倒了。現在與其懲罰孫女，不如看看咱們家有沒有得罪人。」

簡廉讚許地點點頭。「說得不錯，雖然受了驚嚇，但腦袋還是清醒的。」看向簡雲帆，若有所指。「祖父以為，應該是妳大伯父得罪了人。比起妳的兩個妹妹，妳的運氣還算不錯，不然因此倒楣的人只怕更多。」

簡雲帆聞言，哆嗦一下，汗水順著臉頰滴落。王氏一翻白眼，竟然暈了過去。

簡雲帆鬆口氣，張羅著找來肩輿，把王氏抬走。

簡思越見狀，親自去請黃老大夫，簡淡則跟著簡雲帆去了竹苑。

簡廉坐在書案後，久久未動。

經過這場變故，簡雲豐徹底冷靜下來，將思緒重新理一遍，越想越覺得這件事蹊蹺。

「父親，這件事……」

簡廉打斷他的話。「就是你想的那樣。老大和趙家聯手設計三丫頭，旨在打破老夫與睿王的默契，但睿王世子出手了，所以他們才沒有得逞。」

「果然如此。」簡雲豐心裡五味雜陳。「那……就算了？」

簡廉冷哼一聲。「孩子話，怎麼可能這樣算了？」

簡雲豐知道自己想得簡單了，事關那把椅子，哪可能到此結束。想起王氏那幾間鋪子，不由擔心地問：「父親，大哥會不會有事？」

簡廉緩緩搖頭。「事到如今，老夫已經左右不了了。」

該說的話，早在簡潔出嫁時便已經說盡。開弓沒有回頭箭，簡雲帆上了慶王的船，不可能提前下船的。

「兒大不由娘啊。你去吧，老夫累了。」簡廉撐住椅子扶手，緩緩站起身，步履蹣跚地朝屏風後的小床走去，老態極為明顯。

簡雲豐眼睛一酸，趕緊上前扶住他的胳膊。

簡廉輕輕一掙。「放開，我還沒老到那個地步呢。」

簡雲豐只好鬆手，告退出去了。

另一邊，簡淡前腳剛到，簡悠和陳氏後腳便來竹苑。

三人在王氏房裡待了片刻，就被簡雲帆婉言勸出來。

簡悠抱著簡淡的胳膊，悄悄地說：「聽說四姊姊回來時鬧騰得厲害，要死要活，這會兒這麼安靜，會不會……」

簡淡看看周圍。「別瞎說。」

「我不是瞎說。我娘說，好幾個人都看見了，場面不堪入目。」簡悠哆嗦一下。「要是我，絕對不想活了。」

簡淡哂笑一聲。「死了就能一了百了嗎？」

簡悠道：「大概吧，反正也看不到了嘛。」

簡淡點頭。「好像也有道理。」

不管簡靜嫁給趙鳴成，還是選擇死亡，都是簡雲帆和簡靜的決定，與她無關。
兩人沿著迴廊走，路過西廂房時，門忽然開了，狠狠地拍在兩邊牆上。
簡靜攥著刀子，從屋裡衝出來，直直捅向簡淡，喊道：「賤人，我跟妳拚了！」
簡淡不由轉身，大力一踹，簡靜四仰八叉地向門裡摔下去。
她身邊的嬤嬤反應很快，伸出手臂抱住她，叫嚷道：「四姑娘，您這是何苦啊！」
「我要殺了她！」簡靜掙扎兩下，沒有掙脫，用刀尖往那位嬤嬤身上戳，嬤嬤吃痛，立刻鬆手。
簡靜又撲上來，簡悠嚇傻了，簡淡只好拖著她的胳膊，飛快撤到天井裡。
白瓷趕上來，雙節棍一抖，擋住簡靜。「請四姑娘冷靜些，不然奴婢不客氣了。」
這時，簡淡鎮定下來，往上房看看，那裡靜悄悄的，竟然無人前來阻攔，心裡明白，簡雲帆是盼著簡靜當真殺了她，以完成原先的計劃呢。
陳氏已經走到垂花門，聽到動靜跑回來，把簡悠護在身後，又問簡淡。「受傷沒有？」
簡淡搖搖頭。
陳氏道：「那就好，趕緊走。那孩子遭了大罪，現在還不是講道理的時候。咱們一走，她就冷靜下來了。」
簡靜知道白瓷的厲害，果然不敢輕舉妄動，隔著白瓷叫罵。「賤人，妳不得好死！」
簡淡笑了笑。「四妹妹，誰作的孽，妳找誰去，對我發什麼狠呢？」

簡靜雙目赤紅，臉頰紅腫，脖子上有不少紫紅印子，一個挨著一個。揮著刀子，一下一下朝簡淡的方向刺。

「賤人！就是妳作的孽！妳以為勾搭上沈餘之就萬無一失了？我告訴妳，妳肯定不得好死！走著瞧，看誰能笑到最後！到時候，我要妳一雙玉臂千人枕，半點朱唇萬人嚐！」

簡淡雙臂環胸。「好啊，我等著，但願妳能活到那時候。」

「妳咒我死？」簡靜又要往前撲，卻被白瓷攔住，跳腳叫道：「我死了，妳也別想活著，我做鬼也不會放過妳！」

「夠了！」簡雲帆終於從上房出來，從簡靜手裡奪過刀子，卻沒有發火，摸摸她的頭頂，柔聲道：「傻丫頭，這麼衝動做什麼？爹會替妳做主的，回屋去吧。」

簡淡微微一笑。「解鈴還須繫鈴人，大伯父和大姑母當然要為四妹妹做主。姪女不打擾了，告辭。」

簡雲帆陰惻惻地笑了笑，目光轉向陳氏。「讓三弟妹見笑了。小靜突逢變故，一時激動，妳先帶著孩子們回去吧。」

陳氏頷首，牽著簡悠離開。

簡淡與陳氏走出竹苑大門，迎面遇到了小馬氏。

簡淡知道她是來看熱鬧的，懶得廢話，以身體不適為由，把她留給陳氏招呼，帶著白瓷、藍釉回到香草園。

紅釉熱好午飯，擺上桌時，簡思越、簡思敏陪著崔曄兄弟來了，變成五個人一起吃飯。

簡思越臨走時，偷偷對簡淡說：「祖父讓我告訴妳，光有反擊的手段還不夠，如何御下也是一門學問。抄兵法十遍，什麼時候抄完，什麼時候才能出門。」

簡淡懂了，她的所作所為，完全沒有瞞過簡廉和簡思越。

她有些心虛，子時過了仍沒有睡意，索性打發了昏昏欲睡的紅釉，自己磨了墨，畫沈餘之交代她的畫。

鋪好宣紙，瘦筆蘸了薄墨，簡淡頓了頓，不假思索地下了筆。

玉冠束起的髮髻，雕著龍紋的羊脂玉簪，略顯清瘦的臉，濃眉的劍眉，深深的眼窩，高挺的鼻子，薄唇之下，還有一道淺淺的美人溝。

潔白的紙上，慢慢出現一個英俊少年的模樣，玉樹臨風、氣韻高華……

啪！簡淡突然把毛筆扔到筆洗裡，生自己的氣，不明白什麼時候把那廝的樣子記得如此清楚了。

第五十三章

屋子瞬間變得氣悶起來，簡淡推開房門，站到廊下。

月色很好，剛過十五，院子裡的花草被月華染上一層銀白，淡淡香氣隨夜風撲面而來。

簡淡深深呼吸，對著月色自語。「棄我去者，昨日之日不可留；亂我心者，今日之日多煩憂。」

「怎麼，心亂了嗎？」一個黑黑的腦袋瓜忽然出現在圍牆上。

簡淡哆嗦一下，隨即反應過來，是沈餘之。

她不客氣地問：「世子知道現在是什麼時辰了嗎？」

「怎麼，不歡迎？」沈餘之雙手一撐，上牆頭坐下，晃著兩條大長腿。「妳大伯父派了更多人監視香草園，所以才來晚了。妳是不是想我了？」

誰想你了？簡淡無語，對月亮翻白眼。經過今天這場禍事，決定儘量少招惹他。

「怎麼，不想我嗎？那表示我來得不夠勤快，妳還沒能記住我。」

沈餘之說完，回頭看看外面，又瞧瞧簡淡，猶豫片刻，小心翼翼在牆上翻了個身，用手扒住牆頭，往下一跳，穩穩地落在院子裡。

「這也沒什麼難的嘛。」他自得地拍拍手，大步朝簡淡走來。「備水，我要洗手。」

少年披著月光而來，桃花眼中帶著溫暖的笑意，與畫上的人一般無二。

簡淡感覺臉頰變得灼熱，有種立刻回到畫案旁邊，把那幅畫狠狠撕掉的衝動。

「妳家牆頭上都是土，好髒。」沈餘之笑咪咪地摟住簡淡的肩膀。「妳看看，手一按上去，衣裳就黑了。」

簡淡側頭看看肩膀上的手印，氣得笑出來。「我可真是服了你。」

「服氣就好，快去倒水。」沈餘之又往她臉上抹。「再擦點黑胭脂，真是別有意趣。」

「喂！」簡淡覺得自己要瘋。「你三歲嗎？」

「好啦好啦，不逗妳。」沈餘之大搖大擺地進書房。「在做什麼？這麼晚還不睡。」

簡淡取來兩個洗手盆，沒好氣地說：「還不是因為你幹的好事。」

沈餘之把手放進其中一個盆裡搓掉黑灰，再用另一個盆子的水洗一遍，取出帕子擦乾。

「不用謝，這種事有我就行了，用不著妳出手。」

他用帕子蘸了乾淨的水，把簡淡拉過來，細細擦掉她臉上的灰。「沾了灰，洗洗就行；沾了血，只怕沒那麼容易了，妳說是不是？」

燭火在他眼裡跳動著，明亮又蠱惑人心。

簡淡定定看著他，一句謝謝卡在嗓子裡，上不去、下不來，憋得她難受。

沈餘之往前湊了湊，貼近她耳邊道：「小笨蛋，妳在等我親下去嗎？」

簡淡如夢初醒。「才不是呢，我是想說……給世子畫了一幅畫，請你看一看。」

「畫好了嗎，快拿給我瞧瞧。」沈餘之一側頭，薄唇在簡淡的臉頰上輕輕擦了一下。

簡淡頓時覺得整張臉麻掉了，心跳如同擂鼓一般。

畫就攤在畫案上，墨跡半乾。

畫裡畫外的沈餘之彼此對視，眼裡都透著歡喜之意。

片刻後，沈餘之放下畫，拍拍簡淡的頭頂。「就知道妳心裡有我。畫得不錯，很像。」

簡淡不自在地低下頭，什麼叫心裡有他，不過是長得比別人好看，多看幾眼罷了，遂顧左右而言他。

「世子可知我那表妹怎麼樣了，會不會自盡？」

沈餘之拉過一把椅子坐下，小心翼翼地用帕子吸乾宣紙上的幾處濃墨。

「怎麼，心軟了？」

簡淡道：「我當時並不是那麼計劃的。」

沈餘之扔下帕子，蹺起二郎腿。「多餘的同情在他們看來不過是軟弱可欺，沒什麼用。日後誰想動妳，就要想想惹火我的下場，一勞永逸，不挺好的。」

簡淡吶吶地說：「二表妹年紀還小，這樣做太……」

沈餘之嗤笑一聲。「年紀小便如此惡毒，長大還得了？妳該慶幸我沒殺了她，還大發慈悲替她找個不錯的男人。如此，既替妳五妹報仇，又讓妳大哥後顧無憂，難道不好？」

「不好。」簡淡硬著頭皮道：「剛才你不是說了，大伯父已經派人盯著我。同時被兩家人恨上，我怕自己應付不來。」

「如果妳不喜歡，我……」

「啊，不用了，真的不用了。」簡淡舉起兩隻小手，使勁搖了搖。

母親和妹妹去了庵堂，這回又有一個堂妹、一個表妹遭殃，萬一再死幾個下人，她都要覺得自己是瘟神了。

沈餘之笑起來。「怕什麼，我這個病秧子不怕妳這個小瘟神。」

簡淡一本正經地說：「請世子看著我的眼睛。」湊近他，認認真真翻了個大白眼。

沈餘之先是一怔，隨即哈哈大笑起來。

簡淡氣惱地跺腳。「有什麼好笑的？」

「咕咕。」外面傳來兩聲鳥叫。

沈餘之聽見，斂了笑意。「不早了，妳早點休息吧。過去的事不要再想了，知道嗎？」把畫捲起來，起身往外走了兩步，又道：「妳放心，簡雲帆很快就會自顧不暇。」

「哦。」簡淡悶悶不樂地跟在他後面，送他出門。

沈餘之攬住她的肩膀，擁著她一起走。「明兒我進宮，妳讓青瓷把這些瓷胚送去窯裡燒。如果有事，在窗戶上留字條，他們會拿來給我。」

「好。」

走到大門口，沈餘之把簡淡往懷裡一拉，輕輕抱了下，心滿意足地離開。

簡淡紅著臉，在黑暗裡站了好一會兒，才緩緩關上院門。

沈餘之的安慰沒給她減輕多少負擔，她還是連著作了三宿噩夢。夢中，簡靜和趙瑩瑩變著法地自殺了，每種死法都慘不忍睹。

直到第四日，趙家的官媒來簡家提親，兩家默默交換庚帖，她才鬆了口氣。

接下來的日子，簡淡一直很忙，上課、抄寫《心經》和兵法、做瓷器，除了早晚請安、練雙節棍之外，幾乎足不出戶。

自從那夜造訪後，沈餘之再也沒有上門。

後來，青瓷來取瓷胚時告訴簡淡，有人在西北邊城肅縣發現了江南貪腐大案的主犯，朝廷懷疑有人用替罪羊代替他赴死，泰寧帝命都察院、大理寺及沈餘之共同徹查此事。如今涉及此案的官員人人自危，簡雲帆任刑部郎中，更是焦頭爛額。

簡雲帆出事，王氏開始稱病，簡靜搬回竹苑，松香院從此不見大房的人影。

大房也跟其他三房斷了往來，渺無聲息，若非每日小廚房還冒著煙，竹苑簡直像住著一群幽靈一樣。

於是，簡家的氣氛空前地和諧起來。

簡淡心情好，事情做得就快，澹澹閣開業前一天，完成了所有的抄寫。

七月十八日早上，簡淡換上男裝，由簡思敏陪著，帶白瓷等人去了梧桐大街。路上，家家戶戶的煙囪都冒著青煙，整個京城籠罩在一片濃濃的煙火氣中。

街道兩邊的鋪子剛剛開門，有正卸門板的、打掃的，還有搬貨、上貨的。小販挑著筐子叫賣，賣早點的攤子還沒撤，包子、粥、餅、小餛飩，各種吃食的香氣隨著早秋的風襲來，饞得人不由自主地吞口水。

梧桐大街上的車馬很多，簡淡的馬車剛拐進街口，便慢了下來。

白瓷扒著窗戶往外看，發起牢騷。「奇怪，一大早哪來這麼多人？」

紅釉說：「應該是世子請的客人吧。」

簡淡搖搖頭。不過一個瓷器鋪子而已，便是她也不會正式露面，何況是沈餘之。

簡思敏問道：「三姊，是不是妳發的那些小瓷偶起作用了？」

簡淡蹙眉。「應該不是。那些姑娘都是官家之女，哪裡會這般好事，湊這等熱鬧？」

簡思敏點點頭。「那倒也是。」

馬車勉強往前再走一小段路，便不動了。

簡淡戴上斗笠，讓車伕把車停在路邊，下了車，沿著街邊往澹澹閣走去。

剛走幾步，他們便聽見某輛車裡有兩個姑娘在說話，聲音很大，隔著兩、三丈也能聽得清清楚楚。

「不過是開個鋪子而已，怎麼這麼多人？難道簡家那位三姑娘請了不少達官顯貴？」

「我告訴妳，大家就是來看熱鬧的，想看看這位魯莽無比、命硬剋親、貪財愛小的簡三姑娘到底能做出什麼瓷器來。」

「哈哈，如今簡三姑娘聲名大噪，比紅遍京城的製瓷匠人還要有名，這鋪子開得還真是時候。不過看看熱鬧也就得了，誰有興趣捧她的場啊。」

白瓷沒心沒肺地嘿嘿一笑。「姑娘，您出名了呢。」

藍釉拉她一下。

白瓷瞪她一眼。「怕什麼，咱們家姑娘心胸寬大。」

「閉嘴。」簡淡抬手給她一記栗暴。

簡思敏側耳聽了聽，快步走到一輛楠木打造的馬車旁，掄起拳頭，使勁敲車窗。

「誰啊！」車窗開了，露出一張氣質略顯刁鑽的臉。

簡思敏雙臂環胸。「妳口中那位魯莽無比、命硬剋親、貪財愛小的簡三姑娘就是我三姊，妳說我是誰？說別人壞話也不知道小聲一點，若論魯莽，妳們兩位更加實至名歸吧。」

那位姑娘頓時面紅耳赤、張口結舌。「你……」

「喂，不許你這樣跟我們家姑娘說話。」前面的車伕下了車，趕過來護主。

「閉嘴。」簡思敏掏出雙節棍，逼退車伕。「車上連家徽都沒有，想來也不是什麼豪門大族。本少爺教妳個乖，我三姊的名聲再差，也輪不到妳們說三道四。京城說大不大，說小不小，別給妳父兄惹麻煩。我三姊做的瓷器好著呢，妳們買不起的，趕緊滾回去吧。」

姑娘忍不住了，指著簡思敏的鼻尖，就要罵人，另一個趕緊捣住她的嘴。

「好啦，算我們倒楣，回去吧！」

車伕聽到命令，趕緊上車，趕著馬，一溜煙地跑了。

「什麼東西，自以為是，其實狗屁不是。」簡思敏罵個不停地走回來。

簡淡見狀，歉然道：「最近二弟沒少受這種委屈吧。」她聽下人說過，簡思敏在書院裡打了好幾架，還因此被簡雲豐責罰。

簡思敏嘿嘿一笑。「三姊不用放在心上，都是小事。」

簡淡拍拍他的肩膀。「好弟弟，你想要什麼，只要三姊出得起銀子的，都買給你。」

「真的？」簡思敏沒想到還有這種好事，登時喜出望外。「三姊，別的我不想要，就想要個自鳴鐘。隔壁街的鋪子有，只剩一座了。」

簡淡沒好氣地往他背上一拍。「你小子獅子大開口啊！」自鳴鐘是西洋貨，一座要六百兩，簡思敏的月銀才八兩。

簡思敏被她打得哀哀叫。「不給就不給嘛，打我幹麼？」

「打了才給，不打不給。」簡淡摸出荷包，從裡面數出六張百兩銀票。「快去買吧。」

簡思敏歡呼兩聲，帶上小廝就往胡同裡鑽。「三姊，我等會兒就回來。」

簡淡笑著搖搖頭，繼續往澹澹閣走了。

澹澹閣前，鞭炮聲震耳欲聾。

兩位頗有氣度的中年人說了幾句吉祥話，一同揭了匾，露出「澹澹閣」幾個大字。

「噗哧！這字未免也太……。」

「我的字都比這個好看。匾額是門面，卻搞得這麼醜，那裡面的瓷器還能看嗎？」

簡淡也有些傻眼，實在沒想到，沈餘之居然親自寫了匾額。

老天爺呀，自己的字是什麼水準，他心裡難道沒有數嗎？

藍釉與紅釉面面相覷，白瓷毫不客氣地說：「姑娘，世子是不是逗咱們玩啊，這樣的門面，有人會進去買東西才怪呢。」

簡淡嘆氣。「早知道他不可靠，還是上當了。我看我就是個豬腦子。」

「咳咳。」身後有人咳嗽一聲，聲音聽起來有點熟悉。

簡淡頭皮一緊，脊背直了幾分，僵硬地轉過身。

同樣戴著斗笠的沈餘之彎著腰，笑咪咪地對她說：「聽說烤豬腦的味道不錯，不然妳貢獻出來，我們嚐嚐？」

兩頂斗笠的邊緣撞在一起，整個世界似乎都安靜了。

簡淡聽著自己的心跳聲，小心翼翼地仰望沈餘之，滴溜溜的大眼睛眨巴眨巴，嫣紅的唇也抿了起來。

沈餘之穿了件玄色大袖衫，表情嚴肅，眼裡卻漾滿笑意，抬手在簡淡額頭上輕輕一敲。

「小笨蛋。」

「喂，你幹什麼？」簡淡作賊心虛，趕緊看了看左右。

討厭兄弟與蔣毅等人簇擁在周圍，完全阻隔了陌生人的目光。

她鬆口氣，氣悶地跺了跺腳。

「替妳開開竅嘍。」沈餘之挺直脊背，左邊眉毛微微一挑。「放心吧，等會兒妳就會發現，真正想進去的人，絕不會因為匾額望而卻步。」

簡淡撇嘴，這是在為自己的孟浪打掩護呢——一手爛字，非要親自寫匾額，好大的臉！

瞧瞧滿街的匾額，即便不是名家之作，字跡也是俊逸瀟灑。哪像澹澹閣的，三個大字就是三隻蹲在匾額上的猴，站沒站相，坐沒坐相。

兩人幾句話的工夫，開業儀式便結束了。

大掌櫃說了幾句場面話，邀請幾位貴客進去，緊隨其後的是幾位掌櫃打扮的人，看樣子大概是同行。

偌大場面瞬間冷清，站在外面看熱鬧的人一個都沒動，還有些人待在敞著門窗的馬車裡，根本沒有下車的意思，只有嗡嗡嗡如蠅鳴般的私語聲。

簡淡覺得，這根本是沈餘之的錯。她從小在林家長大，對生意經了解頗多，雖說新開的鋪子不好招客，但一個客人都沒有，未免太誇張了些。

於是，她對幾個丫鬟說：「我們進去吧，好歹帶些人氣。」

「等一下。」沈餘之按住她的肩膀，目光越過護衛們的頭頂，看向遠處。「還真來了。有幾個蠢貨自以為聰明，來看我的笑話了。」

「是誰？」簡淡踮起腳往外看，卻因個子的緣故，除了幾個腦袋瓜子，什麼都沒瞧見。

「我幫妳。」

「啊？」

簡淡沒聽明白，隨即腰上一緊，整個人騰空而起，目光所及之處，正好看見沈餘安、蕭仕明等人浩浩蕩蕩走了過來。

她臉上一紅，正要抗議，雙腳便重新落地。

「看見了嗎？」

簡淡結結巴巴。「看見了，你……」

蔣毅突然開了口。「世子，她們下車了，靜嫻郡主的人也在。」

沈餘之道：「傳話下去，鬧事的直接趕出去，若是靜嫻的人，則斷一指。無須留情。」

蔣毅領命，小跑著進了鋪子。

簡淡的抗議被突如其來的對話擋在喉嚨裡，問道：「他們派人來搗亂？」

沈餘之笑笑，牽起簡淡的小手。「只是些小魚、小蝦。走，咱們找個好地方看熱鬧。」

「喂。」簡淡使勁想掙開他的手。

沈餘之牢牢扣住，沈下臉，低聲喝道：「別鬧，快走！」

簡淡微微顫抖一下，不敢再掙扎，乖乖握著那沁涼的手指，跟著沈餘之離開。

沈餘之動動拇指，包住掌心裡的細滑指尖，得意地笑了起來。

第五十四章

澹澹閣裡，架上的瓷器不似尋常鋪子那般放得滿滿當當，而是像古董鋪子一樣，每一件都有絨布或絹花搭配，好好擺出來。

簡淡走過去，目光牢牢黏在架上，直到上了樓梯，還頻頻回頭看。

兩人上樓，在窗邊面對面坐下。討厭沏了壺熱茶，煩人上瓜果和點心。

「這才有看戲的樣子。」沈餘之用布帕擦乾手，捏起一顆麻團放到簡淡手裡。

「謝謝世子。」簡淡咬了一口，站起身往下看。

「不要叫我世子，叫留白。」

簡淡懵了。「留白？」

沈餘之道：「留白是父王賜給我的字。白色，是不是夠淡？」

簡淡目瞪口呆。笨蛋的蛋嗎？

「你們幹什麼！」樓下忽然有人驚叫一聲。

簡淡立刻轉身，探出頭，就聽見撲通一聲，一個中年女人被人從鋪子裡丟出來。緊接著又扔出三個人，全都是臉朝下，摔得鼻青臉腫。

圍觀者的議論聲大了起來。

「這是黑店吧，還打人呢！仗著祖父是首輔，便能目無王法嗎？」

「瓷器不知如何，排場可不小，這些夥計都是練家子吧。」

又一個女人從鋪子裡跑出來，哭著喊。「不買就打人，大家千萬別上當！」

「打人？行啊，老子現在就讓妳看看什麼叫打人！」一個黑臉大漢追出來，一個窩心腳將女人踹倒在地。

另一個大漢隨即出來，抓住她的手便是一折。

喀嚓！女人殺豬般地尖叫起來，手指以詭異的模樣指向半空中。

「看好了，凡故意鬧事的，便是這種下場。」黑臉大漢的目光掃過眾人，轉身進屋。

圍觀的人見狀，又開始議論。「得意什麼，賣幾個破碗、破碟子了不起嗎？都說首輔大人廉潔公允，簡家書香門第，子弟謙遜有禮，孰料卻有簡三姑娘這樣的敗類。」

「你們胡說什麼？」人群中忽然冒出一道陌生聲音。「這鋪子是睿王世子的，匾額上的字也是，還有鋪子裡的夥計，都是秋水青瓷閣調過來的，怎麼成了簡家的呢？」

「哦？秋水青瓷閣的瓷器還不錯。難道傳言是真的，睿王世子真看上簡三姑娘？」

「來都來了，不如進去看看。聽說簡家二姑娘是才女，看看這位貪財愛小的簡三姑娘做的瓷器到底如何。」

有些圍觀的人開始往鋪子裡走，沈餘安等人隨著人流，到了鋪子門口。

簡淡擔憂地看沈餘之一眼。

沈餘之趴在窗邊，把手裡的蜜餞扔下去。
三個護衛立刻上前，將沈餘安護在中央。
沈餘安抬頭，與沈餘之四目相對，笑道：「原來你在啊，難怪底下的人敢這麼囂張。」
沈餘之微微一笑。「宵小眾多，我不在怎麼行呢？」話音未落，又有兩個人被趕出來。
簡淡細看，其中一個還是認識的人，是大房的宋嬤嬤。
「真是自不量力。」沈餘安搖搖頭。「既然碰上了，不如一起坐坐？」
沈餘之頷首。

沈餘安與蕭仕明進了鋪子，櫃檯前已經圍了不少人。
蕭仕明有心瞧瞧簡淡的作品，但架上的瓷器都被取下，只看到一只被舉起來的淡青色茶盞，和其他瓷器鋪子裡的差別不大。
靜柔郡主不屑地說：「也不怎麼樣嘛，跟十三哥寫的匾額很配。」
沈餘安瞪她。「就妳話多。」
蕭仕明笑道：「世子對表妹太嚴格了。一件東西有人喜歡，必然會有人不喜歡的。」
沈餘安瞥他一眼。「靜柔也老大不小了，你不要總是縱著她。」
蕭仕明不自在地咳嗽一聲，腳下放慢，離靜柔郡主遠一些。
「怎麼，十哥來看我們的笑話了？」沈餘之在樓梯口相迎。

沈餘安道：「聽說你為博紅顏一笑，把地段最好的鋪子讓給簡三姑娘，十哥就來瞧瞧。萬一你賠得多了，撐不下去，想賣鋪子，我還能撿個便宜，你說是不是？」

「那十哥注定要失望了。」沈餘之做了個請的手勢。

「這麼自信？」沈餘安打量他身後的簡淡。「這位是……」

他早就認出簡淡了，此時再問，不過想讓簡淡和沈餘之難堪罷了。

簡淡長揖一禮，大大方方地說：「小女簡淡見過齊王世子。」

靜柔郡主用眼角餘光瞄著蕭仕明，冷笑道：「十三哥私會簡三姑娘，這樣的話傳出去，不太好聽呢。」又瞥向簡淡。「自己不檢點也罷了，還帶壞姊姊的名聲，不覺得慚愧嗎？」

簡淡冷冷地看她一眼。「多謝靜柔郡主關心，這是我們姊妹的事，與郡主無關。」

靜柔郡主一瞪眼。「妳……」

「妳若不想待著，可以出去。」沈餘之毫不客氣地說道。

「大表哥，我們走！」靜柔郡主轉身便要下樓。

蕭仕明沒動，沈餘安吩咐身邊的護衛。「送郡主回去。」

靜柔郡主停下來，委屈地看著蕭仕明。

簡淡瞧著好笑，正欲調侃兩句，沈餘之先開了口。「表哥跟表妹在一起最容易出事了，比私會還要嚴重呢，十哥你說是不是啊？」反將一軍。

「你什麼意思？」靜柔郡主怒了。

沈餘之哂笑。「講別人的時候頭頭是道，對自己就視而不見，根本是瞎子。聽說蕭世子喜歡才貌雙全的溫柔女子，我勸七妹，還是回家好好修身養性吧。」

「你胡說！大表哥喜歡什麼人，跟我有什麼關係？」靜柔郡主的臉皮沒有沈餘之的厚，少女心事被當眾戳穿，臉上立刻掛不住了。

她折返回來，跑到窗戶邊。「我不走了，就待在這裡，看看能賣出幾個破瓷器。寫一手破字就敢刻匾額，會做幾個破碗，就敢開鋪子了？滑天下之大稽！」

澹澹閣剛開張，進門的又多是想看笑話的人，就算有喜歡的瓷器，怕也不會有人買。

簡淡想著，底氣未免不足，慌張地看沈餘之一眼。

蕭仕明見狀，不禁微微一笑。「表妹太武斷了，就算匾額是睿王世子所寫，瓷器也未必都是簡三姑娘做的嘛。以睿王世子的人脈和家底兒，請幾個好的製瓷匠人並不難。」

「蕭世子還不算太笨。」沈餘之回到座位坐下，蹺起腿。「不過，你既然能猜到本世子請了匠人，也該猜到本世子安排了其他人招攬生意才是。」只知其一、不知其二，不算太笨，只是一般的笨。

蕭仕明明白他的意思，臉頰頓時脹成豬肝色。

靜柔郡主怒道：「十三哥，你好卑鄙。」

沈餘之斜乜她。「我花自己的銀錢討好喜歡的姑娘，跟妳費工夫跟著喜歡的人是一樣的，有何卑鄙可言？」

靜柔郡主啞口無言。

沈餘安在窗口望了一會兒，始終不見鋪子裡有人出來，便在簡淡的位置坐下。

「既然十三弟這麼說，便定然不會那麼做，七妹儘管數著便是。大哥也很好奇，簡三姑娘的瓷器到底能賣出幾件。」

說到這裡，他對一個護衛擺手。「到門口去，瞪大了眼睛好好數著。」

「是。」護衛小跑著下了樓。

樓下的客人不少，雖然大多是看熱鬧的，但也有一些是真心來捧場的，比如簡淡的表大伯父和他的兩個兒子。

林耀祖大約四十多歲，身材高大，衣著華貴，在人群中鶴立雞群，笑著問：「夥計，我要這套茶盞，多少銀子？」

夥計笑咪咪地說：「抱歉了，我家主子說過，這一套只准看，不准賣。」

林耀祖哦了聲，皺緊眉心，卻是捨不得放回去。

林家長子見狀，掏出三張銀票。「三百兩，賣不賣？」

夥計還是笑咪咪。「貴客，真的不能賣。」

林家二子再抽出兩張銀票。「那五百兩呢？」

夥計有些不高興了，伸出手，想拿回茶盞。「貴客還給小人吧，這套茶盞真的不賣。」

「又不是名家做的，給五百兩還不賣？金打的也足夠了吧。」林家父子身後有人說道。

夥計冷哼一聲。「六只茶盞，三只是我家主子親手所畫，三只是簡三姑娘畫的，別說五百，一千兩也不賣。」

「你家主子？」林耀祖吃了一驚。別人不清楚，他還不知道嗎，這家鋪子原本就是沈餘之的。真沒想到，沈餘之的字寫得不怎麼樣，繪畫竟有這般造詣。

林耀祖知道的，周圍也有人知道，又有一些人往這邊擠過來，想看看沈餘之畫的茶盞是不是跟匾額的字一樣醜。

「別擠了，給你們看便是。」

林家長子舉起茶盞，露出茶盞裡的圖案，那是一隻正在捉著尾巴玩耍的貓，碧色眼睛，身上有黑色和赭色相間的條紋。工筆畫技精湛，形象生動，鮮活有趣。

四周靜了靜，片刻後，一個戴著帷帽的姑娘率先道：「這茶盞真好看！」

這一聲引來不少附和。「確實好看！可惜不賣，不然我也買。」

「澹澹閣還是有好東西嘛。聽說今天買只須付九成銀錢，不如也瞧瞧去。」

於是，包圍林家父子的看客散了，走往各個架子。

林家長子把茶盞還給林耀祖，問道：「夥計，我家表妹在不在？」見父親實在喜歡，還想試試看。

「你表妹是誰啊，我怎麼知道在不在？」夥計拿不回茶盞，不耐煩了。「貴客，您倒是把茶盞還給我啊。」

「我表妹……」

「老爺，大少爺。」青瓷擠過來，招呼道：「姑娘在二樓，小的這就去稟報。」

夥計見來人是青瓷，嚇了一跳，急忙向林耀祖打躬作揖。「小人有眼不識泰山，還請這位老爺原諒。」

林耀祖擺擺手，走到一旁等著了。

青瓷小跑著上樓，在門外稟道：「姑娘，老爺來了，就在樓下。」

青瓷沒進簡家，他會叫老爺的人，只有一個。

簡淡臉上有了幾分驚喜。「表大伯父來了，快快有請。」

「哼！」靜柔郡主用鼻子哼了一聲。

「啊，我下去吧。」簡淡發現自己孟浪了，就算不在乎靜柔郡主，也得顧慮沈餘之。

沈餘之道：「妳不用下去。青瓷，請林員外上來一敘。」

青瓷答應著去了。

片刻後，林耀祖和兩個兒子，捧著裝茶盞的盒子上樓。

他們剛上樓梯，便聽見有人說道：「本以為十三弟只是玩笑，孰料真請了人來。聽聞林家是製瓷大戶，也是京城出名的富戶，有這樣的金主在，搬空這裡的瓷器，也沒問題。」

十三弟？林耀祖腳下頓了頓。沈餘之排行十三，有人叫他十三弟，表示還有別的皇室子弟在，好像來得不是時候，遂瞪了陪在旁邊的青瓷一眼。

青瓷莫名其妙，小聲提醒。「睿王世子請老爺上去。」

林耀祖穩了穩心神，硬著頭皮往上走。

「大伯父。」簡淡已快步迎到樓梯口，顧不上行禮，直接上前耳語一句。「睿王世子、齊王世子、靜柔郡主跟英國公世子都在。」

林耀祖是見過世面的人，不過幾步臺階的工夫，已經恢復鎮定，微微點頭，欣慰地拍拍簡淡的手臂。

「大伯父沒白教妳，妳做的瓷器都很不錯。」

簡淡謙虛道：「大伯父謬讚，裡面請，兩位表哥也請。」

幾人進屋，林耀祖是商人，身分與親王世子乃天地之別，便撩起衣襬，準備行跪禮。

沈餘之站起來，道：「林員外免禮，我們兄弟微服出門，不必客套了。」

「恭敬不如從命。」林耀祖直起彎下的膝蓋，長揖到底。「草民拜見齊王世子，睿王世子，靜柔郡主，英國公世子。」

沈餘安嗯了聲，就算給了回應。靜柔郡主則轉過臉，又往窗外看去。

沈餘之道：「林員外，您來澹澹閣，是替簡三姑娘捧場的吧。」

林耀祖不是話多之人，本想簡單應是，但想起上樓時聽到的那番話，臨時改了主意。

「草民來之前，的確是那麼想的，但剛剛看了瓷器後，覺得多此一舉了。澹澹閣的瓷器，無須在下捧場。」

靜柔郡主回過頭，不客氣地反駁。「不需要你捧場？那你抱著瓷器上來做什麼？」

林家次子把盒子放在沈餘之面前，打開來。「世子，家父想問，這套茶盞可否出售？」

蕭仕明見林耀祖想買的正是他上來時看到的茶盞，不免奇道：「不過一套茶盞而已，買就買了，有什麼可問的呢？」

林家次子把盒子轉過來，讓蕭仕明看茶盞內裡的圖案。

「這……」蕭仕明怔住，走過來，拿起一只細細察看。「明如鏡，薄如紙，色彩淡雅，小貓逼真可愛，真的很不錯。睿王世子是請哪個匠人做的？」

蕭仕明的眼光向來高得很，沈餘安和靜柔郡主聞言，俱是一愣。

沈餘之哂笑。「六只瓷杯都是簡三姑娘做的。內裡的圖案，三只是她畫的，三只是本世子所畫。你手裡那只，是簡三姑娘畫的。」

蕭仕明驚詫地看向簡淡，目光中五味雜陳。

靜柔郡主一會兒看看蕭仕明、一會兒看看簡淡，牙齒在嘴裡磨得咯咯作響。

簡淡面無表情，坦然目光對上蕭仕明狐疑的打量。「畫技拙劣，蕭世子見笑了。」

林耀祖道：「三姪女過謙，畫技雖談不上上乘，但靈氣十足，這比什麼都珍貴。」誇了一句，又恭恭敬敬地對沈餘之說：「世子畫技精湛，草民自愧不如。」

沈餘之滿意地點點頭，看向簡淡，問道：「既然林員外喜歡，這套就送給他吧。」

釉下彩的茶盞不好燒，所以他和簡淡多畫了些。除了給簡雲豐的之外，總共有兩套，他已經先挑出一套，放在睿王府了。

「多謝世子。」簡淡鬆了口氣。這廝喜怒無常，她還真怕他不肯賣呢。

林耀祖臉上一喜，趕緊行禮道謝。

「想不到睿王世子竟然有如此畫技。」蕭仕明挨個兒看了一遍，戀戀不捨地放下茶盞。「這套茶盞還有沒有？在下也想……」

「大表哥！」靜柔郡主大喝一聲。

蕭仕明這才回神，對簡淡尷尬地笑了笑，眼神亦深了幾分。

這時，白瓷跑上來，在門口道：「姑娘，咱們家的瓷器開始賣了。」

靜柔郡主轉過身，看向樓下，果然見到兩個丫鬟打扮的人捧著盒子走出來，立刻道：「都是安排好的人，有什麼了不起？」

「妳跟青瓷下去吧，這裡不用你們伺候。」簡淡擋住正要口無遮攔的白瓷。

青瓷拍白瓷一下，拉著她下樓了。

沈餘安站起來，見鋪子裡的客人陸陸續續往外走，捧著盒子和沒捧盒子的各占一半。也就是說，五成以上的人都買了。

這未免太誇張了些，難道沈餘之沒有說謊，真的請人來捧場了？不可能，若他當真請人，絕不會當著簡淡的面攤開來說。

那麼，答案只有一個，澹澹閣的瓷器確實是簡淡做的，不但品質不錯，而且與眾不同。

沈餘安強扯出一抹笑意。「都說簡二姑娘在繪畫上天分極高，現在看來，簡三姑娘更勝一籌。十三弟，你好眼光啊。」

沈餘之似笑非笑地看著他。「十哥到底是個明白人。」這話略有諷意。

沈餘安臉色微沈，一甩袖子。「我們走。」

沈餘安一下樓，樓下的人和瓷器已少了不少，鋪子裡變得開闊起來，一覽無餘。

瓷器以青花瓷為主，還有青瓷、白瓷之類的，紋樣有花鳥、人物、走獸等等，每一款都是匠心獨運的精品。且不說極愛畫畫的蕭仕明，便是沈餘安，也覺得賞心悅目。

沈餘安低聲發了句牢騷。「病秧子的財運倒是不錯。」

蕭仕明重重點頭，眼巴巴地瞄著一只漂亮的青花雕紋梅瓶出了門。

幾人剛離開鋪子，方才下樓的護衛上前稟報。「主子，總共賣了二十八件瓷器。」

靜柔郡主聽了，臉黑得不能再黑，揚聲道：「不過二十幾件而已，能賣幾個錢？」

青瓷就在不遠處，立刻回答。「不多，才二千多兩而已。」

靜柔郡主氣得擺手。「誰讓你多嘴了？給我打……」

「郡主！」一個長隨飛一般地跑過來，打斷她的話，氣喘吁吁道：「小的晚到一步，自嗚鐘被這位公子買走了，小的好話說盡，他就是不肯讓給小的。」

簡思敏邁著方步，大搖大擺地走過來。「先到先得，憑什麼你說讓，我就得讓。」

靜柔郡主沒見過簡思敏，指著他，氣急敗壞地說：「好大的膽子，你知道我是誰嗎？」

簡思敏從腰間取出雙節棍，耀武揚威地擺弄幾下。「我管妳是誰。這自鳴鐘，我早就看上了，就是不讓，妳能奈我何？」

沈餘安轉過身，心裡憋著氣，語氣很是不善。「簡思敏，你好大的膽子。」

簡思敏嚇一跳。「齊王世子？我……」

他正要說話，便聽有人在高處喊道：「簡思敏，你三姊在這兒呢，還不趕緊上來！」

樓下的人齊齊往上看去，只見沈餘之和簡淡並肩站在窗前，一個清俊挺拔，一個漂亮靈動，如同一對璧人。

又是沈餘之！又是簡家人！

靜柔郡主氣極，哇的一聲大哭起來。

——未完，待續，請看文創風838《二嫁榮門》3（完）

2020年2月出版

守財小妻

文創風 825～826

夫家妯娌多，八卦也多，
想要好好過上安寧日子，
秘訣就是——話不多說！

柴米油鹽醬醋茶，點滴情意在萌芽／忘憂草

胎穿人生真難！王蓉熬過了無法自主的嬰兒期，
沒過上幾年穩定日子，竟又趕上了戰亂逃荒。
經歷了生離死別，她們一家於一座小村莊落腳，
卻因外鄉人的身分被排擠，甚至處處受欺，
為了融入村子，她得與村內的劉家老四——劉鐵換親。
剔除對愛情的憧憬，純以麵包角度看，對方的條件並不好，
只比她家好一些，但……為了生活她也沒得挑。
兩人訂親後，村人待他們家的態度明顯好轉，
而那劉鐵性子看來也不錯，一回偶然在山間拾柴時碰見，
他還向她保證：「蓉妹，成親了我的錢都給妳收著！」
瞧著對方一臉信誓旦旦，她莫名對這門親事安下心。
雖然她沒太多特長，但好歹也在資訊爆炸的時代活過，
開源節流她還是懂的，加上如今還會一手女紅，
屆時夫妻一起努力，儘管世道艱難，未來總會好起來吧？

文創風
837

二嫁榮門 2

國家圖書館出版品預行編目資料

二嫁榮門 / 竹聲著. --
初版. -- 臺北市 : 狗屋, 2020.04
冊 ; 公分. --（文創風）
ISBN 978-986-509-094-4（第2冊：平裝）. --

857.7　　109001921

著作者	竹聲
編輯	安愉
校對	沈毓萍
發行所	狗屋出版社有限公司
地址	台北市104中山區龍江路71巷15號1樓
電話	02-2776-5889～0
發行字號	局版台業字845號
法律顧問	蕭雄淋律師
總經銷	知遠文化事業有限公司
電話	02-2664-8800
初版	2020年04月
國際書碼	ISBN-13　978-986-509-094-4

本著作物由北京晉江原創網絡科技有限公司授權出版

定價250元
狗屋劃撥帳號：19001626
網址：love.doghouse.com.tw　E-mail：love@doghouse.com.tw